JN110943

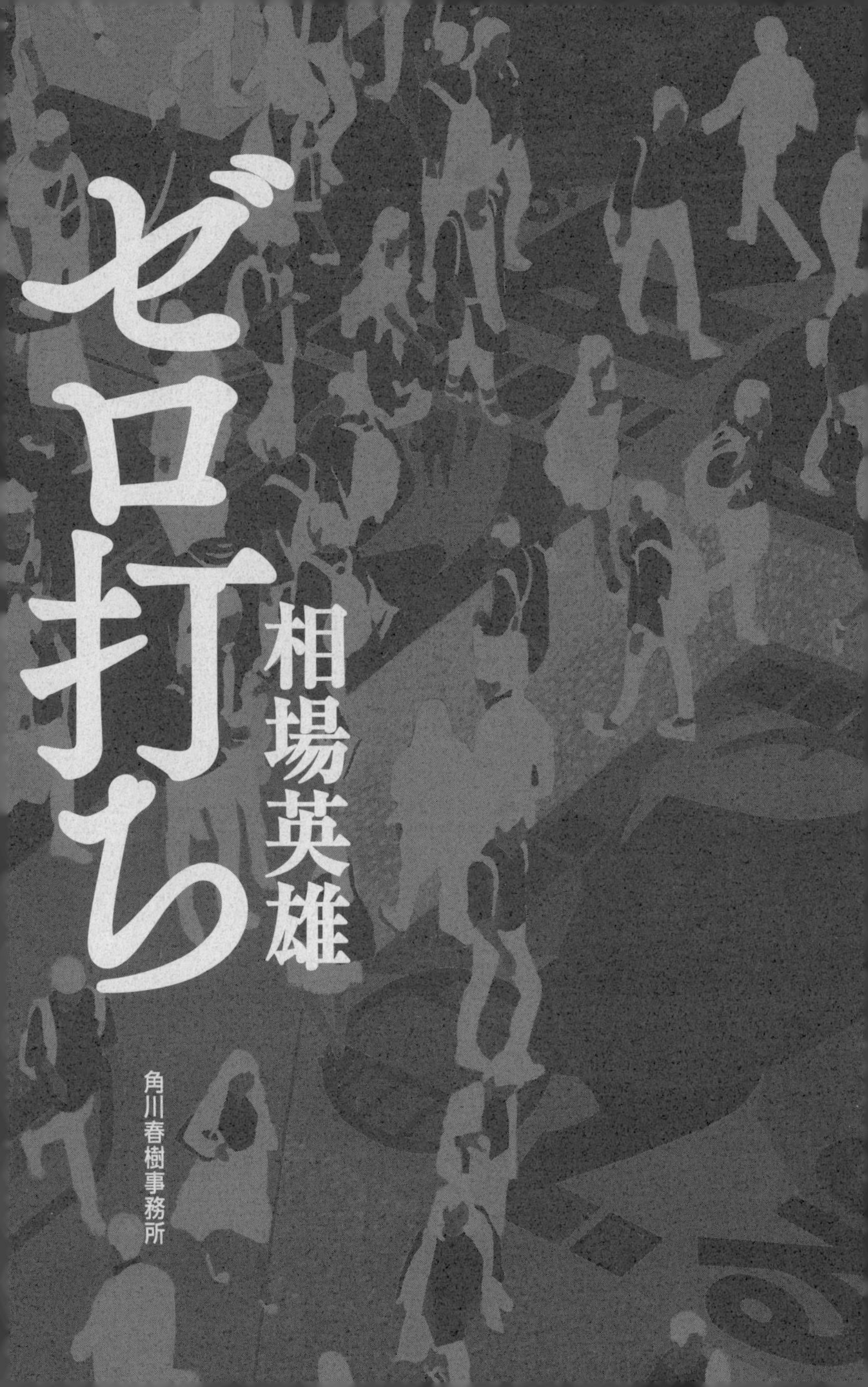
ゼロ打ち
相場英雄
角川春樹事務所

目次

装画　影山　徹
装幀　藤田知子

# ゼロ打ち

まずは「自分の一票には力がある」と強く認識してほしい。そして、もし自分の選択が間違っていたと思った時には、「自分は投票する前に候補者を吟味したのか」と大いに反省してほしい。当選者の任期中は「悪政」に苦しんで自分の責任を痛感すればいい。

自分の選択が生活に跳ね返ってくることを体感するのは大切なことだ。政治は人の生き死にに関《かか》わる。ただし、本当に運が悪いと悪政が原因で命を落とすこともある。だから政治に関心を持つのは、早ければ早いほうがいい。真剣に考えれば考えるほど、自分を「最悪の結果」から遠ざけることができる。

畠山理仁《はたけやまみちよし》『コロナ時代の選挙漫遊記』

# 第一章　辞令

1

片山芽衣《かたやまめい》は、午前九時半過ぎ、通勤ラッシュのピークが過ぎた電車に神楽坂《かぐらざか》駅から乗り込んだ。

薄手のカットソーにジャケット、タイトスカートにハイヒールを履いてきた。高校生のときまでは高い身長がコンプレックスだったが、大学時代にアルバイトをした出版社で転機が訪れた。スタジオで撮影を手伝った際、背の高い人気モデルから猫背を直し、ハイヒールを履くよう勧められた。

〈身長は変えられないから、自信を持って前を見て〉

短い言葉だったが、自分より背の高い女性に告げられ、目が覚めた。以降、スニーカーやサンダルをやめ、ヒールの高い靴を買うようになった。背筋が伸びると、気持ちも晴れ、自信が持てるようになった。

片山は左手にあるスマホに目をやった。公共放送NHR《日本放送連盟》の動画が一時停止中だ。画面をタップしたあと、ショートボブの髪を耳にかける。

〈このたび、私は大きな決断をいたしました〉

縁無し眼鏡をかけた中年男性が顔を紅潮させている。

〈矢継ぎ早に政策提言を行いました。皆様から賛否両論いただいていることは十分承知しています。

ついては、内閣総理大臣の判断について、国民の審判を仰ぎたいと思います〉

片山はため息を吐《つ》き、停止ボタンを押した。すぐさま画面を自社のオンラインニュースへと切り替える。

〈首相、八方塞《ふさ》がりで捨て身の解散戦術〉

〈与野党不意打ち、首相の解散発言に衝撃走る〉

電車に揺られながら、もう一度ため息を吐く。

〈通常国会閉会前の解散、短期決戦の火蓋《ひぶた》　投開票は六月一八日〉

片山は自社記事の見出しを読み続けた。

新聞社に勤務して一二年、政治部が扱うネタにはほとんど関心を持たずにきた。東京の私大を卒業後に大手の大和《やまと》新聞に入社し、二カ月の研修を経て配属されたのが札幌《さっぽろ》総局だった。道警担当となり、北日本で一番の歓楽街ススキノで起こった暴力団絡みの事件や、地元鉄道会社のスキャンダルを追ううち、どっぷりと社会部の仕事に浸《つ》かった。

新聞社の若手は地方で鍛えられる。希望する東京本社の出稿部にアピールするため、必死にネタを追う。片山の場合、道内の官製談合に関する調査報道が当時の東京本社社会部次長の目にとまり、帰京後は志望通りに警視庁記者クラブへの配属が決まった。

〈まもなく大手町《おおてまち》、大手町……〉

車内アナウンスが耳に入った。片山はショルダーバッグを肩にかけ直し、出口に向かった。改札を通り抜け、他の勤め人たちとともに駅周辺の商業ビルへとつながる無機質な通路を歩き始める。

四年の札幌生活を経て東京に戻ったときは二六歳、以降八年間も寝食を惜しんでネタを追い続けた。警視庁クラブではキャップやサブキャップ、その他三名の先輩の下に付き、ひたすら警察官の夜討ち朝駆けに明け暮れた。その次は警察庁や検察庁の記者クラブに回され、ネタ元を開拓し、情報を引き出すテクニックに磨きをかけた。

「芽衣、おはよう」

突然、女性が片山の肩を叩《たた》いた。

「あ、おはよう……」

ショートカットの女が笑みを浮かべていた。足を止めて顔を見る。声に聞き覚えはあるが、名前が出てこない。

「あたしよ、恵子《けいこ》だって」

「えっ」

「変わったでしょ？　子育て中だから、身だしなみとか一切関係なし」

同期入社で大阪本社から経済部に配属された酒匂《さこう》恵子だった。以前はストレートのロングヘアが自慢で、財務省やメガバンクの担当として颯爽《さっそう》と霞《かすみ》が関《せき》や大手町を闊歩《かっぽ》していた。

「たしか男の子だったわよね？」

「そう、二歳半の怪獣。毎日が戦争よ」

恵子の顔にはたおやかな笑みが溢《あふ》れている。

「旦那《だんな》が協力してくれるから、仕事を続けられる。以前みたいに抜いた抜かれたはないけどね」

「たしか今は……」

「文化部で連載小説と書評の担当よ。幸い、作家が真面目《まじめ》に締め切り守ってくれるから残業はなし。それじゃ」

大きめのトートバッグを抱え直すと、恵子は足早に本社ビルへと向かう通路を歩き出した。華奢《きゃしゃ》だった恵子の後ろ姿は、幾分ふっくらしていた。一二年前、絶対に社長賞を取ると笑い合った同期は、取材の第一線を自ら降りた。

同期の四分の一が女性だが、今も最前線にいるのは片山を含めて五名しかいない。

大学の同級生たちのSNSをたまにチェックすると、商社やコンサルティング会社に就職した女子たちの半分以上が結婚し、子供を授かっていた。

大学、入社同期と大勢の友達がいた。ずっと関係が続くと思っていた友人たちとは疎遠になり、片山自身、飲み会に顔を出すこともなくなった。

大和新聞の社員通用口が見え始めた。ジャケットのポケットから社員証を取り出す。一年前に撮った写真には、目の下にクマを宿し、眼光だけが鋭いどこか疲れた顔の女が写っている。

おおまかに四〇歳が記者の定年だ。あと数年でデスク、あるいは地方行きの選択が迫る。記者を続けるには、大きな記者クラブのキャップを経て編集委員になる以外は道がない。

編集局幹部に実績が認められれば、晴れて編集委員となり、自分のテーマをずっと取材し、いずれはノンフィクションの書籍を発刊することも可能だ。

一方、実績が伴わねば、その他大勢の記者と同様、四〇歳前後でデスク勤務となり、若手記者が書いた稚拙な原稿の添削に追われる毎日となる。あるいは、地方に出され、地元の祭事や小さな事件事故を県版に掲載するのみの、地味で退屈な生活が待ち受ける。

多忙すぎる警察取材《サツまわり》から解放され、現在は大きな事件事故、あるいは社会問題を掘り下げる遊軍班に在籍している。ここで結果を出せば、編集委員へのステップが拓《ひら》ける。最近は医療過誤や司法の歪《ゆが》み、それに児童福祉などについて熱心に取材を続けていた。

しかし、突然の辞令が下った。その元凶が先ほどの動画の主、内閣総理大臣の畔上康夫《あぜがみやすお》だ。

販売部数の激減、広告収入の減少に直面する大和新聞は、突然の解散総選挙を経営改革の好機と判断し、開票速報に注力すると機関決定した。

その煽《あお》りで、全社的に政治部以外の記者が五〇名ピックアップされ、選挙報道センター配属となったのだ。片山もそのうちの一人で、企画中のテーマや取材アポは全《すべ》てリスケを余儀なくされてしまった。

通路の突き当たりにたどり着き、社員通用口のドアにあるチェッカーにＩＤカードをかざす。鈍いブザー音が響き、ロックが解除された。

2

江東《こうとう》区大島《おおじま》の自宅マンションを発《た》ち、いつもとは違う経路で勤め先に向かう。地下鉄丸《まる》ノ内《うち》線の空《す》いた車内で、中村圭二《なかむらけいじ》はスマホの乗り換え案内アプリを見つめた。四〇歳を超えると、日常のわずかな変化が億劫《おっくう》になる。たかが通勤経路でさえそうだ。

小学一年生の長男はちゃんと朝食を摂《と》り、登校したのか。四歳の長女はぐずらずに保育園へ登園できたのか。アプリを閉じると、二人の子供、そして笑みを浮かべる四歳下の妻の顔が待ち受け画面に現れた。

通常なら大島駅から都営新宿《しんじゅく》線で九段下《くだんした》駅まで行き、半蔵門《はんぞうもん》線に乗り換え、永田町《ながたちょう》駅で降りる。この一〇年、通い慣れた行程だ。

だが、今日から六月一八日までは都営新宿線の新宿三丁目《さんちょうめ》駅で乗り換え、丸ノ内線で三丁目駅から逆に首都の中心へと向かうことになる。

乗り換えはスムーズに終えた。出口近くの席に腰を下ろした中村は、右の掌《てのひら》を口元に当て、密かに息を吐いた。わずかに昨夜のビールの臭《にお》いが残っている。帰宅したのは午前零時を過ぎたタイミングだった。妻は不機嫌そうに茶を淹《い》れ、さっさと寝室に消えた。予期せぬ仕事を仰《おお》せつかり、その旨を話したときから妻は不満顔だった。

本来なら茨城《いばらき》県南部の選挙事務所に一番乗りしているはずだが、畔上首相の突然の解散宣言で、歯車が大きく狂った。

スマホにニュース画面を出すと、政治関連の短い見出しがいくつも現れた。

〈現有議席減なら畔上首相の進退問題に発展〉

自宅には主要な在京紙朝刊が配達される。毎朝午前五時前に起床し、全ての政治面に目を通している。今、チェックしているのは、メジャーな週刊誌や夕刊紙のネット版サービスだ。中村は小さく息を吐いた。同時に、昨夜の光景が頭をよぎった。

永田町の小高い丘にある老舗《しにせ》ホテルの宴会場で、中村は極度の緊張を強いられた。元首相で、現在は民政《みんせい》党副総裁の磯田《いそだ》一郎《いちろう》が自らの派閥、湖月会《こげつかい》の総決起大会を開催した。解散が決まると、通常なら議員たちや秘書は地元に帰るが、今回は異例の集まりとなった。それだけ磯田が本気なのだ。

派閥の名称は、磯田が山中湖《やまなかこ》に持つ別荘に由縁がある。

今から一六年前、磯田内閣が短命政権に終わった直後、失意のどん底にいた磯田は山中湖畔の別荘で静養した。その際、湖面に満月が映る景色をテラスから眺め、えも言われぬ感慨を得たという。この出来事を機に、磯田は自らの派閥を再編し、湖月会と名付けた。

〈今回の畔上の決断は、俺《おれ》も知らなかった。後見人として恥ずかしい限りだ〉

民政党でキングメーカーと呼ばれる磯田が壇上で深く頭を下げた。

〈準備不足のまま総選挙に突入させることは、派閥の長として忍びない〉

〈だが絶対に湖月会のメンバーを勝たせる。なにか問題があれば、すぐに知らせてほしい〉

そう言って挨拶《あいさつ》を締め括《くく》った。その後は、大きな円形テーブルに所属議員の秘書たちを集め、磯田は一人ひとりにビールを注《つ》ぎ始めた。

〈議員の連中を支える秘書軍団がいてこそ、奴《やつ》らは大きな顔ができる〉

〈俺は口が悪いので有名だ。応援演説には呼ばねえ方がいいかもな〉

ときに軽口を叩きながら、磯田は次々に秘書たちの間を回った。

〈中村君だったな〉

中村が姿勢を正して空のタンブラーを持っていると、磯田がいきなり名を呼んだ。

〈東京一区を頼んだぞ。急な候補の差し替えになっちまったが、絶対に勝たせてやってくれ〉

ビールを注ぐ直前、磯田が瓶をテーブルに置き、両手を膝《ひざ》について、中村に頭を下げた。

中村は注がれたビールを一気に飲み干し、深くおじぎした。頭を上げると、いたずらっ子のように笑う磯田の顔が目に入った。だが、笑みは一瞬で消え、磯田は隣のテーブルに目を向けた。

隣のテーブルには、当選回数が一〇回近いベテランや、今後大臣ポストを担う予定の五、六回生の議員が座り、談笑していた。その中に、一人だけ毛色の違う男がいた。磯田は鋭い眼差《まなざ》しで男を見ていた。

〈勝手が違うだろうが、なにぶんよろしく頼む〉

東京一区から急遽《きゅうきょ》出馬することになった若き私大教授だ。

ダークスーツを着た議員たちの中で、一際目立つ淡いベージュのジャケットに、肩近くまで伸びた金髪が中村の目にも入った。有名私大政治学部の教授を務める若宮慶介《わかみやけいすけ》だ。大学を卒業後、奨学金を得て米国のアイビーリーグの大学院に留学した経歴を持つ。

その後は現地の保守系重鎮議員のスタッフを五年務め、帰国した。現在、四三歳、民放の情報番組でレギュラーコメンテーターも務めている。一見強面《こわもて》そうな風貌《ふうぼう》だが、声がソフトで主婦層の人気をつかみ、全国各地で講演活動もしている。

〈民政党候補としてはかなり異色だが、ネットのフォロワーが一〇〇万人もいるとかで、党の青年部が強く推してきた。従来の支持層に加え、ネットを通じて浮動票も取り込んでいけば絶対に勝てる〉

中村の意図を察したように磯田が言った。

〈素人《しろうと》の秘書に抜擢《ばってき》で戸惑うだろうが、俺も全力でフォローする。勝たせてやってくれ〉

もう一度、磯田が中村に頭を下げた。

〈まもなく四谷《よつや》三丁目、四谷三丁目……〉

地下鉄の車内アナウンスで中村は我に返った。電車を降り、地上へと向かう。駅は新宿通りと外苑《がいえん》東《ひがし》通りの交差点にある。

中村は消防署脇の階段を上った。歩道を行き交う人は新宿や渋谷《しぶや》に比べればずっと少ない。事前に地図アプリをチェックしてきたので、迷いはない。消防署沿いの歩道を新宿方向に三〇〇メートルほど歩けば、民政党東京都連が用意してくれた若宮事務所が新たに入居する商業ビルがある。

中村がビジネスホテル脇を通り過ぎたとき、背広のポケットでスマホが震えた。取り出して画面を見ると、後輩秘書からのメッセージが着信していた。

〈地元に到着しました。出陣式の手配など諸々《もろもろ》準備万端です〉

よろしく頼むと返信し、中村はため息を吐いた。中村が一〇年仕える衆議院議員は、茨城南部が地盤の二代目議員だ。

一三年前、民政党の政調会長や国土交通相を務めた先代代議士が膵臓《すいぞう》ガンで急逝した。当時大手銀行に勤めていた三三歳の長男、後藤和幸《ごとうかずゆき》が後継となり、補選を経て先代の後を継いだ。

中村は後藤と同じ大手銀行に勤務し、本店総務部の後輩だった。強く請われ、銀行を退職し公設第一秘書となった。

今回、中村は湖月会の指示で、東京一区に立候補予定の若宮の選対に入る。元々、東京一区は外務省出身の女性議員の地盤だったが、突然風向きが変わったのだ。社会問題化していた新興宗教団体との癒着をめぐり、彼女が深く関《かか》わっていたことが週刊誌にすっぱ抜かれた。日頃《ひごろ》の国政報告会や政治資金パーティーを開催する際、この新興宗教の信者たちをサクラとして動員し、ときに酒食を提供していたことが事細かに報じられた。

女性議員は次期総選挙には出馬せず、政界から引退することを表明した。突然の解散劇と引退という二重の事態で混乱した民政党は、国会議員になりたいと公言していた若宮を後継に据えた。若宮はかねてから月刊誌などに磯田を支持する論文やコメントを寄せていたため、湖月会が選挙の実働部隊になることが決まった。

後藤議員の地盤は、先代以前から保守層が多く、革新系候補はことごとく敗れてきた。選挙に強い議員の事務所から秘書をつけるという派閥事務局の選択により、中村に白羽の矢が立った。先ほど事務所の後輩からメッセージを受けたが、本来なら、地元茨城の秘書たちと事務所開きの段取りをしているはずだった。

お祓《はら》いを受けた神棚を設置し、大きなダルマを置く。その後は市議会や県議会の議員たちに挨拶し、商工会や農業団体へも笑顔をふりまきに行く。のどかな田園風景が頭に浮かんだ。遠くの山々の麓《ふもと》には広大な田畑が広がり、何度も選挙カーで走り抜けた。

〈追伸。都議会議員の秘書さんがサポートに行かれるそうです〉

後輩秘書から二通目のメッセージが入った。茨城で嫌というほど思い知ったのは、地方議会の議員は、地域の顔役であるということだ。自らの地盤にいる支援者一人ひとりの顔を知っている上に、票の取りまとめ役になってくれる重要な存在だ。

〈こちらは孤立無縁。助かります〉

後輩に素早く返信すると、中村は再び新宿通りを歩き始めた。異例尽くめの選挙戦が始まろうとしている。国会議員になるためには、三バンが必要だと古くから言われている。地盤《ジバン》、看板《カンバン》、鞄《カバン》だ。

若宮は若き保守派の論客としてテレビやネット上では有名人であり、看板は有している。だが、残りの二つはどうか。千代田《ちよだ》区と新宿区を擁する東京一区は元々浮動票が多く、選挙では与野党候補が激戦を繰り広げ、当選者が毎回入れ替わる。

後藤議員の場合は、父親の支援者たちが強固な応援団として機能しているほか、後藤本人の地元小学校や中学、高校の同級生や先輩後輩たちが熱心に支援してくれる。地元の祭りに積極的に顔を出し、学校行事や地域の清掃活動などでも顔を売ることで地盤はより強固になっている。

一方、若宮は新宿区内の大学で教授を務め、区内に住居も構えている。教え子やその友人たちに支援を求めることはできるだろうが、後藤議員と比較すればその数は少数にとどまる。

最大の問題は三つ目のバン、鞄だ。若宮個人は大学からの給与のほか、テレビの出演料や書籍の印税、講演会の謝礼が収入となる。一般のサラリーマンより多い二〇〇〇万円近い年収があるはずだが、この程度の金額では選挙は戦えない。

民政党本部から選挙資金として一〇〇〇万円振り込まれるが、この金は一瞬にして消える。事務所の家賃、選挙カーや椅子《いす》、会議机などのリース代。加えて陣営スタッフのユニフォームなどを作れば、たちまち足が出てしまう。支援者の幅を広げ、企業や団体から正規のまとまった額の政治献金を受けなければ事務所の運営は三日ともたない。

後藤議員の選挙は過去三回、地元で汗をかいたという自負がある。しかし、それは地元秘書たちの日頃からの活動が下地になっていた。東京の公設秘書がやれるのは、選挙カーに乗り込み、有権者に手を振り、笑顔をふりまく、あるいは大物政治家が応援に入った際の日程を整理することくらいだった。

東京一区という全国でも有数の荒海に小舟で乗り出し、当選という港までたどり着けるのか。中村は自分の足取りが次第に重くなるのを感じた。

## 3

大手町のビジネス街の中心部にある大和新聞本社は、一〇年前に新築されたインテリジェントビルだ。地上二〇階のうち、一階から七階に大和新聞や関連会社が入居し、残りの一三フロアは新興のベンチャーや、大手企業などに貸し出して収益を得ている。

他の大手紙や在京テレビ局と同様、本業の業績悪化を補うため、不動産事業が稼ぎ頭となっている。地下二階にはテナント向けの駐車場や社員向け仮眠室やシャワー設備のほか資料室があり、地下一階は近隣オフィスと通路をつなげ、他の企業の勤め人も利用できる飲食店街となっている。

片山はランチ営業の準備に勤《いそ》しむ和食店の横を通ってエレベーターに乗り、四階のボタンを押した。

次期衆議院選挙の公示は一週間後の六月六日、投開票日はその一二日後の一八日に決まった。これにより、実質的に一カ月は自分の取材ができなくなる。目下、子供たちの貧困問題や、大手企業の過酷なリストラ事案を調べていた。

突発的な事件事故ではないため、他社に抜かれる懸念は少ない。しかし、あまり興味のないフィールドに放《ほう》り込まれる上に、プライドが高く、取材力に乏しい政治部記者の指示を仰がねばならないのは大きなストレスだ。

今朝、歯磨きを終えたとき、鏡に映る自分の顎《あご》の下に、小さな吹き出物を見つけた。辞令が心に負担をかけている証左だ。

エレベーターが四階に到着し、無機質な扉が開いた。片山の眼前には、天井の高いスペースが広がっている。

在郷テレビ各局の放送を映す大型モニターの横には、北海道、東北、関東など全国のブロックごとの大きな地図がホワイトボードに貼《は》り付けられている。

「よう、久しぶり」

札幌で道警や道庁を回り、政治部に配属された二期上の記者が分厚いファイルを抱えながら片山の脇を通り過ぎた。

「あの、私はどこに……」

男性記者の背中に声をかけたが返答はない。片山は周囲を見回した。顔見知りの政治部のベテランデスクや中堅記者が忙《せわ》しなく電話をかけている。また、ラフな服装のアルバイト学生たちが会議机の間を小走りで行き交う。どこに座ればよいのか。持参したノートパソコンの電源はどこから引けば良いか。設置されたばかりの選挙報道センターには、自分の居場所がない。

「ご苦労さん」

突然、右肩を叩かれた。振り向くと、眉間《みけん》に皺《しわ》を寄せた中年男性が立っていた。

「局長、おはようございます」

「社会部の片山君だな?」

白髪交じりの七三分け、グレーのワイシャツでノーネクタイの男は、経済部長と編集局次長を経て、半年前に編集局長になった三橋学《みつはしまなぶ》だ。

「社会部だけでなく経済部や文化部、国際部、運動部からも総動員だ。悪く思わんでくれ」

三橋は大型モニターや大きな地図を一瞥《いちべつ》し、言った。

突然の招集に不平不満を抱いているのはおまえだけではない。編集トップの局長が遠回しに言った以上、片山に抗弁する術《すべ》はない。

「大事な人を紹介するから、ついてきてくれ」

三橋は大股《おおまた》で歩き出し、選挙報道センターの隅にある小さなシマへ歩み寄った。片山の目の前には、会議机が四脚。それぞれにデスクトップのパソコンが設置され、横には小型スピーカー、そして拡声器がある。

「選挙報道センターのヘッドクォーターだ」

他のシマと同じように、若手の政治部記者やアルバイトが椅子に座り、デスクトップのモニターに向かったりノートパソコンのキーボードを叩いたりしている。

「中杉《なかすぎ》君、ちょっと」

若い記者やスタッフに交じり、紙の資料の束とノートパソコンの画面を交互に見ていた男に三橋が声をかけた。

男が顔を上げた。切れ上がった眦《まなじり》と銀縁の眼鏡。鼻と顎の下に無精髭《ひげ》がある。レンズ越しの両目はどこか醒《さ》めていて、片山を冷徹に値踏みしているような気がした。

「先月、中途で政治部に入った中杉君だ」

三橋が告げる。片山は素早く首元の社員証に目をやった。

〈政治部記者　中杉隆夫《たかお》〉

「社会部遊軍班から応援に来ました。片山です」

「忙しい中での援軍、感謝します」

中杉はノーネクタイで薄いブルーのワイシャツ姿だ。地味なカーキ色のコットンパンツを穿《は》き、足元は黒いスニーカー。目つき以外は、地味な区役所職員といった出立《いでた》ちだ。

「それじゃ、あとは選挙の総責任者である中杉君の指示に従って取材を頼む」

もう一度片山の肩を軽く叩くと、三橋はさっさとホールの出口に向かった。片山が中杉の方向に目を向けると、すでに椅子に腰を下ろし、目の前のキーボードを叩いていた。

「あの、私はなにをすればいいのですか？」

声をかけるが、中杉は顔を上げず、ずっと画面を睨《にら》んでいる。

「社会部の優秀な方だとお聞きしました」

「優秀だなんて、そんな……」

謙遜《けんそん》して告げたが、中杉の表情は変わらない。相変わらず視線は手元のパソコン画面に集中している。

「今回の総選挙、片山さんには東京一区をお願いします」

片山は首を傾《かし》げた。都県境の練馬《ねりま》区の実家から離れ、今は新宿区の神楽坂の小さな賃貸マンションで一人暮らしだ。つまり、地元が東京一区なのだ。

「こちらが東京一区の資料になります」

ノートパソコン脇に積み上げられた分厚いファイルの束から、中杉がクリアファイルを取り出し、片山に向けた。

「立候補予定者の経歴、与野党別の過去の得票動向等々、選挙取材に必要なものは揃《そろ》っています」

片山は右手でファイルを受け取った。

「具体的な取材活動のマニュアルとかは？」

「失礼」

片山の言葉を遮り、中杉がスマホを耳に当てて椅子から立ち上がると、北海道の地図の傍らにいる中堅の政治部記者を指し、選挙報道センターの隅へと足早に立ち去った。

中杉という無表情で地味な記者は先月転職してきて、いきなり総選挙対応の総責任者に就いた。編集局長の三橋から具体的な説明は一切なかった。中杉のパソコンの反対側の椅子に腰を下ろすと、片山はバッグをフロアに置き、スマホを取り出した。

選挙報道センター行きを社会部長から告げられた直後、社内の同期や気の合う記者たちと電話、あるいはランチで情報交換した。その際に作ったメモがスマホのファイルにある。何度か画面をタップし、目的のファイルを探す。

〈社長の鶴《つる》の一声で、選挙速報に重点的に経営資源を投入することが決まった〉

同期で経済部の日銀担当記者が告げた言葉だ。

〈近い将来、有力な外資ＩＴ企業と資本業務提携を行い、紙の減収を抜本的に補う〉

〈総選挙の報道では、外資ＩＴ企業から複数のエンジニアを派遣してもらい、ＡＩを駆使して過去の情報や記事を分析し、開票速報に活かす算段らしい〉

経済担当らしく、社内の未発表事項を探り出していた。たしかに、大和新聞社は一〇年連続で減収減益を記録し、新本社ビルの不動産収入でなんとか収支の帳尻《ちょうじり》を合わせる綱渡り経営を続けてきた。

大手町や丸の内の再開発が加速し、築一〇年が経過したビルは、もはや目新しくはない。使い勝手のよいインテリジェントビルが相次いで竣工《しゅんこう》し、かつ賃料の値引き合戦でも起これば、大和の経営の屋台骨は間違いなく揺らぐ。

〈社長は起死回生の一手を打つ〉

経済部記者の分析が続く。

現在の大和新聞のトップは三年前に編集局長を経て社長に就いた元政治記者だ。かつて永田町全体の情報を浚《さら》う底引網漁船との異名を取った阿久津《あくつ》という政治部長の下で頭角を現し、社内で出世を続けた切れ者だ。

どんなＩＴ企業と提携するかは知らないが、記事にネット上で課金するビジネスモデルが成功すれば、経営難というフェーズが急転回し、新たな読者を取り込むことも夢ではない。

〈一般大衆にとって、一番わかりやすいのが、選挙速報。だから社の経営資源を集中投入し、結果を出すのが狙《ねら》い〉

経済部記者の分析はここで終わっていた。だが、片山は納得できない。中杉は社運を背負うような能力を有した人材なのか。ぼそぼそと小声で話す中年男が、起死回生のカギを握っているとは思えなかった。

「片山さん！」

スマホの画面を凝視していると、右手を挙げてこちらに合図を送っている与党クラブのサブキャップがいた。

「すぐ行きます」

バッグを取り上げると、片山は立ち上がった。

## 4

四谷三丁目駅から三〇〇メートルほど歩くと、外苑西通りと新宿通りの交差点が見渡せる辺りまで来た。

高層マンションの手前に一方通行の小路があり、目指すビルはその近くだ。商業ビルと聞いていたが、目の前にあるのは地上七階建ての古びた雑居ビルだ。

小路に折れ、ビルの入り口に足を向ける。一階の新宿通り側にはチェーンのハンバーガー店が入居し、二階は音楽教室、三階のネームプレートが空白だ。ここに若宮の選挙事務所ができ、公示後は多くの人間が出入りすることになる。

エレベーターホールに足を踏み入れると、作業着姿の男性が二名、扉の周囲で作業していた。

「すみません、点検中なので、階段を使ってください」

年長の作業員の言葉に従い、中村はエレベーター脇にある扉を開けた。少しカビ臭いスペースの奥に階段が見えた。踊り場付近には大小様々な段ボールが置かれ、中村はそれらを避《よ》けながら階段を上り始めた。

中村の胸の中で不安がよぎった。新しく借りた事務所用のスペースだとは聞いていた。だが、選挙を控えているタイミングにしては、ビル全体が静かすぎると感じた。中村は急ぎ階段を駆け上がった。三階で空き部屋の前に立った。やはり、不安は的中した。

ドアを開けると、四〇畳ほどのがらんとしたスペースが目に飛び込んできた。部屋の隅に会議机やパイプ椅子がいくつも立てかけられている。

中村が部屋の中を見回すと、学生と思《おぼ》しき所在なげなボランティアが二人いた。そのうちの一人は、出窓の縁に腰掛け、カップ麺《めん》をすすっている。

「君たちは？」

中村が尋ねると、スマホを凝視していたもう一人が口を開いた。

「代議士の事務所の方から行けと指示されただけで……」

代議士とは、今度の選挙に出馬せず引退する女性議員のことだ。しかし、事務所開きを目前に控え、この状態はあまりにもひどい。中村はスマホを取り出し、女性議員の秘書に電話をかけた。三度、四度と呼び出し音が響くが、相手は出ない。たまらず電話を切ろうとしたとき、相手が反応した。

「もしもし、湖月会の秘書で……」

中村は懸命に話した。だが、電話の相手はどこか拍子抜けしたような声で応じた。

〈思いがけず代議士が引退することになったので、私も辞めます〉

相手は掠《かす》れ声の女性秘書だ。

「湖月会からの申し送りを聞きました。しっかりと引き継ぎは行うという約束でした」

〈私は聞いていません〉

そっけない掠れ声が、中村の耳を強く刺激した。

「しかしですね、支持者名簿を引き継げると聞いております。それにボランティアの融通もあると……」

中村が話している途中で、一方的に電話が切られた。スマホを顔から離し、中村はなんとか舌打ちを堪《こら》えた。その直後、二人の学生に顔を向けた。

「すぐに机と椅子をセットしよう。選挙は実質始まっている」

ボランティアたちはそれぞれ曖昧《あいまい》に頷《うなず》くと、中村とともにパイプ椅子と会議机を並べ始めた。中村は背広を脱ぎ、ワイシャツの袖《そで》をまくって作業に加わった。とりあえず、目の前の作業に没頭するより他はない。椅子と机を並べ終えたら、ひとまず湖月会の事務局に連絡を入れ、応援を頼まねばならない。

〈急な候補の差し替えになっちまったが、絶対に勝たせてやってくれ〉

突然、頭の中に笑みを浮かべた磯田が現れた。東京一区は全国有数の激戦区だ。公共放送NHRの開票速報番組でも、日付が変わる時刻にならないと当確の速報が流れないことでも有名だ。そんな注目選挙区で、派閥のトップから絶対に勝つよう厳命された。だが、勝とうにも必要な武器が一つもない。

「大丈夫ですか?」

一緒に机を運んでいたボランティアが中村の顔を覗《のぞ》き込んでいた。

「平気だ」

「汗がすごいっすよ」

「毎度のことなんでね」

答えになっていないが、言葉を発することでなんとか不安をごまかす。

「こんにちは」

机をフロアに置いた直後、後方から声が響いた。振り返ると、派手な柄のシルクシャツを着た金髪の男が立っていた。

「若宮先生!」

民政党公認候補の若宮が珍しそうに視線をあちこちに向けていた。

「へえ、選挙事務所って、こんな昭和っぽい感じで設営するんだね」

どこか他人事《ひとごと》のような言い振りに、中村は拳《こぶし》を握りしめた。

「先代の代議士との間で引き継ぎがうまくいっていません」

「そうなの？」

「ええ、支援者名簿はくれない、ボランティアの手配もなしと手詰まりです」

中村は低い声で応じた。苛立《いらだ》ちが沸点に達する寸前だが、主《あるじ》に抵抗することは秘書として許されない。

「若宮先生も、教え子とかファンとかで、ボランティアの手配をお願いします」

途端に若宮の顔が曇る。

「ネットで有権者にアピールするのが僕の戦略でね」

「若宮先生、それだけでは勝てません」

思いの外強い口調になっていた。だが、対面する若宮は涼しい顔だ。若宮はパンツのポケットからスマホを取り出した。

「なんなら、早速この場所から政策を訴えるよ。ずっと考えていたことをピンポイントでショート動画にする。それなら波及効果大きいよ」

「まだ、いけません。公職選挙法に抵触する可能性が大です。これからは私の指示に従ってネット投稿をお願いします」

「それって、全部ってこと？」

「先生個人の呟《つぶや》き等々はかまいません。ただし、少しでも政治に関わるような情報があれば、必ず私に事前連絡を」

「検閲する気なの？」

「いえ、あくまでも選挙のためですから」

若宮が苛立ってきた。だが、怒鳴りつけたいのはこちらだ。奥歯を噛《か》み締めていると、ズボンに入れたスマホが振動し始めた。

「ちょっと失礼します」

スマホを取り出すと、未登録の携帯番号が表示されていた。

「若宮事務所の中村です」

掌で口元を覆い、言った。

〈中村さんですね、こちら都議会議員の……〉

「どういったご用件でしょうか?」

〈湖月会事務局からの連絡がありまして……〉

電話の相手は、現職の女性議員、そしてそのスタッフが若宮に対して非協力的だと聞いたと告げた。

「その通りです」

中村は現状をありのまま相手に伝えた。

〈やはり、そういうことでしたか。では、ただちにお手伝いにうかがいます〉

そう言うと、相手はすぐに電話を切った。

「どうしたの?」

「後ほどお話ししますが、都議会議員の方から助太刀《すけだち》の申し出がありました」

「そんなの必要?」

「絶対に必要です」

顎を引き、中村は下腹に力を込めた。

## 5

「平河《ひらかわ》クラブの宮木《みやき》です。よろしくお願いします」

片山が選挙報道センター内を移動すると、先ほど手を挙げた与党クラブのサブキャップが頭を下げた。入社は片山より一年後だが政治部でも花形の与党民政党担当の重責を担っている。

「政治のことは全くわからないので、教えてください」

片山も頭を下げた。宮木は多少面食らった様子だ。互いに存在はそれぞれの署名記事で知っている。大和だけでなく、大手と呼ばれるマスコミの内部では、社会部と政治部は大抵ソリが合わない。

政治部記者は、片山のような社会部の人間からみると、政治家との距離があまりにも近く、肝心な話を聞き出しても、記者クラブのキャップやデスクが閲覧するメモを書くだけで、記者としての仕事を果たしていないと映る。

一方、政治部の人間は、社会部記者は警察や検察におもねるばかりで、夜討ち朝駆け、あるいは裏懇談にいかに食い込むかに腐心し、当局のリークに過度に依存していると思っている。

「こんな機会は滅多にないので、こちらも恐縮しています」

殊勝な面持ちで宮木が言った。

「まあ、政治と社会は水と油ですけど、社長命令なら仕方ない」

片山はわざとおどけた口調で言い、肩をすくめてみせた。

「とりあえず、東京一区について説明させてください」

宮木は机の上にファイルを載せ、ページをめくり始めた。

「一九九六年の第四一回衆議院選挙では、与党民政党の候補が勝利しました。政策通として名高い国《くに》木田《きだ》議員です」

「たしか、有名な作家の……」

「お孫さんです。一般企業に就職後、かつての首相の個人事務所の秘書に転じ、その後政界入りした方です」

宮木の言葉に片山は頷いた。

「しかし、四一回の総選挙以降、四九回までは毎回与野党で当選者が入れ替わる激戦区となりました。しかも票差が一五〇〇票など僅差《きんさ》のときもしばしばです」

「一区の人口は？」

「約四一万人です」

手元の資料に目を落とし、宮木が言った。

「投票率が五〇％程度だったとしても、本当に票差が少ないんですね」

「最近は与野党一騎打ちの間に割って入るように、第三勢力の国民蜂起《ほうき》の会の候補が出てきたので、浮動票の行方が一段と読みにくくなっています」

国民蜂起の会は、関西で生まれた地域政党だ。新自由主義を標榜《ひょうぼう》、役所の無駄を削って、その浮いたコストを国民に還元するとのモットーを掲げ、最近は関西だけでなく全国的にも勢力を伸ばしている。

「新しい選挙区の区割りが全国でなされ、東京一区は以前の千代田、新宿、港《みなと》の三区から千代田、新宿の二区と面積が小さくなりました」

「それってどういう意味ですか？」

「元々浮動票の多い地域でしたが、それがより一層混乱するのは必至かと」

片山はため息をなんとか堪えた。

「こちらを見てください」

宮木が紙の資料を片山の目の前に置いた。

「東京一区の場合、与野党の候補はいずれも比例代表と重複して立候補しました」

「つまり、激戦が予想されるから、保険をかけているってことですよね」

「その通りです」

選挙制度が変わり、現在は一つの選挙区からは一人の当選者しか出ない。激戦が予想されるエリアの場合、選挙区で敗れても、得票数の多寡、あるいは所属政党の比例配分票などを勘案し、復活当選できる仕組みがある。

「東京一区は他の激戦区と比較しても相当にシビアな選挙区です。例えば……」

宮木がさらに資料のページを繰った。

「二〇一四年のケースでは、当時の野党第一党、自由同盟の党首が選挙区、比例でも敗れ、議席を失うという一大事が発生しました。これは六五年ぶりの異常事態でした」

宮木の説明に熱がこもり始めた。

「なぜそんなに重要な選挙区を素人の私が担当するの？」

「ええっと……」

「全国でも有数の激戦区、しかも与野党ともに注目候補が出るわけですよね。だったら、政治部の中堅とかベテランが担当すべきなのでは？」

宮木の顔が曇り、その視線が中杉に向けられた。中杉は依然として誰《だれ》かと電話中だ。

「我々も戸惑っているんです」

歯切れの悪い宮木に合わせるように、片山は声を潜めた。

「それもそうよね。大和はプロパーが多い会社。出ていく人はいても、他社から移籍してくる人は極めて稀《まれ》。それに、政治部は純血主義だから」

周囲を見回したあと、宮木が小さく頷く。

「ちょっと失礼」

片山はスマホを取り出し、ネットの検索欄に中杉の名前を入れた。

「彼ってどこから移籍してきたの？」

「ＮＨＲです」

「天下の公共放送ＮＨＲですか……」

片山は検索欄にＮＨＲというキーワードを追加し、検索をかけ直した。

「たしか仙台《せんだい》にいらっしゃったとか」

「仙台の前は？」

「選挙報道センターの仕切りを任されていることから考えると、政治部かと」

「おう、頑張っているか？」

突然、片山は背後から声をかけられた。振り返ると、ブラウンのセル眼鏡をかけた男性だった。

「社会部の片山さんだね」

「はい」

「応援ありがとう。よろしくお願いします」

「足手まといにならないようにします」

片山が言うと、男は鷹揚《おうよう》な笑みを浮かべた。

「なぜ私が全国有数の激戦区を担当することになったんですか？」

片山は思い切って尋ねた。男は眉間に皺を寄せたあと、作り笑いを浮かべた。

「君が記者として優秀だからだ」

「はっ？」

「とにかく、一区を頼む」

引きつった笑いを浮かべ、男は他の班に足を向けた。

「彼って、最近ワイドショーとかでコメンテーターしている人よね」

「そうです、垣田《かきた》デスクです」

歯に衣《きぬ》着せぬ言い振りで、最近売り出し中の政治記者だ。稀に社内ですれ違う際は、どこか威張った雰囲気を醸し出していた。それが片山には愛想《あいそ》笑いをふりまく。なにかおかしい。片山は周囲を見回した。自分と同じように他の部署から駆り出された記者たちがファイルをめくり、パソコンでデータを分析している。片山はさらに目を凝らした。外信部から派遣された若手記者は、九州の地図の前にいる。

「外信部の彼女は福岡八区、磯田一郎の地元ですよね」

「ええ、そうです」

宮木が頷いた。

「文化部の彼は、神奈川一一区。政界のプリンス、大泉健一郎《おおいずみけんいちろう》の担当」

「そのようです」

「その他をみても、すでに当選が間違いない、つまり、圧倒的に与党候補者が強い選挙区の担当じゃないですか」

「想像ですけど、おそらく中杉さんが総合的に判断され、それを垣田デスクのような人たちが是認したのかと」

片山はもう一度、報道センターの隅にいる中杉に目を向けた。

「あの中杉さんという人は、そんな大きな権限があるわけだ」

「実は、次期総選挙は、仕切り直し的な意味合いがあるんです」

「どういうこと？」

宮木が手元のファイルのページを繰り始めた。

「選挙戦に突入すると、我々政治記者は情勢分析を行い、これを記事に反映させます」

「与党勢力優勢、野党の退潮鮮明、的なやつね」

「そうです」

宮木がページの一点を指した。

「前回のデータをご覧ください」

指の先に〈情勢分析〉の項目があった。

〈民政党　予測二一〇～二五〇議席〉→〈結果二六一議席〉

〈憲政民友党《けんせいみんゆう》　予測九九～一四一議席〉→〈結果九六議席〉

宮木の示した数字をチェックしたあと、片山は口を開いた。

「随分と予測とずれたんですね」

「大和だけでなく、ＮＨＲや他紙も同様でした」

「なぜこんなに予想が外れたの？」

片山が訊《き》くと、宮木が唇を真一文字に結び、ページをめくった。

「前回は出口調査の結果に問題があったと総括されました」

「投票所の出口で待機して片っ端から誰に投票したか質問するやつよね？」

宮木が別の数字に指を置いた。

〈投票所数：四万六四六六カ所→人材派遣会社からのスタッフを要請、三〇〇〇カ所で実施〉

〈対象人数：五三万人→回答済み三三万人〉

「こんなにたくさんデータがあるのに？」

片山が言うと、宮木が強く首を振った。

「膨大なデータそのものが落とし穴だった、というのが大和新聞政治部の見立てです」

「どういう意味？」

「出口調査は、期日前投票分のリサーチも加味しています。そのほかに、定期的な世論調査で支持政党をデータ化しているので、それらも含めたデータでＡＩを稼働させて先ほどの予測議席数を導き出しました」

「でも予測が大幅に外れたのよね」

「前回の総括では、選挙期間の最終盤に劣勢気味だった民政党が〈緊急通報〉と題する檄文《げきぶん》を各候補者事務所に配布し、組織の締め付けを強めたことが要因であると」

「そんなもので変わる？」

「我々も効果を疑問視していましたが、実際に与党系候補者は運動の問題点を洗い出し、ローラー作戦で支持者に投票を促しました。全国で最重要選挙区が定められ、大物議員や参院のタレント議員が大量投入されました」

「それで、ほかにもあるわけ？」

「はい。出口調査で素直に回答してくれた方々に、野党支持、いわゆるリベラルな層が相対的に多かったから、という分析結果が出ました」

宮木がさらにページをめくった。そこには、出口調査の総数、そして支持政党の欄がある。与野党第一党の勢力は丸いグラフの中でほぼ拮抗《きっこう》していた。

「こうした分析を経た上で、次期総選挙の取材には万全を期す、そういう方針が決まりました」

「それで、異例の全社的な動員がかかったわけだ」

「その通りです。ご苦労をおかけします」

「わかりました。社命には逆らえませんからね。任されたからには頑張って取材します。それで詳しい段取りとかは？」

「あとで、政治部以外の応援メンバー向けに研修があります。その際、取材のツールとしてタブレット端末を配布します。そこに取材データを入力していただければ、結果があちらに集約されます」

宮木が視線を動かし、中杉の方を見た。

「彼が最終的に分析して、なんだっけ、あれを決めるんでしょ？」

「当確情報ですね」

「そうそう、当確」

ようやく宮木と打ち解けてきた。片山はそう思って軽口を叩いた。だが、宮木の顔がみるみるうちに強張《こわば》った。

「なにか変なこと言ったかな？」

「いえ……」

宮木が口籠《くちご》もる。

「六月一八日の開票日、この報道センターは戦場になります」

宮木が小声で言った。その目は会場隅の中杉に向けられたままだ。

「ちょっとおおげさじゃない」

片山が言うと、宮木は強く首を振った。

「前回の総選挙の事前予測が大きく外れたので、今回は背水の陣です」

「政治部的にはそうかもね」

「いえ、社運がかかっています」

「たしかに、外資の大手IT企業との提携に関する噂《うわさ》は聞いたけど」

宮木が小さく頷いた。

「某大手IT企業のシステムとAIを試験的に導入し、今回の総選挙速報をテスト的にリリースします」

宮木が周囲を見回したのち、言った。

「ちょっと、どういうこと？」

「PV《ページビュー》が伸びれば、大手外資がウチと本格的に資本業務提携に踏み出すということです」

「そのために、選挙を使うの？　だって、選挙管理委員会の正式発表まで待てば、間違いも起こり得ないのに。そこまで視聴者なり読者の関心が高いコンテンツなの？」

「その通りです」

「だから、全社的に応援を駆り出してでも、当確の速報が必要ってこと？」

「はい」

宮木は瞬《まばた》きすることなく言った。

「ちょっと待ってよ。そんな重要なテーマがあるのに、こんな素人を担ぎ出して……」

「ですから、そこは中杉さんの考えがあるはずです」

「そんなにすごい人なわけ？」

「これはいずれ、局長や政治部長から正式なお達しがでます。今回の開票速報、ウチはゼロ打ちでNHRを凌駕《りょうが》します」

「ゼロ打ちってなに？」

片山が訊くと、宮木がため息を吐いた。

「選挙の開票番組を見たことはありますか？」

正直なところ、民政党が勝とうが、憲政民友党が勢力を伸ばそうが、この国の根本はなにも変わらない。だから政治の動向にはほとんど関心がなかったのだ。宮木が言ったゼロ打ちという言葉を噛み締めた。

「そうか、締め切りの二〇時になった途端に当確の速報テロップが……」

「それです」

「大和がNHRに勝つって、そんなことできるの？」

札幌時代、いくつも大きな事件事故の取材に赴いた。札幌総局のある大通《おおどおり》から道内各地に出張するたび、NHRの物量作戦に面食らった。人員だけでなく、機材や記者やスタッフ向けの食事運搬まで、圧倒的な支援体制を組み、地元メディアや、東京に本拠を置く大手紙やテレビ局を凌駕した。

「そんなの無理よ。NHRは天災と選挙には全勢力を傾けて……」

片山が言うと、宮木が右手を差し出し、言葉を遮った。

「ゼロ打ちの数だけでなく、正確な情勢分析もNHRに勝つ、そういう方針で大和新聞は走り出しています」

「ゼロ打ちって、激戦区の東京一区は関係ないんじゃない？」

片山が抗弁すると、宮木が強く首を振った。

「投票締め切りの二〇時ジャストは無理でも、激戦区に関しては二一時台に当確を全て打つ、中杉さんはそうおっしゃっています」

中杉はなぜそこまでNHRに対抗意識を燃やすのか。そして、大和新聞も経営危機を打破するためとはいえ、なぜこれ程まで選挙に注力しようとするのか。片山には理解できないことばかりだ。

## 6

学生ボランティアとともに、中村は会議机とパイプ椅子を淡々と運び、それぞれの脚を組み立て続けた。

若宮は先ほどから窓際の席に陣取り、スマホと睨めっこだ。普段支えている後藤ならば、率先して事務所設営の作業に加わる。自らが動くことで、事務所のスタッフやボランティアに強力な一体感が生まれるからだ。しかし、気鋭の学者候補にその気《け》は一切ない。

「あと一〇脚程度だから、全部やってしまおう」

中村がボランティアたちに声をかけたときだった。事務所のドアをノックする音が響いた。

「どうぞ、開いています」

中村が答えた直後、蝶番《ちょうつがい》が鈍い軋《きし》み音をたて、扉が開いた。

「失礼いたします」

扉の前に、ネイビーのスーツを着た青年が立っていた。

「都議会議員、本田《ほんだ》浩三《こうぞう》事務所の秘書、神津《こうづ》直樹《なおき》と申します」

神津が深く頭を下げた。

「早速のご訪問、感謝いたします」

中村は駆け寄り、両膝に手をつきながらお辞儀した。神津が名刺を差し出した。

「改めまして、神津です」

名刺には、恰幅《かっぷく》の良い老人の顔写真が印刷されている。本田都議は首都圏ローカルの番組や記事でも取り上げられるベテラン議員で、保守派の重鎮として都議会運営にも強い影響力を有している。民政党副総裁・磯田一郎率いる湖月会事務局から、関係の深い本田に連絡がいき、こうして迅速に秘書を回してくれた。

「こちら、お納めください」

神津は紙袋を中村に差し出した。

「これから暑くなる時期ですので、本来ならビールやジュースの類《たぐ》いをと考えましたが、公職選挙法に抵触する恐れがあるので、甘味を持参するようにと本田から申しつかっております」

「ありがとうございます」

中村が紙袋の中をうかがうと、神田《かんだ》にある和菓子屋の包みが見えた。

「もしかして、有名なあの最中でしょうか?」

疲れが出て、体が甘い物を欲していた。

「本田が験担《げんかつ》ぎだと申しておりました。毎回、あちこちの事務所に持参して、必勝の願掛けも兼ねております」

「お心遣い、痛み入ります」

神津は二〇代後半、あるいは三〇代前半だろう。どんな経歴で本田の秘書になったかは知らないが、公選法の機微や選挙の験担ぎまで知っている。

今は公示前のため、厳密には公職選挙法は適用されない。だが、ライバル候補の支援者たちが足を引っ張ろうと対立候補の一挙手一投足を真剣な眼差しで見つめている。

選挙の事務所開きや陣中見舞いでは、食事や酒の差し入れが禁止されている。豪華な食事、あるいは酒を振る舞うことで、不当な利権誘導がなされるのを防ぐためだ。このため、お茶菓子程度の、饅《まん》頭《じゅう》やケーキ、果物《くだもの》などは提供が認められている。

「若宮先生、都議会の本田議員から差し入れをいただきました」

先ほどと同様、窓辺に座りじっとスマホを操作していた若宮に言った。

「あ、これはどうも」

一瞬、目線を上げると、若宮は小さく神津に頭を下げ、再びスマホに見入った。

「失礼しました。なにぶん、まだなにも選挙のことをわかっておられない方でして」

中村は神津に小声で告げた。

「そのあたりも含めまして、ウチのオヤジから全力で手伝うようにと言いつかっております。これからずっと、投票日までこちらに詰めさせていただきます」

神津は口元に笑みを浮かべた。都議会議員のことをオヤジと呼ぶ若き秘書の援軍が、とてつもなく大きな存在に感じられた。

「こちら、どうぞお座りください」

中村は神津に組み立てたばかりの椅子に座るよう促した。

「前の代議士が全く引き継ぎをしていないと聞きましたが、本当にそんなことが?」

「その通りです」

「それは困りましたね」

神津が短く言った直後だった。事務所のドアをノックする音が再び響き、大きな音をたてて扉が開いた。

「神津君はいる?」

白いブラウスを着た中年女性が顔を出した。

「あの……」

中村が腰を浮かすと、神津が首を振った。

「本田の支援者の皆さんがおいでくださいました」

中年女性の後ろからさらに同年代の女性が三名、その後ろに老年男性が二人顔を見せた。

「ここが若宮先生の事務所? まだ何もできていないじゃない」

最初に顔を出した中年女性がリーダー格なのだろう。神津に向け、わざと大げさに顔をしかめてみせた。

「これからのことは私とこちらの中村秘書が中心になりますので、ひとまずお茶でも」

神津が言った直後、別の中年女性が買い物袋から手際よく缶入りのお茶を会議机に並べ始めた。

「若宮先生!」

初対面の都議会議員秘書、そして支援者たちが駆けつけてくれたのに、若宮は無反応だった。これでは示しがつかない。中村は声を張った。

「なに?」

「投票日まで支援してくださる皆さんが駆けつけてくださいました。ご挨拶をお願いします」

中村は窓際の若宮に駆け寄り、強く腕をつかんで立ち上がらせた。中村の力に驚いたのか、若宮が姿勢を正し、周囲を見回した。

「先生、短くても結構ですので」

低い声で告げると、若宮が咳払《せきばら》いした。

「この度、民政党公認候補として、東京一区から……」

若宮が金髪をかき上げながら話し始めた。大勢の学生を前に話す機会が多い大学教授だけに、一度話し始めるとあとは滑らかだった。

「失礼ばかりで、本当にすみません」

若宮の話しぶりを確認すると、中村は神津の横に座った。

「彼らは熱心な民政党支援者であり、優れた選挙ボランティアです。存分に手伝ってもらいましょう」

今まで生真面目な顔だった神津が口元を歪め、笑った。

「甘えてばかりで恐縮です。私は永田町の秘書なもので、地元の事務所事情には疎くて」

「ポスター外しは大丈夫ですよね？」

突然、神津が言ったが、中村は戸惑った。

「若宮先生は大学教授ですから、政治活動用のポスターはありませんよね？」

神津が発した政治活動用という言葉で、中村は合点がいった。

後藤の場合は毎週末地元に帰り、国政報告会を開催する。この場では、自らの政策や国会での質問状況などを支援者にわかりやすく説く。こうした集会やイベントのため、告知用にポスターを貼っているのだ。

告示を経て正式に選挙戦がスタートすると、特定候補を当選させるためのポスターを選管指定の掲示板に貼り、アピールする。これは告示から投票までという一定期間限定の代物だが、政治活動と選挙活動は公選法で明確に切り分けられている。このため、普段の政治活動用のポスターが公示後も選挙区に残っているのが見つかれば、違反対象となってしまう。

「若宮先生が教鞭《きょうべん》を執られている私大の立て看板の類いもチェックしてください。なにかと選挙管理委員会は口うるさいので」

「あとで確認します」

たしかに、私大のキャンパスの周囲にはサークルの勧誘や学校側が主催する様々なセミナー、講演会を告知する立て看板が乱立している。中村はスマホのメモアプリに立て看板チェックと記した。

「あと、ウグイスはどうされます？」

「それも手配しなければなりませんね」

神津が言ったウグイスとは、選挙カーに乗り込んで候補者への投票を呼びかける女性ナレーターのことだ。後藤の地元では、選対本部長の親戚《しんせき》で、元民放ラジオ局のOGが長年ウグイス嬢を務めている。正式名称は車上運動員だ。

「選挙になると、裏で法外な料金をふっかけてくる連中が湧《わ》いてきます。東京一区は激戦区なので、とくに注意が必要です」

神津が眉根を寄せ、スマホの画面をタップした。

〈勝率八七％　伝説のウグイス嬢〉

派手なメイクを施した中年女性の写真とともに、刺激的な売り文句が載っている。選挙運動は原則無賃金、つまりボランティアが基本だ。例外となるのがウグイス嬢で、日当一万五〇〇〇円以内と公選法で定められている。

「法外とはどういう意味です？」

「必ず勝たせるから、裏で規定料金以上の金を出せというのです」

中村は改めて画面の派手なメイクの中年女性を凝視した。

〈勝率八七％〉

煽《あお》り文句に否《いや》が応《おう》でも目が行く。

「中村さん、こんな数字に惑わされてはいけません」

「ダメなのですか？」

「ええ。この数字には明確なカラクリがあります」

若い神津は言い切った。

「全国には絶対に揺るがない地盤を持つ有力政治家がたくさんいます。例えば、湖月会オーナーの磯田一郎先生です」

磯田は福岡でも有数の名家出身であり、今も一族は福岡で絶大な影響力を有する。万が一にも落選ということは考えられない。

政治家の格は随分違うが、後藤も地盤は磐石だ。過去三度出馬して、一度も対立候補の革新や無所属候補に敗れたことはない。

「投票前から当選が決まったも同然の候補者事務所に取り入り、車上運動員の職を得る。この動きを全国に広げれば、勝率はどうやったって上がります」

神津がスマホの画面をスクロールした。すると、この伝説のウグイス嬢が過去に参戦した衆参の選挙のほか、全国各地の首長選挙の名前がずらりと並んだ。

「たしかに、主要閣僚経験者のほか、党三役を務めた有力者ばかりですね」

「彼女はウグイス嬢という仕事のほか、人材派遣業も営んでいます」

神津がもう一度画面に触れた。すると、スーツ姿の中年女性が一〇名ほどの若い女性相手に講師を務めている写真が現れた。

「勝てそうもない陣営から動員がかかると、教え子の若手運動員を派遣するのです」

「なるほど、それなら自身の勝率は下がらない」

感心しながら言うと、神津が頷いた。

「一八歳のとき、夜間大学に通いながらオヤジの下で雑巾《ぞうきん》掛けを始めました。この手のいかがわしい連中は嫌というほど見てきました」

若いが落ち着きがあり、どこか凄《すご》みさえ感じさせる神津の背後には、人しれぬ苦労があったのだ。

「一週間後の六月六日の公示日ですが、立候補の届け出に関してはどのような段取りを組まれていますか？」

スマホを素早くタップした神津がスケジュールアプリを画面に表示した。

「まだなにも決めておりません」

「では、私がウチの事務所関係者に指示します」

「本当に何から何まですみません」

中村はひたすら頭を下げ続けた。

「都庁の選挙管理委員会で公示日前に審査があるんですよね？」

「候補者届出書、宣誓書、団体所属に関する文書のほか、供託証明書や戸籍謄本が必要になります」

手続きの詳細を諳《そら》んじているのか、神津がすらすらと告げた。この種の手続きに関しても、後藤事務所の場合は地元秘書たちが全てお膳立《ぜんだ》てしているため、実務に関して中村は素人同然だ。

「あとで湖月会から応援の秘書を増派してもらいますので」

中村が言うと、神津が首を振った。

「いきなりの解散総選挙です。おそらく増員は難しいかと。ですので、遠慮なく細々としたことはお申し付けください」

「いや、それでは本田先生、そして神津さんに申し訳ない」

中村は本心から言った。

「いえ、ここだけの話ですが……」

神津が周囲を見回し、声を潜めた。

「前の女性代議士とウチのオヤジはあまりソリが合いませんでした。ですので、ほとんど支援はしてこなかったのです」

神津は口元を緩めた。だが、両目は笑っていない。

「それに、オヤジは磯田先生に恩義を感じております。ですので、私を部下だと思って、存分に使ってください」

「わかりました。とりあえず応援要請はかけますが、その間はお言葉に甘えさせていただきます」

中村が言うと、神津は満足げに頷いた。

「我々が信頼するウグイス嬢に心当たりがありますし、電話の設置やポスターやビラの印刷、集会やイベント等々の手配はあとで私が段取りしておきます」

神津は忙しなく動く中年女性たちを見て言った。

「ありがとうございます」

「一つご提案があるのですが」

神津が若宮に目を向け、言った。

「なんでしょう?」

「先生の政策について、緊急で書籍を出版しませんか?」

中村は改めて若宮に目を向けた。周囲が慌ただしく動いているにも拘《かか》わらず、相変わらずマイペースで、再びスマホと睨めっこしている。

「本ですか……」

中村は自分のスマホを取り出すと、若宮のブログを検索した。トップページの末尾にこれまで刊行した書籍の一覧が掲載されていた。

『新たな保守の目覚め』

『老害！　左翼老人たちとの訣別《けつべつ》』

『正しい歴史観に学ぶ日本政治史』

大手の出版社数社から、新書が何冊も出版されていた。リンクから大手通販サイトをチェックすると、好感を示す星印が多数並んでいる。

「先生ご自身はすでに何冊も出しておられます」

だが、神津は首を振る。

「もちろん私も若宮先生のご著書は読んでいます。ただ、文章が堅く、難しいので、より幅広い層にアピールするのは難しいと考えました。当選直後に刊行しましょう」

「なるほど」

「数多くの国会議員の政策本を書いた優秀な記者が何人かいるのです」

中村は心の中で手を打った。派閥のオーナーである磯田を始め、与党民政党の有力議員たちは頻繁に本を出版し、資金集めのパーティーなどで土産《みやげ》にもたせていた。

その多くは、自らの経歴を売り込み、関わった政策や法案、そしてそれらが導く薔薇色《ばらいろ》の未来を提示する内容だった。

「NHRや中央新報《ちゅうおうしんぽう》、大和新聞の政治部記者がいくらでも書いてくれますよ」

「ゴーストライターということですね？」

神津によれば、後援会組織が一括で買い取る契約を出版社と結べば、中身の良し悪《あ》しに関係なく世に出すことができるという。

「ある程度の数でしたら、出版社は嫌な顔をしません。売れ残りの心配がありませんからね。むしろ出版不況なので喜ばれますよ」

「そんな仕組みがあるわけですね。早速若宮先生に提案します」

神津に一礼したあと、中村は窓際にいる若宮に歩み寄った。

「先生、一つ緊急のご提案があります」

怪訝《けげん》な顔をする若宮に、神津の意図を説明した。すると、若宮の顔がたちまち曇った。

「嫌だね。万人受けとか、流儀に合わないんで」

若宮が駄々っ子のように口を尖《とが》らせた。

「若宮ブランドのグレードを落としたくないんだよ」

若宮は抵抗している。すると、いつの間にか若宮の横に神津が立っていた。

「先生、これを見てください」

神津が若宮の前にスマホをかざした。舌打ちしたあと、若宮が渋々画面に顔を向けた。

「えっ」

奇声を発したあと、若宮が顔色を失《な》くした。

「党本部の身体検査はクリアされたようですが、我々の調べには先生のことが数件、引っ掛かりましたよ」

神津は変わらず落ち着いた口調で話している。一方、自信満々だった若宮の顔は引きつり、声も上ずっている。

「なぜこれを？　会員制の店のはずだけど」

若宮の狼狽《ろうばい》がおさまらない。神津はなにを見せたのか。

「ウチのオヤジの地盤は新宿です。様々な支持者、支援者から情報が集まりますから」

ゆっくりと低い声で告げたあと、神津が画面を中村に向けた。

画面には金髪の男が若い女性のドレスの胸元に手を入れている写真がある。

「キャバクラはなにをやっても許される場所ではありませんよ」

神津が先ほどと同じように低い声で言った。

「本の件、了解しました。手配をお願いできますか？」

若宮の態度が一変した。

「では、手配を進めさせていただきます」

神津は短く言い、スマホの画面を切り替え、電話をかけ始めた。一方、若宮は呆然《ぼうぜん》と神津の背中を見つめている。

「そうですか、では都合がつき次第、四谷三丁目の事務所までお願いします」

神津の電話の相手は、先ほど言ったように大手メディアの政治記者なのだろう。

選挙支援だけでなく、幅広いネットワークを束ねる力を持つ若き秘書は淡々と連絡を続けている。国会議員秘書は、地元支援者からの陳情対応や官僚との付き合いが深くなる。だが、夜の世界や、政治記者の裏の稼業までは知り得ない。静かに仕事をこなす神津の横顔が、どこか得体の知れない生物に思えた。

## 7

普段の取材ならば、三、四日分の疲労感だ。片山は肩に食い込むショルダーバッグの紐《ひも》を直しながら、地下鉄の車両を降りた。

選挙報道センターで説明を受け、専用のタブレットを受け取った。これから一週間後の公示直後のタイミング、そして実際に選挙戦が始まったあとは、街に出て人々の支持政党や投票を考えている候補者の名前、そしてアンケートに答えてくれた人間の性別や年齢、職業などを専用アプリに入力する。

神楽坂駅の改札を抜け、地上に出ると、すでに陽《ひ》は落ち、ワインバーや寿司《すし》屋の看板に灯《あか》りが点《とも》っていた。片山は出口から左に逸《そ》れ、赤城《あかぎ》神社の方へと歩いた。

神楽坂下ほどではないが、古い街並みや個性的なレストランが揃う一角には、食事に向かうカップル、近隣のスーパーで買い物を済ませた親子らが行き交っている。

普段、全く意識したことはなかったが、買い物袋を提《さ》げた主婦や、背広姿で惣菜《そうざい》店の袋を持つ男性らは、新宿区に住む地元住民だ。近い将来、選挙情勢の取材を行う。彼ら地元民に声をかける機会は必ずくる。

赤城神社の前を左に折れ、さらに二股に分かれた小路を江戸《えど》川橋《がわばし》方向へと下る。一人暮らしの賃貸マンションまではあと五分ほどだ。坂道に足を取られぬよう歩きながら、片山は駆け出し時代に走り回った札幌を思い起こした。

総局時代、国政選挙は一度、参議院議員選挙の取材を手伝った。

経費不足を理由に、NHRのように多数の出口調査員を雇うことは不可能で、札幌のほか、旭川《あさひかわ》、室蘭《むろらん》、帯広《おびひろ》など主要都市の出口調査を担当記者がアルバイトと手分けして行い、傾向をつかんでいたのみだった。

片山は、札幌駅前のほか北区《きた》など郊外の住宅地で二、三度情勢取材をした。北海道は長年保革伯仲する傾向があるが、片山がいた当時は与党候補の人気が高く、アルバイトらが集めたデータを勘案し、与党候補優勢とのメモを作成し、東京本社の政治部に送った。

選挙戦最終盤にもう一度情勢取材をする予定だったが、道警の不祥事を地元の北海道新報に抜かれたため、必死で後追いした。このため、選挙取材らしいことはしていない。

東京一区は全国でも有数の激戦区だ。なぜ自分のような素人が任されたのか、納得がいかない。駅から歩いて八分ほどで、自宅のマンションにたどり着いた。オートロックを解除し、二階へとエレベーターに乗る。

本社社会部に配属が決まり、職場と住居は近い方が良いという当時のキャップの勧めにより、警視庁にタクシーで一〇分ほどの位置にある神楽坂に住まいを決めた。

江戸川橋の住宅街を見下ろす1LDKで、着替えと睡眠を確保するためだけの部屋だ。

片山は荷物をダイニングテーブル脇に置き、冷蔵庫を開けた。ここ四、五日スーパーに行かなかったので、食材が足りない。調味料のほかに五個の卵、そして二日前に作り置きした茄子《なす》の煮浸し、ひじきの和《あ》え物があるくらいだ。

これから白米を炊くと小一時間かかってしまう。冷蔵庫脇の戸棚を開けると、安売りの時に買いだめしていたうどんの乾麺が見えた。煮浸しと生卵をトッピングすれば、一五分ほどで夕食にありつける。

片山は片手鍋に水を張り、コンロにかけた。薬味のネギを探すため、冷蔵庫の野菜室のドアを開けたときだった。テーブルに置いたスマホが着信音を鳴らした。画面を見ると、Hの文字が浮かんでいる。すぐさま火を消し、通話ボタンを押した。

〈もしもし、俺だ〉

耳元で掠れた男の声が響いた。

「八田《はった》さん！」

〈よう元気かよ〉

低い声だが、どこか温《ぬく》もりがある。疲れた体に染み入るようだ。

「はい……」

〈声が萎《しお》れてんじゃねえか〉

声を聞いただけで荒《すさ》んだ心が見透かされた。

「八田さんはどうしました？」

〈牛込《うしごめ》署で会議があって、そのあと、一人で居酒屋だ〉

「もしかして……」

〈そう、そのもしかしてだ〉

「すぐに行きます」

〈腹減ってんだろう。なにか食わしてやるよ〉

八田が笑い声をあげ、電話を切った。片山はコンロの火が消えているのを確認すると、煮浸しの保存容器を冷蔵庫に戻した。思いがけない誘いだ。バッグの中からスマホとメモ帳を取り出し、玄関に向かった。

先ほど重い足取りで下った坂道を、今度は小走りで上る。赤城神社近くまで坂道を上ると、小路の右側に〈もつやき　煮込み鍋〉の煤《すす》けた赤い看板が見えた。地元民のほか、近隣の勤め人が足繁《あししげ》く通う小さな居酒屋、能登屋《のとや》だ。

〈ホルモン〉の暖簾《のれん》をくぐると、店の左側カウンター席に丸く大きな背中が見えた。片山は思わず駆け寄り、肩を叩いた。

「こんばんは、八田さん」

「おお、来たな欠食児童」

額が後退した丸顔の中年男の頰《ほお》が赤味を帯びている。

「まあ座れや」

片山が空いていた隣の席に座ると同時に、八田が生ビールの大ジョッキをオーダーした。片山は八田のグラスを見た。いつものようにホッピーの白のボトル、そして氷と焼酎《しょうちゅう》を入れたグラスが空きかけていた。

「白と中身もお願いします」

片山がカウンターの中の店員に告げると、威勢の良い返事が響いた。片山はレバー串《ぐし》、センマイの刺身をオーダーし、八田を見た。

「お久しぶりです」

「思ったより元気あるじゃねえか」

赤ら顔の八田が笑みを浮かべた。タイミングよく店員がジョッキと新しいグラスを運んできたあと、片山は口を開いた。

「乾杯です！」

片山はビールを半分以上飲み、左手の甲で口元を拭った。

「そんなんじゃ、一生結婚できねえぞ」

「余計なお世話です。それに、今の言葉はセクハラ、モラハラの類いですからね」

「おお、怖いわ」

八田が肩をすくめた。

「それで、どうして電話に出たときは萎《しぼ》んでたんだ？」

「総選挙の取材班に臨時招集されたので」

「なんだ、選挙違反の担当か？　それなら俺は専門外だ」

片山は首を横に振った。

「選挙違反は保秘が命の捜査二課が担当だからな。一課だった俺は手出しできねえ。それに、選挙違反の摘発は恣意的《しいてき》だぞ」

「どうしてですか？」

「選挙の当落を見極め、負けた方を優先的にパクるからな」

「そうか、勝った方を捜査したら……」

「以前中国地方であったみてえな大規模な買収事件なら検察と組むが、細かい案件について、ウチの会社に議員《バッジ》を挙げる度胸なんてあるわけないだろう」

八田が白い歯を見せ、笑った。

「ところで八田さん、こんなところで飲んでいても平気なの？　牛込署にいたって言っていたけど」

「研修で刑事課の若手相手に先生やってきた。帰っても誰もいねえからな」

「ごめんなさい、変なこと言っちゃった」

片山は頭を下げた。八田のスマホの待ち受け画面は、二年前に胃ガンで急逝した愛妻の写真だ。一人娘は昨年嫁いだばかりで、北区滝野川《たきのがわ》の自宅には誰もいない。

「かまわねえよ」

そう言うと、八田は焼酎入りのグラスにホッピーを注いだ。

「最近の本部六階は平穏そうですね」

「まあな。暇ってことは平和な証拠だ」

笑みを浮かべ、八田はホッピーを喉《のど》に流し込んだ。

八田は警視庁本部刑事総務課に勤務する警部だ。現在は刑事指導第二係に勤務し、若手警察官の実務を指導する。かつては複数の所轄署で刑事課強行犯係、本部捜査一課に長年勤務した筋金入りの刑事《デカ》だ。

八田と出会ったのは、六年前。札幌総局から東京に戻ると、片山は社会部警視庁クラブに配属され、新宿、戸塚《とつか》、牛込、野方《のがた》などの所轄署をカバーする第四方面担当になった。八田は当時、新宿署生活安全課の警部補だった。

新宿署は都内で一番大きな所轄署だ。歌舞伎町《かぶきちよう》という東洋一の歓楽街が管内にあり、事件事故が頻発するためだ。当時の八田は、歌舞伎町の飲食や風俗店を重点的にチェックする担当者だった。その頃の片山は、突発的な事件が起きていない泊まり勤務の際、歌舞伎町に積極的に出かけていた。街に集《つど》う若者たちの変遷《へんせん》、それに裏社会の人間たちの様子を長期的にルポしようとしていた。

ある晩、ホストに肩を抱えられて歩く泥酔した若い女性を発見した。その際、腰元に構えたコンパクトカメラで撮影した。

その数日後、乱立するホストクラブの営業スタイルが過激化しているとキャッチの男性から情報を得て、評判の悪いホストクラブの周辺を取材した。すると、地方から家出してきた少女、あるいは歌舞伎町の風俗嬢たちに借金をさせてまで来店を促すホスト十数名がいることをつかんだ。

店の名前、ホストの源氏名を調べたあと、過激な営業姿勢をどう考えているのか、新宿署で八田に尋ねた。その際、例の泥酔女性とホストの写真を見せると、八田の顔色が一変した。泥酔してホストに肩を支えられていたのは新宿署生活安全課に配属されたばかりの女性巡査だった。

その後、新宿署の複数の警察官に取材を進めると、問題の女性巡査がホストクラブの時間外営業の摘発情報を漏らしていた疑いがあり、内々に処分され、依願退職していたことが判明した。

「あの巡査は一生懸命だった。だからこそ、相手の術中にまんまとハマり、強い酒を飲まされて情報をゲロった。悪い娘《こ》じゃなかったんだ」

「そうらしいですね」

「あれで記事にされていたら、あの娘は転職もできなかっただろう」

当時、片山は女性巡査の内情を得ていた。それだけに今後を考え、あえて情報をキャップに伝えなかった。酒飲みの自分も万が一ということがある。巡査が籠絡《ろうらく》されるくらい歌舞伎町は奥が深い歓楽街だと痛感した。

この一件を境に、ガードの固かった八田との距離が一気に縮まった。片山が第四方面担当を外れて以降、八田とは度々食事を共にし、互いに情報交換する関係性ができあがった。

八田とはなぜかウマが合う。片山の父は大手出版社の編集者を定年退職したあと、現在はフリーの編集・校正者だ。神経質なところが自分とソリが合わない。豪快に見えて、きめ細かな心配りをしてくれる八田に理想の父親像を求めているのかもしれない。

「大きな事件がないからって、こんなところで油売っていていいんですか？」

「誰も相手をしてくれないからな」

「なにそれ。ギャップ萌《も》え狙っているんですか？」

「ギャップ……なんだって？」

「なんでもありませんよ」

「そりゃそうと、選挙班に回されて不貞腐《ふてくさ》れているみたいだな」

「全くの素人ですし、担当するのが、全国でも有数の激戦区です」

「どこだ？」

八田の問いかけに片山はカウンターを指した。

「東京一区ですよ」

「たしかに毎度与野党の当選者が入れ替わるもんな」

だが、言ったそばから八田が首を傾《かし》げた。

「なにか？」

「いや、なんでもないよ」

「気になるじゃないですか、言ってくださいよ。私が八田さんを裏切ったことがある？」

「あのな、同期から聞いたんだが……」

刑事の習性なのか、八田が周囲を見回し、声を潜めた。

「選挙だ、議員だって芽衣ちゃんが言ったから、思い出した」

「だから、早く」

「先週、ある都議会議員が亡くなった」

片山は素早く記憶のページをめくるが、該当するようなニュースは出てこない。

「ニュースにはなっていない。心筋梗塞《しんきんこうそく》で亡くなったからだ。近く都議会の補選があるはずだ」

「でも、八田さんがそうやって言うからには、なにかあるんですよね？」

「ああ、亡くなったのが三鷹《みたか》だったからだ」

「三鷹は二三区の外ですから監察医の見立てがない」

片山の言葉に八田が頷いた。

東京は日本の人口の一〇分の一が集まる大都会だ。当然、事件事故の数は他の道府県よりも多くなる。

人が病院で亡くなれば、医師が死亡診断書を作成する。だが、人は病院で死ぬとは限らない。公園の片隅で遺体が発見されるケースも多い。

通報によって、もしくはパトロール中の警官が臨場し、まずは現場の周辺をチェックする。自然死なのか、事故、あるいは事件性があるのか。

現場で判断がつかない場合は、警視庁本部鑑識課から死体のプロである検視官が臨場し、事件性の有無を判断する。それでも死因が判明しない場合は、東京都監察医務院に送られ、解剖という段取りになる。八田が三鷹という地名を強調したのには意味がある。

二三区内で遺体が発見されれば、検視官から監察医という順番で死因が精査される。だが、三鷹のように二三区外だと監察医の見立てを受けることが制度上できない。

「なにか不審な点でも？」

「もう議員さんのご遺体は荼毘《だび》に付されているから、どうにもならんのだが……」

「だから、ご遺体に不審な点があったから、本部で噂が燻《くすぶ》っているんですよね？」

「そうだ。ピンク歯《し》だ」

「ピンク、なんですって？」

片山が訊き返すと、八田が口を開いた上で自分の前歯を指した。

「ご遺体の歯がピンクになるからピンク歯だ」

「なんですか、それ？」

片山は自分の眉根が寄ったのを感じながら、八田との間合いを詰めた。

8

デリバリーサービスでLサイズのピザを五枚、中村はポケットマネーで頼んだ。若いボランティアをはじめ、神津が連れてきてくれた支援者たちに簡単な夜食を勧める。

近いうちに、大きな貯金箱を設置する必要がある。公示後は公選法が厳しく適用される。ポケットマネーでボランティアに食事をふるまうと、同法に抵触する恐れが出てくるのだ。

後藤事務所では、焼酎の特大ペットボトルの蓋に穴を開け、貯金箱として使っていた。事務所のボランティアが食事を摂った際は、便宜的に五〇〇円を投入してもらい、食事代を事務所が徴収する形にしているのだ。

もちろん、ボランティアにはあとで金を戻す。選挙運動で疲れたスタッフに対し食事を支給しなければ、後藤はケチだと悪評が立つ。一方、選管の監視の目があるため、タダで出してはいけない。なので、人目につく場所に貯金箱を設け、芝居までする必要がある。若宮は勝手がわかっていないため中村が率先してこなさなくてはならない。

中村は部屋の隅の会議机に目を向けた。金髪でロン毛の若宮の対面《トイメン》には背広の中年男性が座っている。男性の手元には、二台のICレコーダーがあり、ともに赤いランプが点灯し、録音中だと示している。

「失礼します」

中村は二人の手元にある空いた緑茶のペットボトルを取り上げ、若いボランティアに目配せした。先ほど買ってきてもらった新しいペットボトルを二人の邪魔にならぬよう置く。

「回転寿司店での迷惑行為、極端なクレーマー等々、最近の世情、特に若者のモラルが乱れているのは、道徳教育の杜撰《ずさん》さが原因です」

早口で若宮が持論を展開中だ。

「家庭内での会話が増えれば、親が子に対して世間の常識やルールをきちんと教えることができる」

「しっかり躾《しつ》けられた子供たちが増えれば、健全な交際、婚姻を経て、家族が増えていく。そうなれば、立派な少子化対策になります」

矢継ぎ早に若宮が告げる。対面に座る中年男性は、中央新報のベテランだ。中村は先ほどもらった名刺に目を向けた。

〈中央新報　政治部編集委員　浦川正巳《うらかわまさみ》〉

浦川はノートの一ページを半分に区切り、要点を次々にメモしていく。神津から紹介された政治記者で、笑わない口元がどこか爬虫類《はちゅうるい》を思わせる。

「家族や家系があってこその個人。家庭が生活の礎《いしずえ》であることは間違いない」

随分と保守的な主張だ。過去一〇年ほど、与党民政党はタカ派で知られる故・芦原《あしはら》首相が率いてきた。同時に保守論壇と呼ばれるメディア関係者や学者が勢力を拡大させた。若宮もその一人で、三年前から民政党の国会議員プロジェクトに応募し続けてきた。ただ、芦原が昨年、地方遊説中に極左勢力から火炎瓶を投げられ不慮の死を遂げると、取り巻きだった論壇の勢力にかげりが見え始めた。

一方、中村が仕える後藤議員は民政党でもハト派と目される湖月会に所属している。

芦原派とは正反対の関係にあるが、かつてキングメーカーとして芦原を支えた磯田は、保守層の支持を引き止めるため、若宮を推した。

二人のやりとりを見ていると突然、肩を叩かれた。振り返ると、笑顔の神津が立っていた。

「順調そうですね」

「若宮先生は弁が立つので。それで、どの程度の期間で出版されるのでしょうか」

神津の手配で、ゴーストライターを務めるベテラン記者がその日のうちに事務所に現れた。迅速この上ない対応だが、問題は書籍刊行のスケジュールだ。

「開票日の二、三日後には世に出ます」

「しかし、あまり時間がありませんが……」

「あの記者はゴーストのベテランです。最近は音声データをテキストに自動変換してくれるソフトやアプリが豊富です。文字起こしなら一日あれば大丈夫。あとは文体を整えて、校正者を三名くらい雇えば、入稿してすぐに仮見本ができます」

中村が全く知らない世界の話だった。

「あの、料金はどの程度かかるのでしょう？　正直な話、党から一〇〇〇万円支給されましたが、それで足りるのか心配です」

中村は切り出した。いくらスピード感を持って編集が進み、その後印刷というステップに入っても無い袖は振れない。

「持ち出しは一〇〇万円程度。記者へのギャラ、校正者への手間賃も含んでの話です」

神津がさらりと言った。

「先生、タイトルはどうしましょうか？」

浦川という記者がICレコーダーのボタンを押し、言った。聞き取りを始めてから約二時間が経過した。一冊の本をまとめるだけの内容が得られたということだ。

「〈新しい保守の話をしようか？〉なんて、どうかな」

「なるほど、今風でいいですね」

「話した中身は理解できた？」

「ええ、目から鱗《うろこ》のお話ばかりでしたよ」

得意げな若宮に対し、浦川は淡々と答えた。

「それでは、早急にまとめますね」

浦川はICレコーダー二台、ノートやペンを背広のポケットに入れると席をたった。

「よろしく頼みます」

若宮が浦川の後ろ姿に言った。

「若宮先生には、絶対に当選してもらわねばなりません」

神津が真顔になり、中村に言った。

「もちろんです」

中村は即座に答えた。

9

能登屋で八田と別れたあと、片山は自宅マンションに戻った。着替えも済まさないうちに、ノートパソコンを立ち上げ、八田から聞いた話を早速調べてみる。自分でも嫌になるほど、記者根性が染み付いていた。

ネット検索すると、すぐに短い訃報がヒットした。ベテランの都議会議員・三雲誠《みくもまこと》（六三歳）が二週間前、心筋梗塞で亡くなったとのベタ記事だった。

三雲について、引き続き検索をかけた。すると、公式ホームページが目の前に現れた。故人の死からまだ日が浅いため、事務所のスタッフが中身を更新していなかった。片山は、目を凝らした。

前回の都議選の様子、地元での清掃活動の様子が掲載されていたほか、三雲自身や都議会の各種SNSのアカウントへのリンクが貼り付けてある。

片山はそれらを一つ一つチェックしていく。サイトに写る三雲は還暦を過ぎているが、年老いた印象は一つもない。政治家特有の顔の照りがあり、選挙戦で走り回ったからか、かなり日焼けしていた。

三雲のSNSの中に動画を見つけた。

〈頑張ります！　応援お願いします！〉

選挙運動で駅前に集まった有権者と握手する際も、三雲はキビキビと動き、大声を発していた。健康そのものに見える。

動画の再生を止め、片山は目頭を強く押さえた。

〈ピンクの歯、ですか？〉

〈そんなことも知らねえで事件記者やってたのか？〉

〈すみません……〉

八田が足元の鞄からノートを取り出し、カウンターに広げた。黙々とページをめくった八田は、一点を指した。

〈ピンク歯：溺死《できし》や絞殺《こうさつ》時、鬱血《うつけつ》してヘモグロビンがやや変性し、歯の内部に浸潤してピンク色になる現象〉

片山は驚き、顔を上げた。穏やかだった八田の表情が曇っていた。

〈この議員の死因は病死じゃない。つまり、殺しってことですか？〉

片山が低い声で尋ねると、八田が首を振った。

〈検視官の立ち会いはなし。三鷹署地域課が町医者の二代目を呼んで死亡診断書を書かせた。死因は心筋梗塞と判断しておしまい〉

〈そんな……〉

〈議員の胸ポケットから、医師から処方された心臓の薬が出てきた〉

八田が言った通り、心臓の薬があったとするならば、事件性なしと判断されても仕方がない面がある。

〈警視庁だって万能じゃない。最近はＳＳＢＣが活躍して強盗《タタキ》や殺人《コロシ》の検挙率が格段に上がったが、こういう落とし穴があるんだよな〉

〈やっぱり、八田さんは疑っているんだ〉

〈疑う前の段階として、所轄署にもっと慎重に調べて欲しかったというのが、刑事指導係のおじさんとして言えることだ〉

〈ほかに背景があったから、本部内で変な噂が立っているんでしょ？〉

〈二課が内偵していたという話を聞いた〉

〈議員の周辺を二課が？　汚職《サンズイ》ってことですか〉

警視庁本部の刑事部には、殺人や強盗など強行犯を担当する一課のほか、盗犯を専門に扱う捜査三課がある。そして、毛色が少し違うのが捜査二課だ。知能犯を担当する部署で、公務員と一般企業が絡んだ贈収賄のほか、詐欺犯も追う。

〈二課が政治家を調べているとなりゃ、それしかないよな〉

片山の頭の中で〈職務権限〉というキーワードが点滅した。

〈都議会議員って、あちこち口利きすることができますよね〉

〈二課が内偵していたとしたら……この議員、ベテランですから、裏金を握っていたとか、都庁の入札情報を特定の業者に漏らしたとか、都庁関連の仕事で業者からの裏金で強引に機材を入れさせていたら……〉

〈調べてみます〉

〈俺は二課の仕事に関してはズブの素人だ。それに奴らは保秘が命だ。たとえ自分の家族にさえ、なにを追っているか言わない。隣のシマの同僚すら敵扱いするような連中だ〉

片山は拳に力を込めた。選挙班に組み入れられる以前に扱っていたネタとは、レベルが違う話だ。万が一、警視庁が見立てを誤っていたとしたら。仮にも都議会の議員だ。公職にあった人物が殺されたのに、これを見逃したとなれば警視総監の首が飛ぶ。

〈でも、今は選挙班だろ？〉

八田が呆《あき》れたように言った。

〈選挙が終わったら、絶対に〉

〈いずれにせよ、二課の周辺を探っても絶対にネタは出てこないぞ。そもそも被害者《マルガイ》が死んじまってる〉

〈最近大きなネタ扱っていないんです。遊軍で自由にやらせてもらえる分、他の記者よりもデカいネタつかまないと〉

嘘偽《うそいつわ》りのない本音だった。遊軍班に所属して以降、定期的に記事を書き、大半が社会面に載った。

だが、決定的な大ネタはここ一、二年出せていない。

〈まあ、せいぜい頑張れや〉

肩をすくめ、八田が言った。

〈なにか端緒つかんだら、ご指導いただけますか？〉

〈つかんできた獲物によりけりだ〉

そう言うと、八田はホッピーを飲み干した。


片山はテーブルを離れ、冷蔵庫のドアを開けた。ビールに手を伸ばしかけたが、やめた。麦茶のボトルをつかむと、流しにあったタンブラーに勢いよく注いだ。

選挙、政治家というキーワードに接し、八田が都議会議員の不審死に触れた。あれは偶然だったのか、それともネタを求める片山に助け舟を出してくれたのか。ただ、警視庁本部の中でもごく一部の捜査員しか知らない情報であるのは間違いない。

捜査二課が追っていた都議会議員。本人の死によって、捜査自体は頓挫《とんざ》した。だが、警察が諦《あきら》めても、メディアが放っておいてよいということにはならない。

二課が追っていた罪状はなにか。公共機関の機材選定に絡んだ入札情報、あるいは自治体の指名業者になるために、議員に金を贈っていたかもしれない。端緒をつかんで取材を進めれば、闇《やみ》に消えた汚職の全容を炙《あぶ》りだすことが可能だ。

おまけに、八田が気にしていたのは、議員が偽装殺人に遭った公算がある点だ。所轄署刑事課の若い捜査員にノウハウを伝授する教官役を日々務めているだけに、見逃された可能性のある事件に悔いがあるのだ。

片山はテーブルに戻ると、ノートパソコンの検索欄に〈ピンク歯〉とキーワードを入れ、力強くエンターキーを押した。歯科クリニックの広告がいくつか表示され、その下に法医学者が記したブログがヒットした。法医学者が後進の指導向けに書いた説明文だった。

〈結論：他殺体か死後変化による非事件性の死体か、判別は困難〉

見出しを読んだ瞬間、片山は眉根を寄せた。記者の悪い習性として、事件であってほしいと願う自分がいる。八田の話を聞いた直後であり、かつネタに飢えている。法医学者が記した一行は、早計に判断するなと説いていた。画面をスクロールすると、片山は目を凝らした。

〈ピンク歯が発生する条件〉

〈一、窒息死、特に頸部《けいぶ》圧迫により死亡した場合→頸部を圧迫され、身体の首から上の部分がうっ血することでピンク歯が発生する。首より上の部位、特に歯髄のうっ血が生じたことによって溶血がおこり、歯にヘモグロビンが染みこんだものが赤く見えるケース〉

〈二、水中、あるいは多湿な場所で死亡した場合→水中（あるいは地中）にピンクの色素を発生する細菌が存在するため、これが歯に付着するケース〉

片山は慎重に文字をたどった。

三鷹で亡くなった都議会議員は、母親の自宅を訪れ、亡くなった。死亡した場所の近くに水槽、あるいは池があったかは判然としないが、水が遺体のそばにあれば、経験の乏しい所轄署の若手でも不審に思うはずだ。となれば、残された可能性は頸部圧迫による窒息死だ。

〈実際のケース〉

片山は次のチャプターに目をやった。

〈二〇年超の法医学者の仕事の中で、頸部圧迫によるご遺体でピンク歯をたくさん見てきた。一方、頸部圧迫でないケースで同様に歯がピンク色になっているご遺体にも接してきた〉

片山は画面をさらにスクロールした。読み進めていくうち、片山はため息を吐いた。つまり、ピンク歯イコール他殺とは言えない、死体のプロであるベテランの法医学者がそう断言している。

仮に自然死であっても、法医学者が事件性ありとの判断を下し、警察が誤認逮捕、そして検事が起訴すれば、被疑者は被告となり、裁判にかけられる。

ベテラン法医学者は、後進の学生たちに向け、ピンク歯だけで事件性の有無を即決するなと強調していた。元鑑識マンが記したブログ、そして別の法医学者の論文と様々な項目がヒットしたが、どれも早計な判断は禁物という主旨を論じていた。八田が話した言葉をもう一度、キーボードに打ち込んでみる。

〈ピンク歯〉

〈捜査二課の内偵〉

〈頸部圧迫による窒息死の可能性〉

メモを書いていると、不意に年老いた元鑑識マンの顔が浮かんだ。警視庁記者クラブに配属されて半年あまり経《た》ったころ、所轄署のOB会の二次会に紛れ込んだことがあった。その際、元鑑識マンが刑事ドラマについて教えてくれたことがある。

〈吉川線《よしかわせん》を知っているか？〉

ノンフィクションの事件物で読んだことがあり、片山は頷いた。紐状の物で首を絞められた遺体には、被害者が抵抗した引っ掻《か》き傷ができることが多いとこの鑑識マンは言った。

〈ドラマでそれらしい痕跡《こんせき》をメイクで作るらしいが、実際はもっと生々しいぞ。爪《つめ》で傷がつき、みみず腫《ば》れになったり、出血していることも多い〉

三鷹署地域課の若手が見逃したのか。いや、議員が死んだ直後には、町医者が臨場している。さすがに医師ならば遺体の首元の異常を察知するはずだ。だが、あのベテランの八田が気にしていたのだ。やはり事件性があるに違いない。キーワードを記した液晶画面を、片山は睨み続けた。

# 第二章　平場

## 1

〈ただいま内閣総理大臣から、詔書が発せられた旨伝えられましたから、朗読します。日本国憲法第七条により、衆議院を解散する〉

〈万歳、万歳、万歳〉

中村《なかむら》の耳の奥で、衆議院議長の嗄《しわが》れた声と議場全体を揺らす万歳三唱が響き続けていた。

四谷三丁目《よつやさんちょうめ》の選挙事務所から階段を降りながら、中村は二日前の光景と耳にある残響を振り切るため、首を振った。議場の傍聴席から万歳する後藤《ごとう》議員の姿をみつけたのだ。

議長によって解散が宣言された瞬間、後藤は衆議院議員の資格を無くし、ただの人になった。彼が茨城《いばらき》南部の選挙区で当選を果たさねば、中村自身も後藤事務所で働くことができなくなる。

選挙によってバッジを得ることの裏返しで、議員は常に再選という魔物に苦しめられる。幸い後藤の地盤は磐石《ばんじゃく》であり、対立候補の革新系新人に大差で勝つという事前予測がほぼ全《すべ》てのメディアで出ていた。

ただ、選挙は水物だ。本人に後ろめたいことがなくとも、与党民政《みんせい》党の幹部、あるいは政権内部でトラブルが表面化すれば、旗色は一気に変わる。

かつて戦った選挙でも、与党議員の金銭問題が週刊誌にすっぱ抜かれ、時の政権幹部の舌禍が加わったことがあった。街頭演説で容赦ないヤジが飛び、後藤が口を噤《つぐ》む場面さえあった。有権者は、選挙を一種のストレスの捌《は》け口とみているふしがある。

低賃金と長時間労働が一向に改善されず、昨今の物価高騰により家計は厳しさを増している。一方で、議員は歳費や手厚い補助金に守られ、食うや食わずの生活とは無縁だ。一般の有権者にとって、国会議員は上級国民に映る。陳情に出向けば、ソファにそっくり返ってろくに話を聞こうともしない……そんなイメージが定着しているのだ。一方で、選挙になると誰《だれ》かれ構わず握手を求め、頼んでもいないのにツーショット写真を撮る。二枚舌、カメレオン……。

だから、政界、特に与党幹部や大臣が不用意な発言でもしようものなら、メディアの扇情《せんじょう》的な報道に相乗りし、有権者は血気盛んに与党の政治家全員を目の敵にするのだ。

一階に降りると、現実が目の前にあった。新宿通りに通じる小路にミニバンが停車している。車の側面には若宮《わかみや》の似顔絵イラストがある。若宮の教え子で、イラストレーターとして活躍する女性が引き受けてくれた。

有権者に親しみを持ってもらおうと、わざと瞳《ひとみ》を大きく描き、アニメ調に仕上げた。ミニバンのルーフには、同じイラストの看板が設置されている。少々やりすぎかとも思ったが、政治経験のない若宮について、広く有権者の注目を集めることが先決だと判断し導入を決めた。

「今日も頑張って回るよ」

都議会議員の支援者が計二〇名ほど、若宮の教え子たち一五名が車両を取り囲むと、ベテランボランティアの中年女性が声を張り上げた。

その直後、雑居ビルの階段から若宮が降りてきた。薄ピンクの蛍光色のTシャツを着て、足元は白系のコットンパンツ姿だ。同じ出立《いでた》ちの女子大生ボランティア二名が付き添い、そして若宮の背後からは、サイズ感の合わないＴシャツ姿の中年女性が笑みを振りまいている。

中村は首を傾《かし》げた。若さを前面に出すという戦略の中で、ピチピチのＴシャツを着た中年女性だけが浮き上がって見えた。

「彼女なら大丈夫ですよ」

いつの間にか、中村の真横に神津《こうづ》が立ち、小声で言った。

「勝率うんぬんを持ち出すインチキくさい自称伝説ではなく、ウチのオヤジのウグイスを二五年も務めています。しかも落選はゼロです」

中年のウグイス嬢は神津の顔を見つけると、満面の笑みを浮かべた。

「行ってきます！　精一杯応援させてもらうわね」

「よろしくお願いします」

中村は深々と頭を下げた。すると、ベテランウグイス嬢のあとに、女子大生のうちの一人、関《せき》が続いてミニバンに乗り込んだ。

「若宮先生の教え子で、現在は大学のアナウンス研究会に在籍しているそうです」

運転席の真後ろにベテランが乗り込み、関はドア近くの席に座った。中村が目を向けると、関が会釈し、口を開いた。

「頑張ってきます！」

「ああ、頼むよ」

ベテランウグイス嬢の声が低いのに対し、関は滑舌も良く高音だ。二人は早速マイクやアンプの調整を始めている。

「三〇分に一度の交代でしたね？」

ハンドマイクに白い布を被《かぶ》せる二人のウグイス嬢を見ながら、中村は尋ねた。

「ええ。彼女ならやってくれます」

「女子大生なのに、しっかりしていますね」

中村が言うと、神津が首を振った。

「違いますよ。ベテランのことです。彼女は伊達《だて》に長年ウグイスをやっていません。例えば……」

神津が声のトーンを落とし、早口で話し始めた。神津によれば、あのベテランウグイス嬢は、選挙車両の走行中、常に周囲に目を配るという。

街頭で幼児が手を振ってくれた際は、〈小さな声援、しかと受け止めました〉と即座に反応し、赤信号で隣に並んだトラックがいれば、〈お仕事ご苦労さまです。安全運転でお願いします。候補も応援しています〉などと確実に有権者にアピールする。しかも、決して押し付けがましくなく、澱《よど》みなく続けることができるのだと神津は強調した。

「あの女子大生、女子アナ志望でたしかに滑舌は良いですが、人生経験がまだまだ足りないと思います。彼女を見習えば、立派なアナウンサーになれます」

アンプのボリュームを調整する二人を見ながら、神津が言った。

「七つ道具の最終チェックをしましょうか」

神津が冷静な口調で告げた。公営物資のことだ。これは、選挙管理委員会が交付する標札や表示板など無料で交付される選挙グッズだ。各候補が保有する資金の多寡によって選挙に不公平が生じないよう、必須アイテムを無料で支給するのだ。

選挙事務所の標札、選挙運動用自動車・船舶表示板のほか、選挙運動用拡声機表示板、自動車・船船乗車船用腕章、街頭演説用標旗、街頭演説用腕章、個人演説会用立札等の表示などがある。神津はミニバンの周囲を素早く一周し、その後はマイクなどもチェックした。神津は運転席のドライバーに声をかけ、スマホのスケジューラーを立ち上げて日程を確認し始めた。

「第一声は新宿《しんじゅく》駅西口のロータリー、その次は……」

中村もスマホを取り出し、共有ファイルを開いた。神津と運転手の読み合わせを聞き、スマホの画面をスクロールする。

第一声を上げるのは、多くの人が行き交う新宿駅西口のロータリーだ。NHR《日本放送連盟》や大和《やまと》新聞、中央新報《ちゅうおうしんぽう》など主要メディアの選挙担当記者に立会演説の予定表を配布した。激戦区、かつ若宮という目新しい候補者が有権者の前に立つ。多くの記者が集まるはずだ。この場所は、民政党本部からも第一声をと強く推された。東京一区に組み込まれる新宿、そして日本でも有数のターミナル駅で目立つからだ。

「新宿駅の次は、高田馬場《たかだのばば》駅のロータリーです。基本的に道路使用許可は不要」

神津がスラスラとスケジューラーの予定を読み上げる。運転手はナビとスマホを見比べている。選挙は公共性の高いイベントのため、テレビ番組のロケや雑誌のグラビア撮影などと違い、警察に道路使用の許可を得る必要はない。

「ここはどうなっていますか?」

神津の声の調子が変わった。中村が慌てて目を向けると、スマホを睨《にら》んでいる。神津がスマホを中村に向けた。画面に目を凝らすと、河田町《かわだちょう》にある地元スーパーの駐車場と表示されていた。

「時間は午前一一時半からです」

神津の声がどこか苛《いら》立っているように聞こえた。

「えっ、誰かが確認取ったのでは?」

運転手が言うと、神津が顔をしかめた。

「こちらは私有地です。使用許可の有無が曖昧《あいまい》なままというわけにはいきません」

そう言い終えると、神津はスマホの画面を切り替え、電話をかけ始めた。

「はい、そうです若宮事務所です……ええ、大丈夫ですか？　ありがとうございます」

神津はスーパーに直接連絡を入れたようで、電話を終えると親指を立てた。的確に動き、そして処理を済ませる神津を見ながら、中村は後藤事務所の地元秘書たちがいかに汗をかいていたのか、思い知らされた。

「それじゃ、行こうか」

わずかに顔を紅潮させた若宮がミニバンに乗り込んだ。

「先生、特訓の成果を実行に移すときです」

中村の言葉に、若宮が拳《こぶし》を握りしめた。

事務所開きをした直後から、中村は後藤とともに苦心した方法を若宮に伝授した。

今回の敵である憲政民友《けんせいみんゆう》党の現役政調会長、小田島千蔵《おだじませんぞう》候補の選挙演説のほか、労働組合で行ったスピーチの音源を入手し、相手の癖を徹底的に分析した。

小田島は大手鉄道会社労組出身の革新系候補だ。団交で舌鋒《ぜっぽう》鋭く経営陣を追い詰めた経験が豊富なため対立候補や、与党の政策など敵方を声高に罵《のの》る癖もある。

「ネガティブな発言を嫌う有権者が多いです。相手を責めないようにしてください」

「もう十分頭に入れたから、大丈夫だ」

白い手袋をはめながら、若宮が答えた。

相手の小田島の分析を済ませたあとは、事務所で何度も若宮の演説草稿をチェックし、模擬演説を実施した。若宮は大学教授という職業柄、ときに上から目線ととらえられる話し方になる癖があった。有権者の層は幅広い。目線を下げ、同等だということを示すために、わざと教職での失敗談を演説に交えることも教えた。

2

「今日は群馬《ぐんま》から新鮮なアスパラが入ったよ、早い者勝ちだ！」

賑《にぎ》やかなハンドベルの音色とともに、男性店員が声を張り上げた。ここ数日、インスタント食品やコンビニ弁当ばかりだった片山《かたやま》は、塩茹《しおゆ》でしたアスパラにマヨネーズをかけた一皿を想像し、唇を舐《な》めた。

家を出る直前に鏡を見ると、顎《あご》の脇《わき》にまた吹き出物ができていた。選挙が終わるまで、あとどの程度、肌荒れに顔をしかめることになるのか。

六月八日、午後七時八分。片山はジャケットの左袖に着けた〈報道　大和新聞〉の腕章をたくし上げながら、スーパーの入り口を凝視した。

衆議院選挙の公示から二日経過し、投開票日の一八日まであと一〇日と迫った。東京一区を任されている片山は、平場取材のため、街頭に飛び込んだ。

社会部遊軍班に配属されて以降、アポを申し込み、相手も納得した上で取材する機会が多かったため、不特定多数に声をかけるのは数年ぶりだ。

札幌《さっぽろ》時代、強盗や殺人の被害者家族に直当《じかあ》たりし、怪訝《けげん》な顔をされ、ときに怒鳴られた頃《ころ》以来の平場だ。

「すみません、大和新聞ですが、今度の総選挙について……」

ナイロンの買い物バッグを携えた老年女性に声をかける。

「ごめんね、おじいちゃんがご飯待っているから」

老女は申し訳なさそうに頭を下げると、足早に緩い坂道を上り、神楽坂《かぐらざか》方向の住宅街へと去った。

千代田《ちよだ》区の公営住宅前や西落合《にしおちあい》の住宅地など東京一区の住民が多いエリアを回り、一時間前から地下鉄早稲田《わせだ》駅近くにある地元スーパー、四徳《よんとく》の前に立った。道行く人や店に出入りする人々に声をかけ続けた。

二五人に声がけし、アンケートに答えてくれたのはわずか八人だった。首にかけた選挙取材用のタブレットの重みがじわりとのしかかってくる。

片山はスーパー脇の駐輪場に行き、業者搬入用の階段に腰掛けた。タブレットを一旦《いったん》ショルダーバッグに仕舞い、取材用のメモ帳を取り出した。

ページをめくると、二日前、公示直後のメモが現れた。東京一区の立候補者の第一声を聞きに、新宿駅西口へ向かった際の記述だ。片山が直に現場で触れた様々な事柄、そしてその感想が綴《つづ》られている。

公示日、片山は東京の巨大ターミナルである新宿駅ロータリーで選挙カーの真ん前に陣取った。片山の他には、NHRや中央新報など主要マスコミの記者やカメラマンがずらりと並び、候補者の一挙手一投足を見守った。

片山はミラーレス一眼を肩から下げ、与党民政党の東京一区公認候補、若宮の取材を始めた。首にはストラップを付けたスマホをぶら下げ、録音アプリを稼働させた。

若宮は薄い蛍光ピンクのTシャツ、白いコットンパンツで選挙カーから降り立った。現役の大学教授であり、民放の情報番組のコメンテーターを務める論客に対し、忙《せわ》しなく駅前の通路を行き交う二、三割の人々が足を止めた。

マイクを持つ手がわずかに震えていた。人前で話す機会が多い大学教授の若宮でさえ、候補者という立場に緊張していた。左手でマイクを握り、右手をたびたび頭上に突き上げる若宮の姿をファインダー越しに捉《とら》え、何度もシャッターを切った。

〈令和の時代に合った、新しい家族の形、助け合い精神に溢《あふ》れた地域の再生を果たさねばなりません！〉

簡単な自己紹介、立候補に至る経緯を手短に告げたあと、若宮は本題に入った。

〈バラバラになった家族の秩序が再構築されれば、日本の社会は必ずや蘇《よみがえ》ります！　現在深刻な問題となっている人口減少、少子化についても、家族という人間の拠《よ》り所となる絆《きずな》が復活すれば、短期間で再生できるのです！〉

保守派の若き論客として鳴らした大学教授だけに、秩序と倫理とのワードを強調し、日本らしい家族の形を取り戻すべきだと若宮は主張し続けた。

大手出版社に長年編集者として勤務した父親を中心に、リベラル色が強い家庭で育った片山が考える社会の在り方とは相容《あいい》れない。だが、今は選挙班のメンバーとして取材する記者だ。周囲に集まった聴衆はざっと数えただけで二〇〇名前後に達した。若宮の演説に対し、ときおり合いの手を入れる中年女性や同世代と思《おぼ》しき男性の姿が見えた。

片山はメモ帳にペンを走らせた。

〈動員の半分以上は都議会の民政党関係者、支援者たち〉

〈都政に関するビラも配っている〉

〈尋ねると、都議会の有力議員の支援者だと公言する人もいた〉

〈かなり動員をかけている印象〉

演説が終盤に差し掛かると、片山は選挙カーの前を離れ、積極的に聴衆に声をかけた。当然、著名な大学教授を一目見たいという野次馬も多数にのぼった。だが、大半は新宿区、千代田区の住民ではない東京一区外からの聴衆だ。

若宮陣営は多数の関係者を動員した。公示後の第一声という晴れ舞台に、世間の耳目を集めるよう仕向けたと言っても良い。

当然、片山のようなメディア関係者が集まり、演説の様子が新聞やテレビを通じて世間に広く伝えられると計算してのことだ。

〈組織が選挙を支える〉

片山は初めての選挙取材の感想をメモに書き加えた。札幌時代、参議院選挙の取材に入る前、先輩記者から聞かされたエピソードがあった。

〈公示、告示の段階で選挙の大半は終わっている〉

話を聞いた片山は首を傾げた。結果が見えているのであれば、選挙をする必要などないからだ。だが、さらに話を聞くと、先輩の言わんとすることがわかった。

与党民政党系の候補は、商工会や農業団体などから広範に支持を得ている。国政で連立を組む光明《こうみょう》党は、支持母体である宗教団体から多数の票が見込める。一方、野党憲政民友党は、労働組合からの支持が厚い。前回の投票動向や、それぞれの支持団体の加入数を勘案すれば、事前にある程度票読みができるのだという。

ここ数年、国政や地方政治への関心が薄れるとともに、投票率は低下の一途をたどってきた。つまり、浮動票が少ないために、与野党勢力ともに事前の票読みが実際の投票結果にかなり近くなっている、というのが先輩記者の説明だった。

片山は周囲をもう一度見回した。若宮の演説を純粋に聞きにきた有権者は何人いるのか。やはり、都議会議員らの支援者が多いように思えた。

演説が終わり、聴衆が拍手を始めた頃、片山は選挙カーへと駆け戻った。本人も頬《ほお》を紅潮させている。自分の演説が聴衆の心をつかんだと思っているのだろう。

選挙カー前で、若宮がマイクをスタッフに渡し、支持者や学生らと言葉を交わし始めたのを見定め、片山はマイクを受け取った男に声をかけた。

中村という秘書だと答えが返ってきた。片山は名刺を出し、選挙班で東京一区を担当している旨を明かした。

中村はいつでも選挙事務所に来てくれと告げ、終始愛想《あいそ》笑いを浮かべていた。一方、厳しい顔をした青年が選挙カーの脇でウグイス嬢らと小声で話していた。片山が思い切って声をかけると、神津と名乗り、都議会議員の秘書で応援に来ているという。

片山は都議会というキーワードに反応した。

選挙期間が明ければ、遊軍記者として本来の仕事が待っている。三雲《みくも》という不審死を遂げた都議会議員について、警視庁捜査二課が内偵していた可能性がある。保秘が絶対の二課の捜査員に当たっても、堅い口をこじ開けるのは相当な労力を要する。ならば都議会関係者から当たってみよう、記者としてそう閃《ひらめ》いた。

片山が三雲という都議会のベテラン議員を知っているかと問うと、神津が一瞬、顔をしかめたあと、答えた。

〈私のような末端の秘書に詳しい事情はわかりません〉

神津は抑揚のない声で答えるのみだった。片山は、選挙取材が終われば社会部の取材に戻ると説明した上で、さらに尋ねた。

〈ウチのオヤジは同じ会派ですが、三雲先生についてなにか触れていたということは記憶にありません。申し訳ありません〉

政治家の秘書は愛想の良い人物ばかりと思っていただけに、神津のぶっきらぼうな言い振りは印象的だった。

政治にはズブの素人《しろうと》だが、社会部でドブ板を一枚一枚剝《は》がすような泥臭い取材を長年続けてきた。一瞬だけ顔をしかめた神津の表情の裏にはなにかあると直感した。

〈都議会議員の秘書、神津氏＝深掘りの余地あり〉

片山はメモにそう記した。

一時間後、新宿駅の線路を挟んで反対側にある東口に赴いた。東京一区のもう一人の有力候補者、野党第一党・憲政民友党の現役政調会長、小田島千蔵の第一声の取材だった。

〈新保守との名の下、故・芦原恒三《あしはらこうぞう》氏の政権長期化とともに、この国は完全におかしくなりました〉

〈アシノミクスというまやかしの経済政策で格差をさらに拡大させた挙句、大量の国債を日銀に引き受けさせた罪は断じて許せない！　結果、財政規律はガタガタとなり、円の価値が暴落し、輸入品、特に食品は驚異的な値上がり、つまりインフレが到来しました。これはまさしく民政党の暴政の結果なのです！〉

若宮の取材時と同様、片山はスマホの録音アプリで一言一句を記録し、メモに起こした。

〈怒りが前面に出た演説＝昭和の組合闘争の様相〉

片山は第一印象を記した。

〈公務員系、民間企業の労働組合など、憲政民友党の支持母体、全労連盟の動員〉

メモ帳には、それぞれの組合の名前、動員された要員の性別や年齢層も書き加えた。

〈新宿駅西口、東口はともに人目につく。聴衆の動員の容易《たやす》い場所。一方、東京一区の住民はまばら〉

有力候補二人の第一声を聞くと同時に、片山は選挙取材用のタブレットとアプリを用い、実際に情勢取材も行った。

〈聴衆のうち、東京二三区、あるいは神奈川や埼玉、千葉からの勤め人が半分以上〉

第一声の演説を聞き、聴衆の熱気、あるいは足を止める通行人の様子をざっくりと観察した結果、片山の見立ては、与野党五分五分の感触だった。道行く人の中で足を止める人はどちらも二、三割だ。

〈政治への関心が高いとは言い難い〉

記者として培った直観、そのものを記した。


地場スーパー脇の駐輪場で、メモ帳の記述をチェックしていると、目の前に人の気配を感じた。片山が目を上げると、買い物袋を提《さ》げた老年男性の姿が見えた。

「あの、大和新聞です。今度の衆院選について取材しています」

思い切って声をかけるが、老人は顔をしかめた。

「僕は中央新報の長年の読者でね」

老人は中央新報の部分に力を込めた。昔からリベラル色が強く、インテリと呼ばれる層の読者が多い。一方、大和はどちらかといえば中道であり、読者は中間層と呼ばれる平均的な世帯が中心だ。

「ご協力お願いできませんか？」

「個人情報は大丈夫なのかね？」

「ご住所やお名前を頂戴《ちょうだい》するわけではありませんので」

「それなら、協力しても構わんがね」

背を反らせ、老人が言った。男は女より上にいると態度で示したいのだ。

「ありがとうございます。まずは支持政党から……」

片山は専用タブレットを取り出し、老人の言葉を次々にデータ入力した。この間、胸の奥では小言が湧水《わきみず》のごとく溢れ出た。こんな作業を毎日続けていくのか。気が遠くなる。しかも、中杉《なかすぎ》の指示は五〇名から一〇〇名だ。拷問《ごうもん》に近い。

「ご協力、まことにありがとうございました」

「うむ、まあ頑張りたまえ」

老人はかくしゃくと答えたあと、買い物袋を携えて神楽坂方向の緩い坂へと向かった。片山の脇を中年女性が乗る自転車が通り過ぎた。声をかけようと体が反応したが、存外にスピードが速く、籠《かご》にあるピンク色のショッピングバッグが目の前を通り過ぎた。

「ピンク……」

たった今目にしたバッグと、若宮陣営の薄いピンク色のTシャツのイメージが重なった。

「ピンク……ピンク歯《し》……」

片山は思わず口にした。だが、強く首を振った。今は選挙取材に集中すべきときだ。今すぐにピンク歯のネタを追うのであれば、上司の命令など関係ないフリー記者になるしかない。だが、フリーで食べていく自信もなければ、原稿を掲載してくれる媒体に心当たりもない。まして、いきなり会社を辞めるような度胸もない。

「どうすりゃいいのよ」

自分に向けて悪態をついた直後だった。バッグの中でスマホが鈍い音を立てて振動した。取り出して画面を見ると、中杉の名前が表示されていた。急ぎ通話ボタンを押す。

「片山です」

〈今、よろしいですか？〉

本社のホールで会ったときと同様、抑揚が極端に少ない中杉の声が耳に響いた。

「なんでしょうか？」

〈都庁で取材をお願いします〉

「都庁ですか？　今、平場で情勢取材中ですが」

〈急ぎでお願いします〉

「しかし……」

片山が答えると、電話口で中杉が咳払《せきばら》いした。

〈三橋《みつはし》編集局長の許可を得ています〉

有無を言わさぬ口調だった。

〈手筈《てはず》は整っています。必ず行ってください。都庁に行けば、万事取材の準備が整っていますので〉

中杉はそう言うと、一方的に電話を切った。スマホを握りしめたまま、片山は唇を嚙《か》んだ。

3

「お疲れ様でした」

選挙カーの助手席ドアを開け、中村は額に汗を浮かべている若宮に頭を下げた。

「さすがに喉《のど》が痛いよ」

降車した若宮が苦笑した。時刻は午後八時五〇分だ。若宮を乗せ、一日中選挙区を走り回った選挙カーが四谷三丁目の事務所前に無事帰還した。中村と神津は先にタクシーで事務所に戻り、若宮ら一行を待ち構えていた。

「時間は大丈夫だった？」

中村の背後から駆け寄った神津が、二列目シートに座るウグイス嬢たちに声をかけた。疲れの色を見せる二人に対し、神津は努めて事務的に接している。

「きちんと午後八時にはアンプの電源を落としました」

ベテランのウグイス嬢が張りのある声で答えた。

選挙カーを使った運動では、スピーカーを通して有権者に候補者の名前を訴えるのは午前八時から午後八時までと公選法で厳格に定められている。

この日、若宮は過密なスケジュールをこなした。公示日に第一声をあげたときと同様、人通りの多い新宿駅西口のロータリーを皮切りに、高田馬場駅前、都営富丘《とみおか》団地、河田町のスーパー駐車場、西落合の住宅街などを回った。

新宿駅の西口をチョイスしたのは、民政党の政調会長など大物二名が応援に入ったためで、若宮は他の東京選挙区の候補者らとともに、民政党が保有する大型の選挙カー〈ハヤテ号〉のルーフに上り、持論の家族の再構築を通じた日本社会の再生を訴えた。

その後は、神津がピックアップした有権者の多いエリアの演説会場に向かった。一五分程度、若宮は持論を展開し、演説が終わったあとは支持者と触れ合った。その際有効だったのは、学生や若い勤め人がそれぞれ保有するスマホだ。彼らと肩を組んでツーショットを撮り、各々のSNSのアカウントにアップロードしてもらう作戦だ。

四谷三丁目の事務所では、神津が集めた都議会議員支援者やボランティアたちが、リストを頼りに電話で支持を訴える作戦を続けていた。こうした従来の方式に加え、このSNS作戦が効力を発揮しつつある。若宮はテレビの情報番組で人気を集めた実績があるだけに、聴衆の反応は上々で、中村が調べた範囲ではこの日は五〇〇〇件近く若宮の顔写真や遊説する姿がネット上で拡散された。

「演説はどうだった？」

女性ボランティアから渡された濡《ぬ》れタオルで顔を拭《ふ》きながら、若宮が言った。

「リハーサルを繰り返した効果が出ていました。反応は上々でしたよ」

高田馬場駅前のロータリーでは、若宮の教え子たちのほか、私学の大学生や専門学校生が数多く若宮の周りに集結し、それぞれがもみくちゃになりながら写真を撮った。

「若宮先生、やっぱり演説が上達したわよ。回を追うごとに聴衆が惹《ひ》きつけられていたもの」

ベテランウグイス嬢がタオルで首元の汗を拭い、快活に笑った直後、神津が割って入り、強く首を横に振った。

「先生の演説は立派でした。しかし、ここは気を引き締めていきましょう」

神津が若宮を一瞥《いちべつ》したあと、二人のウグイス嬢に強い視線を送った。

「実際のところ、団地ではあまり人が集まりませんでした。新しい形の保守をと先生は熱心に訴えかけられていますが、未《いま》だ老人層の支持基盤が弱いと思います」

「そうかな……」

「富丘団地は都心の限界集落の異名を持つ場所です。独居老人世帯が圧倒的に多く、家族、つながりというキーワードとは対極にあります」

中村は小さく頷《うなず》いた。

「この団地は、昔から革新系の強いエリア。特に日本労働党《にほんろうどう》の支持者が多いのです」

「なぜ？」

今度は若宮が尋ねた。

神津がスマホを取り出し、何度か画面をタップした。中村や若宮は吸い込まれるように小さな画面に見入った。

〈今度の区議会においては、団地の耐震化工事、および全棟へのエレベーター追加設置工事を区長に求めていく考えであります〉

団地近くのスーパー前で、幟旗《のぼりばた》と拡声器を手に辻立《つじだ》ちする女性区議の動画が再生された。中村はさらに画面に目を凝らした。区議の周囲の人はまばらだ。

「労働党支持者が多いって言ったけど、大したことないじゃない」

若宮が小馬鹿にしたような口調で言ったが、神津は強く首を振った。

「このような辻説法を週に三、四回、それぞれ三〇分程度やっています」

神津は冷静に言った。

「聴衆は少なくても、常に自分の名前と政策を訴え続ける、これが日本労働党の強みです。繰り返し、繰り返し、何度も、そして何度もです」

神津の声のトーンが一段低くなった。若宮が神妙な表情になった。

「この区議は、常に陳情を受け付け、実際に公園を整備したり、歩道に花壇を作ったりと着実に実績を作ってきました」

区議と国会議員の違いはあるが、後藤にここまで明確な形で目に見える実績はない。中村は神津の顔を再び凝視した。

「例えば、東京一区でメインのターゲットが住む新宿区の人口は約三四万人、このうち日本人が約三〇万人です」

神津はメモも見ることなく、すらすらと数字を口にした。若宮も驚いた様子だ。

「さらにこのうち選挙権を有する一八歳から六四歳が約二〇万人、六五歳以上は約六万五〇〇〇人です」

「それで……」

若宮が言いかけると、神津がすかさず答えた。

「積極的に投票に向かうのは六〇歳以上です。そして、新宿区は日本労働党の地盤が厚い。今回、憲政民友党候補は日本労働党と選挙協力していますから、若宮先生に関しては、彼ら老人層の反応が鈍いのです。この層を切り崩さねば絶対に勝てません」

中村は自分のスマホを取り出し、画面をタップした。民政党事務局から届いた事前情勢調査のデータを直視した。

〈東京一区→民政党、憲政民友党のほかに、国民蜂起《ほうき》の会、その他泡沫《ほうまつ》候補が立候補〉

さらにデータの内訳を見た。民政党候補の若宮の名前の上に◯、憲政民友党も◯、蜂起の会は△となっている。

東京一区は事実上の一騎打ちだが、圧倒的優位を示す◎ではなく、◯だ。どちらが勝ってもおかしくないと民政党本部の選挙のプロが読んでいる。

「万が一、有力閣僚や総理周辺でスキャンダルが起これば、憲政へと一気に票が流れます。また、左派は嫌いだが、民政党を懲らしめたいという票は新自由主義で保守色の濃い蜂起の会へと移動します」

「つまりどういうこと？」

若宮がさらに尋ねた。

「事実上の一騎打ちの図式は、あっという間に変わります。一瞬たりとも気を抜けないのです」

神津が言い放つと、若宮が黙り込んだ。中村は二人の間に割って入った。

「まあまあ、今日は若宮先生がかなり頑張られたということで、良しとしましょう」

「若輩者が失礼しました」

神津が若宮、中村に向けて頭を下げた。

「こうして神津さん、そして都議会の重鎮が応援してくださっているのです。絶対に勝ちましょう」

沈みかけた場の空気を変えようと、中村は声を張った。すると、いつも自信満々の表情を浮かべている若宮が殊勝に頷いた。

「事務所で夕ご飯にしましょう」

ベテランウグイス嬢の声に促され、若宮と神津、その他出迎えに出たスタッフたちは事務所へと階段を上っていった。

身内たちの背中を見ながら、中村は安堵《あんど》の息を吐いた。凍りかけた場をなんとかまとめたものの、心には引っかかるものがある。なぜここまで神津は熱心なのだろう……。

## 4

地下鉄とＪＲを乗り継ぎ、片山は都庁前に着いた。都庁や新宿西口から家路を急ぐ人波に逆らい、第一庁舎前にたどり着いたときは午後八時半前になっていた。

二つの高層タワーを擁する都庁は半分以上の灯《あか》りが落ち、通用口からは退勤する職員の姿ばかりが見える。行けば万事整っていると中杉は電話で言った。実際に都庁に着いたものの、誰に何の目的で会うのかも知らされていない。

片山はショルダーバッグからスマホを取り出し、通話履歴を呼び出した。中杉の名前をタップし、耳元に当てる。だが、呼び出し音が鳴り続けるだけで応答はない。舌打ちしてスマホをバッグに戻したとき、後ろから肩を叩《たた》かれた。

「あの……」

振り向くと、片山の目の前にブルーのワイシャツ姿の男が立っていた。シャツのポケットには東京都職員を示すＩＤカードがクリップで留められている。

「片山記者でいらっしゃいますか？」

「そうですけど、なぜ私だと？」

片山が問い返すと、職員は広報部課長補佐の松尾《まつお》光夫《みつお》と名乗り、パンツのポケットからスマホを出し、画面をタップした。

「こちらで確認させていただきました」

大和新聞のネット版の記事、隅には勝気そうな女の写真が載っている。半年前に書いた都内の児童福祉施設に関するルポだった。施設に入居できるのは満一八歳までで、それ以降は支援者を募るか、あるいは自立を強いられる子供たちが多いと問題提起したのだ。

「私はなにをすれば？」

「ご説明用の部屋を用意してありますので、ひとまずそちらへご案内いたします」

老舗《しにせ》旅館の番頭のように深々と頭を下げたあと、松尾が先に歩き出した。

片山は松尾とともに夜間通用口を通り、職員用エレベーターに乗った。エレベーターの背面はガラス張りになっていて、高速で上昇する間、新宿中央公園とその背後に広がる住宅地や商業施設の灯りが見えた。

夜景をぼんやり眺めていると、不意に半年前の晩の出来事が頭をよぎった。日曜日の夕方、大手自動車メーカーに勤務する兄夫婦がアメリカから帰国したのに合わせ、六本木《ろっぽんぎ》の高級ホテルのフレンチレストランを両親とともに訪れた。

三年半ぶりに顔を合わせる兄夫婦の隣の席に、初対面の男が座っていた。兄の同期で片山より四歳上、自動車メーカーの総合企画部に勤務していると紹介された。入社以来兄と仲が良く、久々の家族水入らずの席に邪魔をしたと恐縮していた。

だが二時間後、急な招集の意図を知った片山は、デザートを食べずにホテルを後にした。仕事漬けの妹を心配した兄と母が結託し、兄の同期を無理やり連れてきたのだと義姉からトイレで真相を聞かされたのだ。強制的な見合いだった。

兄の同期だという男は五年前に先妻をガンで亡くし、以降独身だったという。だが、自らの意思を一切無視する見合いが組まれたことで、片山は無性に腹が立った。もとより、当時は取材上のトラブルが連続し、いらいらが頂点に達していた。家族の気遣いが憐《あわ》れみに感じられたため、自分でも予期せぬ形でキレてしまった。

高層階からロビーに降りる間、六本木の夜景から嘲笑《ちょうしょう》されているような気分になった。二年前、将来的に結婚を視野に入れて付き合っていた商社マンと別れた。総合商社の燃料部門にいた恋人は年に四カ月以上海外を飛び回り、片山は取材を最優先する生活を続け、自然消滅的に関係が途絶えた。

「あの……」

松尾が小声で言ったとき、片山は我に返った。エレベーターは四〇階に停《と》まり、松尾が開いたドアを押さえていた。

「ごめんなさい」

慌ててエレベーターを降り、薄暗い通路を松尾の後に続いた。

「こちらです。お入りください」

スチール製のドア横のセキュリティボードに松尾がIDカードをタッチすると機械音とともにロックが解除された。松尾がゆっくりとドアを開け、部屋の灯りを点《つ》けた。先ほどとは違い、新宿の繁華街の街灯りが一望できる。

窓際の席に案内すると、松尾は中央の机にあった封筒を片山の前へと差し出した。

「これを私に?」

「どうぞ、開けてください」

松尾が促した。銀杏《いちょう》の葉をイメージした都庁のロゴが印刷されたA4サイズの封筒を手に取り、封を開けた。

〈再生エネルギー　太陽光発電パネル設置についてのサポートプラン〉

クリアファイル越しに、プレスリリースが見えた。見出しの横に〈最終案・決裁待ち〉のハンコが押してある。

「公表前の資料のようですけど、どういうことですか?」

書類を取り出し、片山は首を傾げた。

「ぜひお読みください」

松尾が先ほどと同様、丁寧な口調で言った。

「都庁絡みのニュースでしたら、弊社都庁クラブの担当記者がいるはずです」

片山の言葉に松尾が首を振る。

「ぜひ片山さんに書いていただくようにと、幹部から言われておりまして」

松尾が困惑した顔で言った。

「ちょっと失礼します」

片山は一旦席を外し、廊下に出た。突然の指示も理解不能だったが、こうして都庁の担当者に会うと、完全なる越権行為だと感じた。

スマホの画面に触れ、中杉との通話履歴をタップする。先ほどはつながらなかったが、今度は二回目の呼び出し音の後で無機質な声が耳に届いた。

「今、都庁にいます。いったい、どういうことですか?」

〈片山さんは優秀な記者なので、話を通しておきました〉

優秀か無能かはこの際問題ではない。

「都庁クラブのキャップとか、その下にいる記者が適任のはずです。もとより私は都庁の仕事には関係ありません」

〈これは選挙担当責任者である私の強い要望であり編集局長からも許可を得ています〉

今までと同様感情のこもらない声だが、有無を言わせぬ圧力がある。

〈命令が聞けないのであれば、局長にその旨報告するしかありません〉

出刃包丁で骨を断つような言い振りだった。

「わかりました」

片山が答えた瞬間、電話が切れた。スマホを思い切りフロアに叩きつけたい衝動に駆られたが、深呼吸してなんとか怒りを抑え込んだ。部屋をノックすると、素早く内側から松尾が開錠し、片山を部屋へと招き入れた。

「今回の件、大きく取り上げていただけると聞いております」

「私の一存では紙面をどうこうすることはできませんので、悪《あ》しからず」

片山は乱暴に資料を広げ、メモ帳とペンを横に置いた。

「ではご説明させていただきます」

松尾がわざとらしく言い、片山の手元にある資料を指した。

「東京都は太陽光発電など再生エネルギー設備を新築住宅、マンションの建設時に設置することを義務付け、再来年度から施行します。その際、ユーザーである都民の方々の理解を深めると同時に、情報を広く知っていただくために、外郭団体に専門の説明要員、問い合わせ対応のコールセンターを設置いたします」

何度もリハーサルを行ったのだろう。松尾が澱みなく話し始めた。資料に目を落としながら、片山は嘆息した。

〈編集局長からも許可を得ています〉

なぜ都庁クラブの記者をさしおいて、選挙担当、しかも元々は社会部の記者にこんな簡単な取材をさせるのか。疑問は膨らむばかりだ。

「一通りご説明しましたが、ご理解いただけましたでしょうか？　ご質問があればなんなりと」

ため息を堪《こら》えながら片山は資料をパラパラとめくった。

「コールセンターの回線数は？」

問いかけに、松尾が即座に答えた。

「日中は二〇〇、夜間は最低でも……」

突然ドアをノックする音が響くと、松尾が腰を上げ、ドアを開けた。

「失礼するわね」

扉の方向から女性の声が響いた。片山にも聞き覚えのある鼻にかかった声だった。

「大和の記者さんよね？」

資料から目を離し、声の方向を見て片山は驚いた。

「知事……」

ドアを開け、会議室に入ってきたのは、大池《おおいけ》ゆかり東京都知事だった。背後にはポマードで髪を七三に分けた体格の良いSPが控えている。大池知事が話し始めた。

「今回の再生エネルギーの件はね、都として絶対に失敗できない施策なの。だから、きちんと記事にしてほしいって以前から考えていた」

真っ赤なルージュを塗った口元が笑っていた。だが、マスカラに縁取られた両目は鋭い。かつて国政でいくつもの政党を渡り歩き、時の権力者の懐に入って権力を手にした大池は、記者の扱いにも慣れていると週刊誌の記事で読んだことがある。

「あの、なぜ私が？　都庁担当の弊社記者が……」

「大和新聞の都庁担当と私はソリが合わないの。二週間前に協定破りの夜回りに遭ったから、定例記者会見の出入り禁止にしてる」

片山は首を傾げた。

「それならば、中央新報やNHRなど他のメディアに情報を提供された方がよくないでしょうか？」

「私は優秀な記者さんに書いてほしいの。全国の自治体に先駆けて導入する一大プロジェクトは、絶対に失敗が許されないから」

大池の両目が強く光った。一社が独自記事を書けば、他社が一斉に追随する。大池は元々テレビキャスター出身だ。メディアの特性を知り尽くしているから、一社だけに声をかけ、大きく扱わせるのだ。

「どうしてこの記事を書かねばならないのか？　片山さんでしたっけ？　あなた納得していない様子ね」

「その通りです」

「今回の取材は御社の中杉さんの指示よね？」

「はい」

なぜ大池が取材の経緯まで知っているのか。片山は大池の顔を凝視した。

「そんな怖い顔しないでちょうだい。中杉さんと私は、永田町《ながたちょう》時代からの知り合いでね。今回の件を彼に相談したら、絶対にあなたがいいって勧めてくれたの」

中杉の詳しい経歴は知らない。だが、政治部与党クラブサブキャップの宮木《みやき》記者によれば、中杉はNHRで政治部の記者を務めていた。大池はかつて衆議院議員だった。その頃に知り合い、その後も連絡を取り合っていたとしても不思議ではない。

「それじゃ、片山さん、よろしくね」

片山と松尾に目配せすると、大池がSPを従えて部屋から出ていった。

「あの、知事」

突然の声がけに、大池が足を止めた。

「まだなにか？　プロジェクトに関しては松尾さんにお尋ねください」

優しい声音だが、顔つきは冷徹だった。

「あの……都議会議員の三雲さんが亡くなった件で少しだけ」

狐《きつね》につままれたように、大池が固まった。

「たしか心臓発作、いえ、心筋梗塞《しんきんこうそく》でしたっけ。惜しい方を亡くしたわ」

「都議会では、民政党議員団と知事が激しく対立していますよね？」

片山が言うと、大池が腕を組んだ。

「そうね。でも彼は党派を越えて都政を真剣に考える政治家でした。議会を離れれば、良き政治家仲間だったわ」

片山は大池の表情を観察した。なにかを隠している様子はみてとれない。いくら大池が永田町から都政に転じた強者《つわもの》、そして世間向けの顔と政治家の顔を使い分けているとしても、三雲議員の死について、なにか隠している、あるいは不審なことを知っている様子はない。

「それじゃ、片山さん。よろしくお願いします」

大池は頭を軽く下げ、会議室から出ていった。

「あの、三雲議員のことでなにか？」

大池を見送った松尾が片山の顔を覗き込んだ。

「いえ、なんでもありません。それでは、記事にしますので」

机の上の資料をバッグに放り込むと、片山は足早に部屋を後にした。

5

丁寧に巻かれた包装紙をほどき、中村は弁当の蓋《ふた》を開けた。焼き鮭《じやけ》、卵焼き、薄いかまぼこと小さなコロッケ。俵形にまとめられ、ゴマが振り掛けられた白米が目の前にある。

ペットボトルの緑茶を手元に置き、中村は白米に箸《はし》を付けた。冷めた白米とともに、コロッケを口に放《ほう》り込む。安い食用油の味が舌の上に広がる。慌てて緑茶を飲んで口を濯《すす》ぐが、濃い目の味は消えない。

周囲を見回すと、最後まで残っていたボランティアの中年女性の姿が消えていた。壁時計は午後九時四五分を指している。窓側にある会議机からは、新宿通りを忙しなく行き交う車両のヘッドライトが見える。

半分ほど弁当を食べたあと、中村はスマホを取り出した。検索サイト大手のニューストピックスをチェックする。画面をスクロールしながら、政治関係の話題を探す。これも選挙戦中の重要な日課だ。

〈衆議院選挙序盤、与野党の勢い伯仲〉

中央新報のウェブ版記事の見出しが目に飛び込んできた。

〈全国的に与野党が伯仲。与党は現有議席の維持が精一杯、野党は蜂起の会が順調に足場固め、憲政民友が苦戦〉

解散前とほぼ同じような情勢分析だ。

〈憲政民友が苦戦〉

中村は記事の一点に目を凝らした。中村が支える若宮のライバルは、憲政民友党の現役政調会長の小田島候補だ。憲政民友や日本労働党など野党が団結した前回総選挙とは違い、今回は政策協調がまとまらず野党の足並みは揃《そろ》っていない。

中村がスマホの記事を凝視していると、一通のメールが入った。画面を切り替える。

〈湖月会《こげつかい》事務局より〉

〈安定している一部の選挙区を除き、全国的に接戦が予想される。今一度組織の引き締めを図るべし〉

事務局には、選挙対策のプロが何人もいる。固定電話や携帯電話を駆使し、多くの有権者から情報を吸い上げ、派閥のために尽力している。

過去に優勢だと伝えられた候補の中には、選挙運動のダレからくる油断で落選の憂《う》き目を見た人物が多数いるとの耳の痛い話も添えられていた。

中村はおそるおそる東京一区に関する情報ファイルを開けた。表計算ソフトを使い、縦に候補者名、横には細かい数字が並んでいる。

〈若宮〉〈小田島〉と、民政党、憲政民友の候補者に続き、国民蜂起の会の候補者名が記され、その右横には〈湖月会予想〉〈調査結果〉の欄が続いている。

湖月会事務局スタッフが東京一区の有権者をアットランダムに抽出し、電話で支持政党や誰に投票するかを精緻《せいち》に調べたデータだ。

〈若宮　湖月会予想43・2％　調査結果42・7％　Cプラス〉

湖月会スタッフの予想と実際に電話で聞き取りをした結果の数値が極めて近い。Cプラスの判定は、次点候補より支持率が0から4・9ポイント高いことを示すと欄外に記してある。

〈小田島　湖月会予想43・2％　調査結果42・6％　Cマイナス〉

小田島候補のCマイナスは、一位候補、つまり若宮と比べて0から4・9ポイント低いという判定だ。要するに、その差はほとんどないと指摘している。

中村は東京一区の細かいデータに目を凝らした。

〈全体回収数947（うち携帯）642〉

事務局スタッフは約一〇〇〇回も電話をかけ、データを抽出していた。

〈民政支持率39・2％、憲政民友11・0％〉

〈支持政党なし→民政25・0％、憲政民友57・9％、国民蜂起15・0％、その他2・1％〉

肩が強張《こわば》っていくのを感じた。民政党の支持率は高いものの、東京一区に多い無党派層の多くは、憲政民友党候補に入れると回答したのだ。東京一区の投票率は毎回50％前後で推移している。民政党支持者が多いとはいえ、普段選挙に関心を示さない有権者が一斉に野党候補に投票するような事態になれば、情勢は全く変わってくる。

湖月会のデータを閉じる。もう一口、緑茶を口に含んだあと、中村はネットニュースに画面を戻した。今度は帝国通信社《ていこくつうしん》の情勢分析が目に入った。

〈全国注目選挙区〉

見出しをタップすると、接戦・激戦が見込まれる選挙区の一覧が現れた。画面を拡大表示させ、東京一区をチェックする。

〈民政党・若宮◯、憲政民友党・小田島◯〉

若宮とともに小田島の演説を分析し、新たな遊説に向けてリハーサルを繰り返した。実際に街に出て支持を訴え、多くの有権者と言葉を交わし、一緒のフレームに収まってネット上で情報を拡散し、投票を訴えた。

公示直後から中村の体重は三キロも減り、目の下にクマができるほど頑張ってきた。だが、通信社の分析では、まだ五分五分の情勢だ。

〈国民蜂起の会・近藤《こんどう》△〉

第三極を目指す新自由主義政党の候補については、以前は当選の見込みが薄い×印がついていたが、これが△へと格上げされていた。

二カ月前、地方の首長や議会議員を選ぶ統一地方選挙が実施された。野党第一党の憲政民友党が議席を減らした一方、国民蜂起の会は順調に議席を伸ばした。この流れが東京一区にも及んでいる。実際、新宿区議会議員選挙では、蜂起の会公認候補がトップ当選を果たすなど、与野党一騎打ちの図式が変わりつつある。

中村はさらに他のニュースをチェックした。中央新報や帝国通信など主要メディアの見出しが並んだ検索サービス大手の画面を見ていくと、〈独自〉の文字が目に入った。

〈東京都、再生エネルギー導入に向け、新たな方針決定　専門相談員を配置へ〉

大和新聞によれば、東京都は新たに建設するマンションや一戸建て住宅に、太陽光発電設備の設置を全国に先駆けて義務付ける。その際、個人が新たな設備に関して戸惑わないよう、コールセンターを設置するほか、専門の相談員を配置し個別の問い合わせに対応する、という内容だった。

「なるほど……」

「どうされました？」

チラシ整理の手を止め、神津が再び中村の傍らに来た。

「こんなニュースがありましてね」

中村は神津に画面を向けた。

「今は手狭な賃貸マンション暮らしです。子供二人が大きくなる前に、なんとか個室を持てるようにしたい、そんな風に妻と話していました」

実際、同じ区内に住む親戚《しんせき》の世話で、近所に小さな土地を購入できるかもしれないと妻と話したばかりだった。中村はさらに画面をスクロールした。すると、記事の末尾に署名欄があった。

〈片山芽衣《めい》〉

「あれ、この人は……」

中村の声に反応し、神津が口を開いた。

「公示日に新宿駅西口で取材してくださった記者さんですね」

「そうですよね」

中村がそう言った直後だった。事務所のドアをノックする音が響いた。

「はい、開いていますよ」

神津が反応し、腰をあげた。

「あの……取材、いいですか？」

中村の耳に、落ち着いた女性の声が届いた。

6

「失礼します」

片山はドアを開け、若宮事務所に足を踏み入れた。蛍光灯の冷たい光ががらんとした事務所を照らす。少し暗いスペースに目を凝らすと、整然と束ねられたチラシが会議机に置かれ、椅子《いす》も等間隔に並べられている。右側に目を向けると、部屋の隅の壁には〈必勝〉と書かれた大きな為書《ためが》きが何枚も貼《は》られている。

〈祈必勝　内閣総理大臣〉

〈祈必勝　民政党副総裁〉

〈祈必勝　都議会民政党幹事長〉

太い毛筆で書かれた為書きの横には、片目が入った大きな赤いダルマが据えられていた。

こうして選挙事務所に足を踏み入れるのは二度目だ。ダルマの横にはマネキンの上半身があり薄いピンクのTシャツが着せられていた。ピンク……Tシャツを見た途端、警視庁の八田《はった》が告げた〈ピンク歯〉という言葉が後頭部で鈍く反響した。

「どうも、片山さんですよね」

Tシャツを見つめていると、部屋の隅から足音が響いた。靴音の方向に目をやると、二人の男性が駆け寄ってきていた。

「こんばんは。突然押しかけてごめんなさい」

片山が言うと、二人の男性が同時に首を振った。

「新宿駅西口で取材してくださった片山さんですね。私、あのとき挨拶《あいさつ》させていただいた若宮の秘書、中村です」

白いワイシャツの袖口《そでぐち》をまくった中村が言った。片山は小さく頭を下げたあと、隣の青年を見た。新宿駅西口でぶっきらぼうに応対した目つきの鋭い青年だった。

「私も西口でご挨拶しました。都議会議員の秘書で、応援に来ている神津です」

愛想の良い中村に対し、神津の目つきはなにかを探るような感じがする。

「こんな時間に失礼ですけど、選挙担当として情勢取材に来ました。と言っても、ボランティアやスタッフのみなさんは帰られたあとでしたね」

片山は腕時計を見た。時刻は午後一〇時近くになっている。

「若宮候補、それに他の候補の演説もあちこちで取材しています」

「記者さんとしての感触はいかがですか？」

中村が口元に笑みを浮かべた。

「演説の様子、それに情勢アンケートを通じて得た印象としては、五分五分といったところでしょうか。でも、なんとも言えません」

「小田島候補の事務所は行かれましたか？」

「ええ、一度お邪魔しました。あちらはあちらで、健闘されているようです」

片山が言うと、中村が身を乗り出した。

「あちらに勢いはありましたか？」

「なんともお答えしにくいです。中立な立場で取材をするのが記者の役目ですから」

片山の言葉に、中村の横にいる神津が苦笑した。

「なにか？」

「いえ、なんでもありません」

「取材で知り得た情報は、記事、それに開票速報のみに使うので、残念ながら明かすことはできません」

片山は言葉に力を込めた。

「そこをなんとか」

中村がわざとらしく祈るように両手を合わせ、言った。ふざけているのはわかっているが、片山も大げさに首を振ってみせた。

「仮に私が先方の様子をペラペラとお話しするようでは、こちらの情報もあちらに筒抜けになると思いませんか？」

片山は努めて冷静に告げた。すると中村が表情を引き締めた。神津は相変わらず眼光鋭く片山を見ている。

「片山記者がおっしゃる通りですね。逆にそう言っていただけると、私たちもちゃんと対応しなければと思います」

片山が頭を下げた直後、中村が言葉を継いだ。

「そうそう、先ほど片山さんの独自記事を読ませていただきました」

独自という言葉を聞き、片山は顔をしかめた。

「どうされました？　独自とは、他社がつかんでいない情報、つまりスクープですよね？」

中村が首を傾げている。

「実はいきなり指名されて記事を書きました。あまりこの手のやり方に慣れていないので、面食らいました」

片山は思い切って、唐突なリークがあったことを明かした。

「弊社の都庁担当者が知事と折り合いが悪いらしく、上司の命令で記事を書くようにと言われまして……」

今まで無表情だった神津が口元を歪《ゆが》め、声を潜めて笑った。

「あの、なにか？」

神津に目を向け、言った。

「なんでもありません。失礼しました」

依然として神津の不気味な笑みは消えない。見てくれは普通の青年だ。だが、時折見せる意味深な目つき、そして歪んだ口元は今まで会ったことのない人種だ。

「明日の若宮候補のスケジュールを教えていただけませんか？　ネットで公開されている情報のほかに、なにかあればぜひ」

「もちろんですよ。まずは若宮先生ファンの多い高田馬場駅を皮切りに……」

中村がスマホを取り出し、スケジューラーを片山に向けた。

「高田馬場、それに神楽坂にある大学近くの公園でも演説します。先生は大学生に人気があるんです。ぜひ熱気を生で感じ取ってください」

熱心に中村が説明を始めた。片山は自分のスマホのスケジューラーに要点をメモし、中村、そして神津に礼を言って事務所を後にした。

狭い階段を下り、事務所の外に出た。新宿通りはタクシーが行き交い、歩道には酔客の姿も見える。東京一区は実質的な一騎打ちだが、中村に告げた通り、情勢は五分五分だと片山は感じていた。実際、他のメディアの観測記事も同様の分析をしている。

だが、こんな状態で本当にゼロ打ちができるのか。歩道を四谷三丁目駅に向かって歩きながら、片山は首を傾げた。同時に、政治部の宮木記者の言葉が頭をよぎった。

〈投票締め切りの二〇時ジャストは無理でも、激戦区に関しては二一時台に当確を打つ〉

そして、もう一つ、陣営にあったピンクのTシャツが瞼《まぶた》の裏に映った。警視庁の八田が言ったピンク歯、そして捜査二課の内偵、汚職の文字が何度も頭の中を駆け巡った。

# 7

「私はこのあたりで帰ります」

事務所の机を丁寧に拭き終えたあと、神津が言った。壁の時計に目をやると、すでに午後一一時近くになっていた。

「私も帰ります。子供たちは寝ていますけどね」

中村は自嘲気味に言った。このところ、子供たちとまともに会話をしていない。育児のストレスからか妻の機嫌も悪く、家庭内でのやりとりはほとんどない。

「それでは、明日もよろしくお願いします」

神津が背広を羽織ったときだった。中村の目の前にある固定電話が鳴った。

「また取材ですかね」

中村は短く言い、受話器を取り上げた。

「こんばんは、若宮事務所の中村がお受けいたしました」

有権者からの問い合わせ、あるいは激励かもしれない。

〈あの、少し時間いいですか?〉

相手は嗄れた声の男性だった。

〈私、フリーライターのイトウと申します〉

「ライターのイトウさん、でいらっしゃいますね?」

ライターと言った途端、事務所のドア近くにいた神津が歩みを止め、中村を見た。

「若宮候補への取材でしょうか。選挙カーを使った演説については、ホームページに予定をアップしておりますので、そちらをご覧いただければと存じます」

〈先生の演説には興味がなくて〉

イトウと名乗るライターの声のトーンが一段下がった。中村の声音から異変を察知したのか、神津が電話の傍《そば》に戻ってきた。

〈若宮先生と過去にトラブルになった女性からの証言で記事を作っております。つきましては、先生のコメントをいただきたいと思いまして〉

「女性とトラブルですって?」

中村の呼び声に反応した神津が、固定電話のスピーカーのボタンを押した。

〈わかりやすくお伝えすると、告発ですね〉

くぐもった声が、人気《ひとけ》のない事務所に響く。神津が背広からメモ帳を取り出し、電話の横に置いた。素早くペンを走らせる。

〈できるだけ引き延ばして〉

女性トラブルの対応は初めてだ。しかも相手はフリーのライターと名乗った。

〈掲載媒体は?〉

神津が矢継ぎ早にメモを書く。

「イトウさんの記事はどこに掲載されるのでしょうか?」

〈週刊ドロップキックです〉

あまり馴染《なじ》みのない雑誌名だった。

「あの、出版社のお名前は?」

〈東京実話ニュース通信社です。ドロップキックはゴシップ専門媒体でしてね〉

イトウは電話口で気味の悪い笑い声をあげた。

〈筋の良くない出版社。下劣な風俗情報をメインに取り上げています〉

神津がスマホの画面とメモを中村に向けた。スマホを見ると、東京の裏風俗特集や芸能人の密会スポット企画など扇情的な見出しが並んでいる。

「それで、その女性が告発された主旨はどんなものでしょうか？」

〈先生は随分お盛んなようですね〉

「具体的な中身をお教えくださりませんと、こちらとしても対応できかねます」

中村は努めて丁寧な口調で言った。いつもは北関東の地元紙や大手紙の政治部の記者ばかりが相手だ。週刊誌、しかも風俗情報を主体に掲載するようなメディアの対応には慣れていない。相手を怒らせ、若宮に不利になるような記事を書かせることは避けたい。

〈記事の要旨をお送りします。メールアドレスをお伝えください〉

「了解です。こちらは……」

中村は事務所の公式サイトにあるアドレスを伝えた。

〈では、二、三分で要旨をお送りします。ご対応よろしくお願いします〉

イトウの口調はどこか嘲笑《あざわら》っているようだった。

「どうします？」

中村は神津の顔を見た。

「以前、キャバクラの……」

中村が言うと、神津が頷いた。

「先生は女性が好きです。ただ、彼は独身ですからね」

「そうですよね。最近の週刊誌を賑わすのは不倫ネタですし」

「いずれにせよ、相手の出方を待ちましょう」

中村は電話の脇に置いたノートパソコンを引き寄せると、アプリを立ち上げ、早速メールを開封した。

〈週刊ドロップキック、取材とコメントのお願い　フリーライター伊藤宏一《いとうこういち》〉

依頼文のあとには、記事の要旨が続いた。

〈若宮先生が大学院在学中、結婚を前提にお付き合いをされていた女性、A子さん（現在三八歳）によると、先生はA子さんのほかに後輩の学生や当時OLだったB子さん、そしてモデルだったC子さんと同時に交際し……〉

文面を読み、中村は思わず舌打ちした。

〈こちらがA子さんと若宮先生のツーショット写真〉

二〇年近く前の色恋ネタだった。若宮は通りの良い声とロン毛が売りで、添付された写真も今とほとんど変わらない。

〈一方的に婚約を破棄するような言動をされ、A子さんは深く傷つき、現在も精神的なダメージに苦しんでいます〉

「どうします？」

中村が聞くと、神津が失礼と言い、スマホで電話をかけ始めた。神津は事務所の隅に行き、スマホを掌《てのひら》で覆いながら話している。会話の中身はおろか、誰にかけているかもわからない。

〈まことに勝手ながら、雑誌の校了は明後日《あさって》の正午です。それまでにご回答をいただきたく存じます〉

今は選挙期間中だ。色恋を巡るトラブルのスクープは絶対に回避しなければならない。過去に政界で起きた女性絡みのスキャンダルの見出しがよぎった。

中村は手元のノートパソコンのキーボードに指を走らせた。スキャンダル報道で一番有名なのは、言論構想社《げんろんこうそう》の週刊新時代《しゅうかんしんじだい》だ。ウェブ版新時代にアクセスし、検索欄に不倫、恋愛トラブルと打ち込みエンターキーを押した。

するとトップに先の統一地方選挙の見出しがヒットした。関東のある首長選挙期間中、圧倒的優位に立っていた現職候補に過去の不倫ネタが炸裂《さくれつ》した。この首長は選挙で無事に当選という結果が出たが、投票時には二〇万超と多数の白票が交じり、有権者が敏感に反応したのだと担当記者が分析していた。

中村はキーボードから目を上げ、神津を見た。依然として険しい表情で電話をかけていた。

事態が最悪の結果となった場合、選挙戦離脱の可能性も視野にいれなければならないのか。若宮は磯田が推した候補だ。中村の出処進退だけでなく、後藤までもが詰め腹を切らされるのではないか。若宮が降りた場合、憲政民友党は不戦勝として一勝を上げる。これが憲政を利することになり、ひいては民政党の退潮を決定づける契機となったら。

中村は画面を切り替え、若宮の明日のスケジュールを見た。若宮の教え子や学生の支援者が多い高田馬場駅を皮切りに、神楽坂、千代田区の公営住宅前など有権者の数が多いエリアを回る。

「失礼しました」

いつの間に電話を終えたのか、神津が険しい顔で中村の傍らに戻ってきた。

「ゴーストの記者経由で色々調べてもらっていますが、週刊ドロップキック、それに伊藤というライターは相当に筋が悪いようです」

神津によれば、スキャンダル取材をする間、当該の編集部は相手の反応を見ながら金品を要求して記事の掲載の可否を決めることがあるという。

「ひとまず、若宮先生に確認します」

中村はスマホを取り出し、若宮の番号をタップした。何度も呼び出し音が鳴るが、若宮は出ない。疲れきった体で北新宿のマンションに帰宅し、シャワーを浴びているのかもしれない。二〇回以上は呼び出し音が鳴った。中村が諦《あきら》めて電話を切ろうとした直後だった。

〈はい、若宮です〉

耳元に不機嫌な声が響いた。中村はすぐさまスピーカーフォンに切り替え、会議机の上にスマホを置いた。

「緊急事態です」

〈はっ？〉

依然として若宮の声は苛立ちがこもっていた。中村は筋の悪い週刊誌、そして素行の悪いライターから女性関連の取材が入ったと明かした。

「すぐに取材要旨を転送します」

中村はノートパソコンのメールを若宮へと転送した。

〈少し待って〉

衣擦《きぬず》れの音が響いたあと、若宮が舌打ちしたのが聞こえた。

〈付き合ったのは事実だけど、三カ月で別れた女だ。束縛がきつすぎてね。互いに納得して別れたのに、ストーカーまがいのことまでしてきた〉

若宮の声が沈んだ。

「婚約とか、指輪を渡したとかはありましたか？」

中村は矢継ぎ早に尋ねた。

〈ないない。たしかに過去に複数の女性と同時に付き合っていたが、法に触れるようなことは一切していないし、そのタレコミ女にも危害を加えるようなことは絶対していない〉

若宮の言葉に力がこもり始めたとき、神津が口を開いた。

「ストーカーっておっしゃいましたよね？」

〈ああ、そうだ〉

神津が机の上のスマホに顔を近づける。

「打開策があります」

〈どうするの？〉

「お任せください」

神津がスマホを睨んだまま語気を強めた。どんな打開策があるのか。若いが、相当な数のトラブルを処理してきたのだろう。中村は神津の横顔を注視した。

8

四谷三丁目から神楽坂に戻り、片山は自宅マンションの手前にある能登屋《のとや》に立ち寄った。

選挙取材であちこち回り、最後に若宮事務所に顔を出した。未だ手探り状態の取材に苛立ち、ピンク歯の調査に時間を使えない焦りが心に重くのしかかった。とても自分で食事を作る気になれなかった。

野菜サラダと焼きおにぎり、牛モツの煮込み、串焼《くしや》きの盛り合わせをアテに、中ジョッキ二杯、ハイボール三杯で頬がようやく赤くなったのを感じた。ハイボールから冷酒にシフトしたい気持ちを抑え、なんとか店を出た直後だった。

自宅まで一〇〇メートルほどの地点で、二人組の制服警官に呼び止められた。職務質問だ。片山は首元のネックポーチから記者証を取り出したが、若い制服二人組は引き下がらなかった。何度か八田の携帯に連絡しようと考えたが、早くシャワーを浴び、ベッドに入ることを最優先にする。片山は財布から運転免許証を取り出し、提示した。

〈これ、まずいですね〉

若手の一人が口にした。なにがまずいのか。偽造免許証ではないし、ペーパードライバーなのでゴールド免許だ。

〈ここですよ〉

制服警官は免許証の顔写真の横、住所欄を指した。

〈新宿区にお住まいなのに、免許の住所は練馬《ねりま》区ですよ。早めに書き換えを〉

制服警官から〈旧住所の運転免許証〉〈新住所と本人確認ができる書類〉〈印鑑〉を持参し、運転免許試験場か最寄りの警察署へ行くように諭され、解放された。

余計な手間が増えた。しかもミスは自分が犯したのだ。選挙取材の時間を都合し、なんとか暇を捻《ねん》出《しゅつ》せねばならない。制服二人組の後ろ姿を見送りながら舌打ちを堪えているとき、閃いた。免許証の変更手続きと同時に、選挙取材をこなせる方法がある。そう考えると、片山は駆け足で自宅マンションへ帰った。

翌朝、新宿歌舞伎町《かぶきちよう》へ足を向けた。

午前九時前、タクシーで歌舞伎町を南北に貫く区役所通りに着き、周囲を見回した。金髪で細身のホストたち三人組に、明らかに未成年とわかる女子高生と思しき三人が戯《たわむ》れ、喫茶店か二四時間営業のカラオケ店へ行こうと訴えていた。

以前、新宿署を担当した時より歌舞伎町の治安が悪化していると肌感覚でわかる瞬間だ。おそらく、地方から来た家出少女たちで、歌舞伎町北部で客を引き、体を売った金をホストに貢《みつ》いでいる。いずれ必ず記事にすると決め、若い男女を横目に新宿区役所へと歩みを速めた。区役所の中へ足を踏み入れ、右側のカウンターへと向かう。

外国人登録、マイナンバーカード登録など様々な係がある中で、片山は左側へと進む。戸籍、住民票のカウンター前には三名が待っていた。片山は住民票取得用の書類にペンを走らせ、係員に提出した。

「少しお待ちください」

老眼鏡を鼻に載せた係員に言われたあと、周囲を見回した。役所の業務開始時間になるとともに、青年や老人、あるいはベビーカーを押した若い女性など様々な人が増えてきた。

その多くは戸籍や住民票、あるいは印鑑証明のカウンター前で必要書類に記入している。片山は自分の番号が呼ばれるのを待った。怪我《けが》の功名だ。昨夜、制服警官に呼び止められたことをきっかけに、選挙取材が一気に捗《はかど》る方策を思いついた。

それが新宿区役所だ。戸籍、あるいは印鑑証明を取りに来る人々は、基本的に全員が新宿区民であり、東京一区の有権者だ。

「三番の方、どうぞ」

片山は待ち合いのソファで手元を見た。クリアファイルには黄色で3と書かれたプラスチックのプレートが挟み込まれている。

勢いよく立ち上がると、片山は住民票を受け取りにカウンターに駆け寄った。区役所の前で二時間程度粘れば、男女、年齢ともに様々なサンプルを取得できる。選挙取材センターの責任者、中杉が求める一〇〇名程度のノルマもクリアできるはずだ。

「お世話さまでした」

手数料を支払うと、片山はショルダーバッグから選挙取材用のタブレットを取り出し、区役所の玄関に向けて歩き始めた。

さっさと選挙用の取材をこなせば、ピンク歯の真相を調べることができる。いや、遊軍班所属記者として、都議会議員の不審死を追うのが本業なのだ。

「あの、少しお時間よろしいですか？　私、大和新聞の記者で……」

区役所の玄関を出た直後、片山はベビーカーを押す若い女性に声をかけた。


午前中に四五名から選挙に関するアンケート調査に協力してもらった。明日、明後日も同じことをすれば、サンプル数のノルマである一〇〇名は軽々と達成できるはずだ。また、選挙が近づくにつれ、あと二、三度は同じ調査を行うと中杉から選挙班メンバー全員にメールが送られてきた。次回、そのあとの調査についても、区役所の前で張っていれば自然とサンプル数は増える。

調査結果を中杉に送信したあと、片山は新宿駅西口にある老舗ラーメン店で分厚いチャーシューが盛られた中華そばを食べ、中央線に飛び乗った。事前に調べていた住所を頼りに、三鷹《みたか》へ向かう。

三鷹駅で電車を降りると、駅前に停車中のタクシーをつかまえ、運転手に目的の住所を告げた。運転手は手早くカーナビに情報を入力し、駅から一五分ほどで目的地に到着した。

三鷹市郊外の雑木林に囲まれた住宅街で、近くには深大寺《じんだいじ》や天文台がある閑静なエリアだった。

タクシーを降り、スマホのアプリと電柱の番地表示を頼りにゆっくりと歩く。近隣の雑木林がフィルターとなり、昼下がりの湿気を吸い取ってくれているような気がした。

目的地が近づく。番地表示の看板に目をやり、その後はアプリの矢印を注視する。表通りから極端に狭い小路に入り、三〇メートルほど進んだ。すると、右側の古い鉄筋コンクリートの住宅前に〈売家〉の看板が見えた。看板には大手不動産会社のロゴがある。

片山は歩みを速め、戸建ての前に進んだ。表札には〈三雲〉の文字が残っている。だが、エントランスのフェンスはチェーン錠で開かないようになっている。

周囲の住宅の前には、枯葉が散らばり、雑草が生えているところがあったが、この三雲家の前は綺《き》麗《れい》に掃除されている。不動産業者が片付けを行ったのだろう。玄関の方向に目を凝らすと、引越し業者の段ボールがいくつか置かれているのがわかる。

三鷹市大沢《おおさわ》というエリアに建つ三雲議員の実家は、息子の独立後は両親が二人で住んでいた。事前に調べた登記や地場の不動産業者によれば、自営業だった父親が四〇年前に現金で土地と建物を購入した。その父は二〇年前に他界、そして家主である議員の母は健在だ。しかし、息子の死後は、都心にあるマンションに転居したようだ。売りに出された三雲家に人気はない。もし息子である三雲都議会議員が他殺だとしたら、現場となったこの家はいわゆる事故物件となり、売却価格は暴落してしまうかもしれない。心筋梗塞による自然死なのか、ピンク歯が示すように、他殺の可能性があるのか。記者として絶対に真相を突き止めねばならない。

小路の奥、隣家から洗濯機のモーター音が聞こえた。泥臭い取材法だが、一つ一つ潰《つぶ》していくというのが社会部で鍛えられたやり方だ。片山は三雲家を後にし、隣家の前に立った。〈田嶋〉の表札の横にインターフォンのボタンがあった。

「すみません、少しよろしいですか？」

片山はボタンを押し、その下にあるカメラの前で記者証を提示した。

〈あら、取材なの？〉

品の良い女性の声が響き、そうだと告げた。

「取材されるのは初めてよ」

グレーの髪をヘアバンドで束ねたセルフレームの眼鏡の女性がドアを開けた。年齢は五〇代半ば程度か。ストライプのカットソーにデニムのエプロンという出立ちだ。

「お隣のことについて、少し教えていただけますか？」

どう取材を進めるか素早く考えをまとめる。

「今度都議会の補欠選挙があります。その際、三雲さんの人となりを改めてご紹介するつもりで取材しています」

眼鏡のレンズの奥で、片山を警戒していた婦人の眼差《まなざ》しが少しだけ変わった。

「突然のことで、ご家族も驚かれていたのではないでしょうか？」

片山が水を向けると、田嶋《たじま》が眉根《まゆね》を寄せた。

「息子さんが亡くなったこと、お隣のお婆《ばあ》ちゃんはよく理解できていない様子だったわ」

「どういうことでしょうか？」

「軽い認知症の症状があったみたい。体はいたって健康で、食事や洗濯、掃除なんかは全部ご自分でやられていたんだけど……」

田嶋が元・三雲の家の方に目を向け、言った。

「三雲議員もそこを気にされていたの。だから、あんなに偉い人なのに、わざわざウチに顔を出されて、母親になにかあったら報《しら》せてほしい、そうおっしゃっていたわ。それも一度だけじゃなくて、こちらに戻られた際は必ず」

片山はスマホのメモアプリに要点を加えながら話を聞いた。三雲は母親思いの息子で、近所での人当たりも良かったようだ。

「議員が亡くなった当日はなにか変わったことはありませんでしたか?」

「よくわからないわ。翌朝、新聞配達の方が、玄関の扉が開きっ放しで電気が点いていたから不審に思って声をかけたら……」

「亡くなられていた、ということですね」

「そう」

田嶋によれば、老母は就寝中で、息子の帰宅や突然の死には全く気づかなかったようだ。

「議員はお酒を飲んでいらっしゃったとか?」

「そうみたいね。新聞配達の若い方が一一九番通報して、その後パトカーも来たわ。ほぼ同じタイミングで秘書さんもいらっしゃったけど」

田嶋夫人は心筋梗塞による死を微塵《みじん》も疑っていない。

「奥様は議員のことをどう思われていましたか?」

「良い人よ。偉ぶらないし、この近所は彼の選挙区じゃないのに、都道の整備やらをお願いすると、都庁の関係部局に連絡してくれたし、よくしてもらったわ」

片山はなんとかため息を堪えた。やはり考えすぎだったのか。すると、背後で自転車のブレーキ音が響いた。

「お待ちどおさまでした。デリ・イーツです」

「あらいやだ。今日は主人がゴルフに行っているから、手抜きのランチにしたのよ」

田嶋は配達員に対して丁寧な礼を言ったあと、紙袋を受け取った。

「すみません、お食事前だったとは……」

「記者さんとお話しできる機会なんて滅多《めった》にないから。ちょっと、これダイニングに置いてくるわ。待っていてね」

田嶋は慌ただしくサンダルを脱ぎ、パタパタと足音を立てながら家の奥へ向かった。すると、片山の視界にインターフォンのモニターが入った。赤いランプが点灯している。片山が住む賃貸マンションと同じタイプだった。家に誰もいない状態で訪問者がインターフォンを押すと、自動で来訪者を録画する。田嶋はいくつかの録画を確認していない。だから赤いランプが点滅している。

「よかったら、お茶していかない？」

「どうかお構いなく」

そう告げつつ、こっそり靴を脱いで上がり、片山は恐る恐る〈再生〉と書かれたボタンを押した。すると、緑色の制服を着た宅配業者のドライバー、それに背広姿の男の顔が次々と映った。また、ヘルメットを被った郵便局員の姿も見えた。

夫はゴルフ、妻も多趣味そうだ。五件ほど再生が終わったあと、今度は薄暗い映像が映った。これも宅配便のドライバーだ。不在に失望したのか、顔をしかめたドライバーが踵《きびす》を返したタイミングだった。背後を早足のスーツ姿の男性が通りすぎた。

〈一時停止〉のボタンを押す。同時に鼓動が速くなるのを感じた。モニターを注視すると、三雲議員が遺体となって発見される前日の午後九時半だった。片山はスマホの画面をメモアプリからカメラに切り替え、録画のボタンを押した。

「遠慮なさらないで」

「いえいえ、とんでもない」

田嶋は依然、ダイニングにいる。インターフォンの再生ボタンを押し、その前でスマホを構えた。巻き戻しボタンを押し、スマホの録画をスタートする。小さなモニターとスマホ画面には、引き返す配達員。その背後に、スーツの男、そしてその向こう側に千鳥足の男が映った。

「やっぱり……」

スマホをモニター前に固定したまま、片山は呟《つぶや》いた。遺体となって発見される前夜、三雲議員が誰かに連れられ、実家に来た。田嶋家の前を二人の男が通過したのは、わずか四、五秒だった。モニターを改めて見る。生前最後の三雲の姿である可能性は高い。

「これで失礼します。上司に呼ばれてしまったので」

元の通りに靴を履き、家の奥へと告げる。

「そうなの?」

エプロンで手を拭きながら、田嶋が玄関に戻ってきた。片山は何度も頭を下げたあと、田嶋の家を後にした。

小路に出る。荒い鼓動が収まらない。自分は端緒を見つけてしまったかもしれない。スマホの中のファイルをチェックする。やはり、動画の中には男性二人分の足が映っていた。

9

「家族の絆を再構築する。そして家庭の絆が横に伸び、絆と絆で多くの人々がつながることで、日本という国は再度浮上することになるのです!」

若宮が選挙カーの前で懸命に訴えた。中村は目の前にいる約五〇人の聴衆たちを努めて優しい眼差しで見回すと、手に持ったハガキ大のチラシを配り始めた。

市ケ谷《いちがや》駅近くの公園で演説したあと、若宮、神津らとともに中村は新宿区の富久町《とみひさちょう》に選挙カーを向けた。富久町は古くからの住宅街で、他のエリアの住民は少ない。一〇年ほど前に古い住宅街を新しい宅地へと生まれ変わらせるプロジェクトが動きだし、住民主導で新しいマンションが建った。

個人住宅のほか、かつて街にあった個人商店や医院がマンション敷地内へと移転し、大手スーパーも店舗を構えた場所で地元意識が強い。こうしたエリアで支持を訴えれば、多くの有権者に若宮の主張が届くと判断し、神津が演説場所に選んだ。

「現在、インターネットでは孤独を訴える若者の嘆き、行き場をなくしたお年寄りたちの呻《うめ》き声が溢れています。こうした悲惨な社会になったのは、ひとえに家族のつながりが弱くなったからです！」

マイクを通した演説にも慣れたようで、若宮はゆっくりと言葉を区切り、一人ひとりの有権者と視線を合わせ、語りかけていく。簡単に当選できる抜け道はない。こうして有権者と対面し、直に言葉を聞いてもらい、若宮の魅力を肌で理解してもらうことだけが一票につながる。

「中村さん、連絡ありましたか？」

老人にチラシを配っていると、背後から神津が歩み寄り、声を抑えて言った。

「ライターの伊藤氏ですか？」

「メールを寄越したきり、連絡が途絶えたもので」

「私もメールしましたが、連絡はありません。ネタにならないと諦めたんじゃないですか？」

中村が言うと、神津が顔をしかめた。

「それなら良いのですが」

「今は運動に集中しましょう」

中村は神津から追加のチラシを受け取ると、目の前にいる主婦や老人、そして熱心に話を聞いている青年に手渡しを続けた。

「我々民政党が勢力を維持できなければ、家族という日本古来の仕組みが崩れてしまいます！」

中村は腕時計に目をやった。演説はラストに近い。もう一度、家族というフレーズを有権者に植え付けることで、投票へと導く。若宮が一度間を取り、聴衆の顔を見渡した。ここから最後のメッセージを発する。

「女たらし！　なにが家族だ。言っていることとやっていることが正反対じゃないか！」

先ほど中村からチラシを受け取った青年が、突如大声で叫び始めた。マイクを握ったまま、若宮が絶句した。

「とぼけるんじゃないよ！　この記事はなんだよ。あんたの政策と全く違う！」

青年の手にはスマホがある。青年は画面を中村に向け、なおも叫んだ。

「大学教授だかなんだか知らないけどさ、散々女泣かせておいて、なにが選挙だよ。歌舞伎町のホストと一緒じゃねえか！」

若宮が口を開け、中村を見た。すると、神津が青年の脇に駆け寄り、画面をチェックした。

「静かにしてもらえませんかね？」

神津の声はようやく聞き取れるくらいの低さだ。だが、怒りに満ちた目で青年を睨んでいる。

「ヤジって悪いって法律があるのか？　みんな、こんなエセ教授に騙《だま》されるなよ！」

青年は叫び続けた。周囲の主婦の間から、ひそひそ声が漏れ始めた。中村が見ていると、青年が週刊ドロップキック、ネット版と声をあげたため、周囲の聴衆もスマホで記事をチェックし始めた。

「失礼します」

神津は低い声で言うと、若宮に近づき、マイクのスイッチを切った。今まで若宮の演説を熱心に聞いていた年老いた夫婦が、隣にいた若い主婦に話を聞き、露骨に顔をしかめた。

警察官、教師、医者……世間から堅い商売だと思われている者がスキャンダルを起こすと、日頃の真面目《まじめ》なイメージがある分だけ落差が大きくなる。目の前にいる聴衆は、波が引くように若宮と距離を離し始め、一歩また一歩と後退《あとずさ》りしている。

「これで、一旦失礼します。ありがとうございました」

神津は大声で周囲に告げ、若宮を選挙カーの後部座席に押し込んだ。中村も慌てて助手席に乗り込み、運転手にすぐ発車するよう指示した。

「どういうことなんだ？」

後部座席、関の隣で若宮が声を荒らげた。昨夜遅く、若宮が緊急で事務所に駆けつけ、対応策を練った。

〈当該女性と付き合ったのは事実だが、綺麗に別れた。取材要請の要旨にあったような乱暴な言葉遣いや暴力的な行動は一切なく、対応に苦慮している。これ以上若宮に迷惑をかけるようなことがあれば、法的措置も検討する〉

短くそう記してメールを返送したのだ。ライターの伊藤から追加取材はなく、このコメントをそのまま掲載するとの連絡もなかった。そのため、伊藤が掲載を諦めたものだと判断した。

「こんなヨタ記事書きやがって！」

ルームミラー越しに後部座席を見ると、スマホを握り、若宮が怒鳴った。

「申し訳ありません、私たちの詰めが甘かったようで」

中村が謝っても、若宮の怒りは収まらない。

「どうしてくれるんだ！」

体をねじって詫《わ》びるが、中村の目を見ることなく、若宮はスマホの画面に釘付《くぎづ》けとなっていた。神津は最後列のシートに座り、口元を覆いながら電話中だ。湖月会の事務局、あるいは都議会議員に助言を求めているのかもしれない。中村は改めて自分のスマホを凝視した。

〈特報！　総選挙立候補中のイケメン大学教授、陰湿モラハラの過去露呈！〉

見出しを読んだ瞬間、中村は自身の眉根が寄ったのがわかった。

〈テレビのコメンテーターとして人気のイケメン大学教授、若宮センセイに対する重大告発が飛び出した。センセイがかつて大学院生だったころに交際したA子さんによると、イケメン院生は、爽《さわ》やかな風貌《ふうぼう》とは裏腹に、A子さんに陰湿なモラハラを繰り返し、精神的に重大なダメージを与えていたという。将来的に結婚を約束していたにも拘《かか》わらず、一方的に別れを告げ……当誌ネット版の問い合わせに対し、若宮事務所は期限内に回答をしなかった〉

「クソッ、ネットで次々に拡散されてるぞ！」

若宮が怒声をあげた。

「Zです」

若宮の隣に座る関が小声で言った。中村は画面を巨大SNSに切り替え、検索ワードに若宮の名を入れた。

〈若宮センセイに対する重大告発〉

簡略化された見出しが画面に表示され、その下には賛意や同意を示すアイコンがずらりと並び、それぞれの横に無機質な数字が並んでいた。若宮が怒鳴った通り、拡散され続ける記事は閲覧数を急上昇させているようで、中村の目の前で数値が一〇〇〇単位で伸びている。

昨夜、事務所にメールで送られてきた取材要旨には、締め切りについて〈明後日の正午〉と記されていた。つまり、明日の正午だ。だが、これはあくまで紙媒体の締め切りであって、ネット版についての記述はなかった。だから〈当誌ネット版の……〉とわざわざ注釈が付いているのだ。

一般読者にとってみれば、紙媒体であろうがネット版であろうが、回答しない若宮事務所がなにかを隠している、あるいは時間稼ぎをしていると映ってしまう。

「こんな誤報、絶対に許さない！」

若宮が大声で叫んだとき、神津が口を開いた。

「少し静かにお願いします」

低い声で、ドスが利いていた。ミラー越しに神津を見る。いつにも増して目が据わり、顔が青白くなっていた。

「現在、対応中です」

神津は短く言い、再び口元を覆いながらスマホでの通話を再開させた。若宮は依然としてスマホの画面を睨み、関は半べそ状態だ。

「こちらも対応します」

中村はスマホで湖月会事務局の番号を探し、画面をタップした。

〈はい、事務局サポート担当です〉

電話口で男性の低い声が聞こえた。事務局は、選挙中の様々な相談事に逐一対応してくれるセクションだ。中村は若宮の名前、東京一区と伝えたあと、昨夜からの一連の出来事、そしてたった今、演説中にネット版の記事がリリースされ、満足に反論もできないまま誤った情報がネット上で拡散され始めた旨を伝えた。本来の仕事とは違うが、事務局スタッフは対応してくれる。

〈ネット版に書かれた記事、若宮先生は事実関係についてどうおっしゃっていますか?〉

落ち着いた声で事務局スタッフに尋ねられた。

「交際は事実ですが、綺麗に別れられたそうです。記事にあるようなモラハラやDVなどの事実があったということは一切ありません。それにこの当該A子さんからは、ストーカーまがいの行為をされたそうです」

中村はダッシュボードに近づき、体を丸めて小声で告げた。

〈ネット版の記事は既にリリースされてしまったわけですね?〉

「はい。雑誌版の校了と、ネット版の締め切りのラグを突かれた格好でして」

〈今はどちらに?〉

「演説中にヤジを飛ばされ、それで記事が出ていることを知りました。演説を切り上げ、今は選挙カーで移動中です」

〈一旦落ち着きましょう。今すぐに若宮候補がネット上で反論するなどの行為は絶対にやめてください〉

「わかりました」

中村はスマホをダッシュボードに置き、後部座席へと体をよじった。

「絶対許さねえ」

若宮が目を真っ赤にしながら、猛烈な勢いでスマホになにかを打ち込んでいた。

「先生、もしや……」

「ああ、Zのアカウントで反論を書いている」

「やめてください!」

「なんでだよ？　こんなヨタ記事書かれて、黙っていられるわけないだろう！」

「目下、湖月会事務局と対応を協議しています。ネットの騒ぎにご本人が出たら、更なる燃料投下で、大炎上します」

中村は必死に訴えた。

「法的対応するから、その準備もお願い」

不機嫌そうに言うと、若宮がわざとらしくスマホを後部座席に放り出した。

「もう少し事務局と話を続けます」

中村はスマホをダッシュボードから取り上げ、耳元に当てた。

「本人がＳＮＳで反論するのは阻止しました」

〈賢明なご判断です〉

電話口で事務局スタッフが咳払いし、言葉を継いだ。

〈今回のような事案は初めてですか？〉

「はい」

〈選挙の自由妨害罪という犯罪があります〉

事務局スタッフが冷静に告げた。

〈若宮さんのような候補者の演説妨害のほか、候補者の職業や経歴などに関する虚偽事項の公表、偽名による通信なども処罰されます。今回のネット版の記事は該当しますか？〉

「精査しなければなりませんが、おそらくどこかは該当するはずです」

〈公職選挙法には、以下のような条文もあります。あとで事務所のメアドに転送しますが、かいつまんで説明します〉

事務局スタッフは淡々と説明を加えた。

〈選挙を妨害して特定の候補者に虚偽の事柄を公にしたり、事実を歪めて公表した場合は、公職選挙法第二三五条第二項により処罰されます。また公然と人の名誉を毀損《きそん》した者も処罰されます。こちらは刑法第二三〇条第一項です〉

「事務所に戻り次第、早急に対応して法的措置も辞さない構えです」

中村は後部座席にいる若宮に聞こえるように電話口で答え、電話を切った。

「先生、今日の選挙演説は一旦中止し、事務所で善後策を」

「わかった」

若宮は肩を落とし、ため息を吐《つ》いた。中村は事務所に残るボランティアにメールを送り、一旦事務所に戻ると告げた。同時に、今日の残りのスケジュールを〈都合により延期〉としてホームページに公開するよう指示した。

「党、もしくは湖月会事務局に依頼して、弁護士を早急に派遣してもらって対応したいと思います」

「そうだね。その辺も調整してくれる?」

心なしか、若宮の声が萎《しぼ》んでいた。予期せぬ攻撃。やはり若宮は政治家ではなく、学者なのだ。繊細な精神が相当程度ダメージを受けたのだろう。

「事務所に帰ったら、絶対に反撃しましょう」

最後部の座席から神津の声が響いた。普段の冷静な声ではなく、怒鳴り声に近い。

「反撃はします。しかし、ここは冷静に」

「既に手筈は整えつつあります」

中村が体をよじって後ろを見ると、神津がスマホを握りしめていた。

「売られた喧嘩《けんか》は、相手が死ぬまでやらなければ」

神津が両目を目一杯開き、言った。

「そんな物騒な……」

「選挙は殺し合いです」

神津は瞬《まばた》きをしない。

「手筈とは？」

「我々なりのやり方があります」

中村が問うと、若き秘書はそう言い切り、腕を組んだ。

## 10

「ここだ……」

三鷹駅から商店街を抜けて一〇分ほど歩き、片山は足を止めた。目の前には、白いタイルと透明なガラスが組み合わさった近代的な趣きの建物がある。

〈八重樫病院　外科　形成外科〉

この病院の主《あるじ》が三雲都議会議員の死亡診断書を書いた。時刻は午後一時。あらかじめ電話で確認したが、午前の診療は大抵長引き、終わるのがこの時間帯らしい。

三雲の最期を知る医師は、院長の八重樫康二郎《やえがしこうじろう》、四五歳。医師会の名簿をチェックし、日焼けした顔とツーブロックの髪型は把握してきた。

片山は表玄関ではなく、病院の横にある緊急搬送口脇の通用口へと足を向けた。老人が乗った車椅子を押す看護師の背後に、日焼けした顔が見えた。

「それじゃあ、駅前でランチしてくる。なにかあったら電話して」

看護師に白い歯を見せたあと、八重樫が片山のいる方に歩いてきた。

「八重樫先生！」

一メートルほどの距離になったとき、片山は突然声をかけた。怪訝な顔をしながら足を止めた。

「どこのお店の子だっけ？」

「やだっ、忘れたんですか？　いつご飯に連れていってくださるんですか？」

自分でも気味が悪いほど、鼻にかかった声で告げた。

「えっと……吉祥寺《きちじょうじ》、それとも新宿のお店だったっけ？」

戸惑う八重樫に対し、片山はバッグから記者証を取り出した。

「残念、大手町《おおてまち》です」

記者証に目を凝らしたあと、八重樫が顔をしかめる。

「記者さんに用はないけど」

露骨に眉根を寄せ、八重樫が警戒感を露《あら》わにした。

「いえ、こちらは大事な用事がありまして」

記者証をバッグに戻した。片山は病院を訪れる前、医療系の口コミサイトをチェックした。

〈看護師、事務スタッフがケバい〉

〈院長が頻繁に酒臭《さけくさ》いまま診療する〉

口コミを参考に、ボンボンの医者で、女遊びが好きなのだと考え、わざと胸元が大きく開いた派手な服装で来た。

片山はバッグから三雲議員の写真を取り出し、八重樫に向けた。一瞬、後退りした。記者の感覚からすると、この正直な反応はクロだ。

「三雲議員の死亡診断書を書かれましたよね」

「そうだったな」

先ほどまで片山を直視していた八重樫だが、今は病院近くの商店や看板などあちこちに目を向けている。〈目が泳ぐ〉という状態だ。

「心筋梗塞でしたよね」

「そうだ、間違いないよ」

八重樫が小声で言った。

「先生、本当に心筋梗塞だったのですか？」

片山が挑発すると八重樫が睨んできた。

「間違いがあるとでも？　プロの診断にケチつけるなんて、なにか証拠があるのか？」

先ほどとは打って変わり、八重樫が怒気のこもった声でまくしたてた。

「そもそもなんでそんなことを調べている？」

やましいことがあるから怒るのだ。ここで怯《ひる》んでは記者失格だ。下腹に力を込め、片山は言った。

「先生、ピンク歯ってご存じですか？」

「なんのことだ？」

「絞殺されたご遺体に現れる特徴の一つです」

八重樫が強く首を振った。

「絞殺の痕跡《こんせき》など全くなかった。これでも私は三鷹署から委嘱された医師だ。他殺を見逃すようなことは絶対にない」

「でも、ピンク歯があったんですよ」

「知らないって言ってるだろう」

八重樫は一段と声を荒らげた。

「俺《おれ》は忙しい。もう来ないでくれ」

八重樫が踵を返し、病院のドアの方向へ歩き出した。先ほどランチに出ると言ったのに、都合が悪くなるとこれだ。片山は傍らに走り寄った。

「誰かに圧力でもかけられているんですか？　三雲議員は心臓発作や心筋梗塞ではなく、本当は誰かに殺されたんじゃありませんか？」

「しつこいぞ！」

八重樫はさらに足を速め、病院に戻った。記者としての勘が、確信に近づいていく。肩をいからせ、病院の奥に消える八重樫の背中を片山は睨み続けた。

スマホを取り出し、病院の代表電話に連絡するか、片山は悩んだ。たった今目にした八重樫医師の反応は、他殺説をより濃厚にするものだ。

三雲議員を誰がなんの目的で殺したのか。背景がわからぬまま、八重樫を追い詰めても記事は書けない。記事にするにしても、明確な証拠があるわけでもない。下手をすれば八重樫に名誉毀損で訴えられる。もう少し慎重に背後関係を詰めてから、再度取材する。そう決めた片山は、三鷹駅方向へ歩き出した。

すると、一分ほどして、ショルダーバッグにあるスマホが振動し始めた。画面を見ると、中杉の名が光っていた。樫山はすぐに通話ボタンに触れた。

〈東京一区の若宮候補に対し、ネガティブな記事がネットで配信されました。あとで転送します。大

怪我はなさそうですが、選挙は水物です。しっかりフォローしてください〉

中杉は一方的に告げ、電話を切った。画面を睨んでいると、即座にメールが着信した。

〈特報！　総選挙立候補中のイケメン大学教授、陰湿モラハラの過去露呈！〉

足を止め、記事を読んだ。

週刊ドロップキックという媒体は元々実話系週刊誌で、最近は風俗系の企画記事が多いメディアのようだ。若宮の過去について、きちんと裏取りがなされているのか、疑問が多い内容だった。記事を一読した直後、片山はすぐに画面を切り替え、若宮事務所の代表番号を呼び出した。

〈はい、若宮事務所の中村です〉

片山は名乗ったのち、ネット版の記事を読んだと告げた。

〈法的措置も含め、現在対応を調整中です〉

「記事の中身について、信憑性はいかがですか？」

〈かつてお付き合いしていたのは確かですが、記事にあるようなモラハラやDVなどといった事実は一切ありません。大和新聞さんはじめ、他のメディアにおかれましては冷静にご対応いただけると助かります〉

「現在、どのような対応を？」

〈選挙妨害で刑事告訴する方向で調整しています。そのほか、編集部と記事の執筆者に対してはすでに厳重抗議しています〉

「わかりました。では」

電話を切ったあと、片山は若宮の名前でネット検索を始めた。

週刊誌のネット版記事はZなど大手のSNSを中心に拡散され続け、スキャンダル記事を分析すると称して素人ライターや怪しげな編集者がブログなどで触れていた。明らかにPV《ページビュー》稼ぎが主眼だ。

中村の冷静な声を聞き、若宮に対する中傷記事がかなり危うい内容だとわかった。かつての選挙妨害では、手書きの中傷ビラが撒《ま》かれたと聞いたことがある。現在はインターネットという誰でも使えるツールが存在し、SNSという大量拡散装置までも完備されている。記事の信憑性は極めて薄いが、拡散された分だけ多くの人の目についたのは事実だ。

中杉が言う通り、ネガティブな反応が選挙戦にどう影響するか見極めねばならない。次々に拡散されていくネット版の記事を睨みながら、片山は次の取材をどうするか考え始めた。

11

富久町のマンション前で突然のアクシデントに見舞われた。若宮に対する突発的なヤジは次第に波紋を広げ、有権者との間に大きな溝を作ってしまった。

中村は若宮や神津らとともに四谷三丁目の事務所に戻り、この日の演説スケジュールを全て延期して善後策を練った。

まずは湖月会の先輩秘書を頼り、派閥が懇意にしている有名な弁護士を紹介してもらった。

「そうですか、先生。助かります。では、ご連絡をお待ちしております」

午後二時を過ぎたとき、中村宛《あて》に弁護士から電話が入り、すぐに週刊ドロップキックへの対応を始めるとの連絡を受けた。

「中村さん、ちょっといいですか?」

受話器を置いた直後、関が中村を呼んだ。事務所に戻ってから、昼食はおろか、ペットボトルの茶を飲む暇さえない。

「どうした？」

「Ｚを中心に大手のＳＮＳで例の記事の拡散が続いています。今は五万件近くがあちこちにばら撒かれています」

「なんとか止める手立ては？」

「ネットに一度出てしまったら、止めるのは不可能に近いです。それに、ネット版の週刊ドロップキックは完全にＰＶ目当てでしょう」

「どういうこと？」

「ＰＶに応じて広告料が入る仕組みです。多少ツメが甘い原稿でも、話題性があればどんどん閲覧者が増えます。そしてこれを他のメディアが引用する短文記事のほか、関連するコタツ記事が増えればさらに大元のサイトをチェックする人が増えるという悪循環です」

関によれば、コタツ記事とは、取材をせずにテレビやネットからの情報だけで書かれた記事のことで、ネット上で炎上している発言などをめざとく発見し、これらを要約するブログの類《たぐ》いを書くライターがたくさんいるという。彼らは一日中ネット上を彷徨《さまよ》い、獲物となる著名人の発言や迷惑動画の投稿を、目を皿のようにして探しているのだと教えてくれた。

「どうしてそんなこと知っているの？」

「大学のアナウンス研究会の勉強会で、ネットメディアの功罪についても研究しています。あっ！」

関が近くにあったノートパソコンの画面を指した。

「どうした？」

「党本部が動いてくれたようです」

中村は慌ててパソコンの傍らに駆け寄った。

〈民政党より緊急のお知らせ〉

大きな鯨《くじら》を象《かたど》った民政党のロゴイラストの脇に、赤いアンダーライン入りの見出しが現れた。弁護士に相談するとともに、中村は湖月会事務局に党として反論してもらえるよう強く働きかけた。その結果が、今目の前にある。

〈本日インターネットで報じられた党公認候補に関する記事について〉

アンダーライン入りの見出しをクリックすると、書き出しが目に飛び込んできた。

〈週刊ドロップキックのインターネット版において、わが党公認、東京一区候補者の若宮氏について……〉

「よし、これだ」

関と顔を見合わせ、拳を握りしめる。

〈同誌の報道は完全なる憶測記事であり、編集部に対しては強く抗議した。編集部の対応次第では、民主主義の根幹たる選挙中の悪質な妨害に当たるため、刑事告訴も辞さない〉

党本部が出したコメントは、中村にとって満額回答と言える内容だった。

若宮自身が感情的にSNSで反論したのでは、世間の好奇心が集中する中で火に油を注ぐリスクが高い。そう判断したのち、党本部という最強の味方をこちらの陣地に引きずり込み、そして弁護士の見解も加味した強い否定コメントを世間に発することに成功した。

中村はコメントをさらにスクロールした。

〈記事にあるような非人道的な行いは一切ない〉

〈過去にお付き合いしたことは事実だが、二〇年近くも前のこと〉

〈その後、記事中にある人物からストーカー被害に遭った〉

〈相談先の警察署長から、反復してその行為を行ってはならないとする警告文書も当該人物に発している〉

若宮のコメントの下には、その文書の写真まで添付してある。

「どんな感じなの？」

事務所の隅で体を休めていた若宮が中村の脇に来て、パソコンを覗《のぞ》き込んだ。

「首尾は上出来です。ご覧ください」

中村がパソコンの画面を指すと、若宮が真剣な面持ちでコメントを読み始めた。

「たしかに、俺が感情的に反論するより、インパクトはあるな」

「よく堪えてくださいました」

「中村さんが体当たりで止めてくれたから。党本部も迅速に動いてくれた」

若宮が休んでいた場所の対角線上にある位置で、神津が電話を切った。

「彼はなにを？」

若宮が神津に顔を向け、言った。

「彼の人脈で対策を練る、そう言ったきりずっと電話をしていたので、私はなにも」

事務所に戻ってから、神津はずっと電話をかけていた。

「神津さん、大丈夫ですか？」

中村が呼ぶと、神津が気難しそうな表情のまま、パソコンの脇に来た。

「これを党本部が出してくれました」

神津は中村が指したパソコンの画面を一瞥し、満足げに息を吐いた。

「こうして公式コメントを出していただければ、ばっちりです。あとはこちらの手筈も整いました」

「手筈？」

「我々なりのやり方がある、先ほどそう申し上げた通りですよ」

神津がそう言った直後だった。事務所のドアをノックする音が響いた。

「どうぞ、開いています」

神津が強い口調で言った。すると、ゆっくりと扉が開き、二人の背広姿の男性が顔を見せた。

「失礼します……」

背が高く、セルフレームの眼鏡をかけた青年が口を開いた。青年の手元には大きな紙袋がある。袋には有名な羊羹《ようかん》屋のロゴがプリントされていた。

「突然、失礼いたします。週刊ドロップキック、ネット版編集長の平井《ひらい》と申します」

編集長を名乗る男が言った直後、神津が空いたパイプ椅子を思い切り蹴《け》り上げた。椅子はフロアに叩きつけられ、乾いた音が事務所の中に響いた。突然の行動に、若宮、関、そして中村は肩を強張らせた。

「この度は大変なご迷惑をおかけいたしました」

平井が突然その場に蹲《うずくま》り、両手を床についた。慌てて、同行していた青年も同じように膝《ひざ》を折った。

「謝りに来るのに、金髪なわけ？」

床に額を擦《こす》り付ける二人に対し、神津が言い放った。平井は黒髪で前髪が長く、ビートルズのマッシュルームカットに似た髪型なのに対し、もう一人の青年は金髪で毛を逆立てている。

中村はボランティアの中年男性に目配せし、会議室の真ん中にあるブラインド式の衝立《ついたて》で空間を仕切るように指示した。異様な雰囲気を察知したのか、ボランティアも素早く動き、事務所に簡易的な仕切り壁が出来上がった。声は聞こえるにせよ、これから始まるであろう厳重な抗議の様子を、十人程度のスタッフたちに見せるわけにはいかない。部屋が仕切られたのを確認すると、神津が切り出した。

「金髪君がライターの伊藤さんだね？」

神津も膝を折り、土下座したままの金髪青年に言った。

「はい……」

「どういう経緯であの記事を執筆し、どうリリースしたのか、説明してよ」

神津はなおも畳み掛ける。

「すみませんでした」

金髪のライター伊藤が声を震わせた。

「俺に謝っても仕方ないよね。若宮先生はあそこにいらっしゃる」

神津の声に反応し、伊藤がゆっくりと顔を上げた。両目が真っ赤に充血し、両肩が小刻みに震えているのが中村の目に映った。

「若宮先生、大変申し訳ありませんでした！」

伊藤が声を振り絞って謝罪し、再び両手と額を床に擦り付けた。

「もういいよ、神津君」

ネット記事が出た直後は激昂《げきこう》した若宮だったが、すっかり落ち着きを取り戻している。

「こういうときは徹底的にやらないと第二、第三のヨタ記事が世に出てしまいます」

若宮の顔ではなく、土下座する伊藤の頭上に顔を近づけ、神津が言った。伊藤だけでなく、編集長の平井の肩も揺れている。

「とにかく、二人ともテーブルへ。そこで若宮先生にご説明して」

神津が言った。

「はい……」

平井が恐る恐る顔を上げた。伊藤と同様に両目が真っ赤に充血している。

「早く、こっちへ」

もう一段、低い声で神津が指示する。二人はすごすごと神津が指し示した椅子に腰を下ろし、肩をすぼめた。

「若宮先生、こちらへ」

神津が若宮を二人の前の席へ促す。若宮は中村、そして関に不安げな視線を送ったあと、二人の前に座った。

「どういう経緯だった？」

神津が切り出すと、伊藤が小さく頷いた。

「先生の勤務されている大学に、ライター見習いの学生がおりまして……そのルートで情報が入りました」

「……誰だよ」

不機嫌な声で若宮が応じる。

「ニュースソースに関しては……」

伊藤が弱々しい声で言った直後、傍にいた神津が右手でテーブルを叩いた。

「そんなこと言える立場か？　ええ、どうなんだよ、伊藤さん」

乾いた音に恐れをなしたのか、伊藤がさらに肩をすぼめた。

「例の女性の弟です。ギャンブル漬けで借金があるとかで……」

「その弱みを握って、けしかけたわけだ。どっかの酷《ひど》いライターはギャラを折半するとでも言ったのか？」

神津はさらに畳み掛ける。

「編集長はどういう経緯であんな確認の甘い記事をリリースしたの？　しかも、紙とネットの締め切りに時間差があるなんて、一切説明がなかったんだけど」

「すみません。ネット版は若手の編集者だけで運営しておりまして……」

「選挙中に民政党公認候補に関するあやふやな情報流しても構わないわけ？」

「いえ、そんなことは……」

完全に神津のペースだ。

「神津さん、今まで彼らを呼ぶための交渉をされていたんですか？」

関が中村の隣で、小声で尋ねた。

「そのようだ」

神津はなおも落ち着き払っていた。

ネット版の記事が出た直後から、情報はＳＮＳを通じて大拡散され、若宮本人はもとより、中村も慌てふためいた。

「ネット版の閲覧数に応じて、広告料が入ってくる仕組みでして。勤務先の出版社は業績が悪く、ネット経由の広告収入を上げろと常に役員たちからノルマを課されていました」

「先生の名誉を傷つけても、広告が大事だったの？」

「いえ、そんなことは……」

神津が平井を責め続ける。若宮は落ち着いた様子で話を聞いているが、中村は気が気ではなかった。

「若宮先生、どうされますか?」

二人のメディア関係者に強い視線を送ったあと、神津が若宮に顔を向けた。

「まあ、正式に謝罪に来られたことだし……」

「ダメです」

若宮が言い終えぬうちに、神津が首を振り、言った。

「なんで?」

「政治家は舐《な》められたらおしまいです。きっちりおとしまえをつけさせましょう」

「おとしまえって、ヤクザじゃあるまいし」

若宮が困惑していた。だが、神津は首を振り続ける。

「こうしましょう」

神津がスマホを取り出し、机から少し離れた位置に動いた。なにをするのか。中村は神津を凝視した。

「週刊ドロップキックに正式謝罪してもらうのは、ネット上や誌面での文章だけでなく、こちらのやり方で」

神津が強い口調で言った。

「こちらのやり方って?」

「謝罪を録画して、週刊ドロップキック側から発信させます」

「えっ、それはいくらなんでも……」

平井が慌てて言った。

「とやかく言える立場なのかよ」

「いえ、すみません」

「それじゃ、撮るよ。若宮先生に頭を下げろ」

平井と伊藤は顔を見合わせたあと、机に手をつき、二人揃って頭を下げた。

「すみませんでした」

「今後はきちんとした報道をお願いします」

若宮が応じた直後、神津が声を上げた。

「はい、カット」

神津はスマホをタップし、その後写り映えを確認している。

「編集部のアカウントにＤＭした。確認しろよ」

平井が神津の言われた通り、スマホをチェックし始めた。

「届きました」

「すぐにドロップキックの公式サイトにアップしろよ」

「それは、担当役員の許可がないと……」

「編集長はガキの使いなのか？」

「いえ、そうではなく……」

中村は関と顔を見合わせた。

「この場で動画がアップできない。そういうことだな？」

「一旦、会社に持ち帰りまして……」

平井の顔は今にも泣き出しそうだ。だが、神津は攻撃の手を緩めようとしない。両目から青白い炎が立ち昇っているようだ。

「ドロップキックの主力広告主は誰だっけ」

「あの、カタルーニャグループと……」

平井が怪訝な顔でいくつかカタカナの企業名を出した。

「歌舞伎町や六本木でたくさんキャバクラやラウンジを展開する一大グループだよな」

「ええ、その通りですが……」

神津がスマホに触れ、画面を平井に向けた。

「剣崎《けんざき》会長はウチのオヤジの支援者でね。俺も昔から大変お世話になっている」

神津が発する一つ一つの言葉に、中村は息を呑《の》んだ。今回の一件は、民政党が公式コメントを発したことで勝負は決している。だが、神津はまだドロップキックを許す気がない。メディアにとって生命線とも言える広告主の名前を出し、こちら側の要求をあくまで通そうと迫っている。

「それは、ご勘弁を……」

命乞いする落武者のように、平井が両手を合わせた。

「それじゃあ、動画をすぐに公式サイトに上げてよ」

「すぐにやります」

平井はスマホをタップしたあと、一旦呼吸を整えた。動画を取り込み、コメントを書いたのだろう。

「すぐにドロップキックのサイトをチェックして」

「了解です」

中村が小声で指示すると、関が自分のスマホを取り出した。

「はい、動画と謝罪コメントをアップロードしました」

平井の声を聞き、神津がスマホを睨んだ。同時に、中村も関の手の中にある端末を見た。

〈誤報に対するお詫び　週刊ドロップキック編集長〉

小さな画面に〈New〉の文字が点滅し、コメントが表れた。同時に動画も再生された。

「やればできるじゃん」

「今回は本当にすみませんでした」

平井が神津に頭を下げた。だが、神津は首を振る。

「謝るのは先生にだろ」

「失礼しました」

平井が伊藤とともに若宮に頭を下げた。

「以後、気をつけてください」

若宮が短く言い、腰を浮かせたときだった。

「先生、まだおとしまえは済んでいませんよ」

若宮が首を傾げた。中村は神津の次の言葉を待った。

「本来なら選挙妨害で刑事告訴を検討していた。もちろん、民事もだ」

「それは、先ほどの動画で……」

明らかに平井が困惑していた。

「ダメだね。民主主義の根幹を成す選挙中に、日本最大の政党、民政党の公認候補の名誉を著しく毀損したんだ。あんたらみたいな軽い連中の謝罪だけで済むわけがないだろう」

「しかし……」

「おまえらに言い分はない」

「はい」

「いいか、よく聞けよ。これでおとしまえだ」

神津が二人の背後に回り、両手で肩を叩いた。

「これから俺が言うことを暗記しろ」

「はい」

平井と伊藤はすっかり怖気付《おじけづ》いている。不安げに神津の顔を振り返っている。

「これから言うことで、手打ちだ。拒否する権利はおまえらにない。拒否したら、民事訴訟だ。どうだ、あんたらに勝ち目はあるか?」

神津がゆっくりと告げた。

「わかりました。教えてください」

神津が努めてゆっくりと二人に話し始めた。だが、その中身は、中村が想像すらしなかった厳しく、突飛な要求だった。

12

午後四時五八分、片山は神楽坂の自宅近くの居酒屋、能登屋の前に立った。あと二分で開店だ。すでに警視庁の八田には連絡してある。八田は戸塚《とつか》署での研修後に立ち寄ると約束してくれた。

「あれ、随分早いね」

開店時間が迫ったとき、古い引き戸が開いた。手拭《てぬぐ》いで頭を覆った老店主が〈ホルモン〉と書かれた暖簾《のれん》を手に姿を見せた。

「待ち合わせでして」

「入って。喉渇いているなら、自分でビール出して構わないから」

暖簾をセットする店主の横をすり抜け、片山はカウンター席の横にある冷蔵庫からビールの大瓶を取り出した。カウンターの上に置かれたタンブラーを手に取り、手酌でビールを注ぐ。

「相当仕事した感じだな」

呆《あき》れたように店主が言う間、片山は一気にビールを飲み干す。

「ええ、まあ」

手の甲で口元を拭うと、店主が苦笑した。

「串物のセットと焼きイカをお願いします」

店主はカウンターの内側に入り、皿を並べ始めた。ビールを再度タンブラーに一気に満たす。

三雲議員の死亡診断書を書いた八重樫医師に体当たり取材した。記者としての感覚では、八重樫は絶対に嘘《うそ》をついている。それならば、誰が八重樫に指示したのか。その第三者は、なぜ三雲を殺したのか。三雲の周辺をもっと当たらねば新たな事実は出てこない。

「後ろ姿がおっさんになっているぞ」

背後から嗄れた声が聞こえた。

「いくらなんでもおっさんはひどくありません?」

「哀愁漂う手酌姿が様になっていたからな」

八田が軽口を叩き、片山の右隣の席に腰を下ろした。片山は老店主にホッピーをオーダーし、八田を見た。

「なにか獲物があった感じだな」

店主から手渡されたグラスに氷と焼酎《しょうちゅう》、ホッピーを注ぎながら八田が言った。

「三雲議員、やはり殺しです」

新聞社のデスクや警察官は結論から先に言わねば話が進まない。多忙な仕事の中、要点をまとめる癖が記者も刑事もついている。

「本当に調べたのか？」

先ほど軽口を叩いていた八田の表情が一変し、片山を睨んでいる。穏やかな中年男性の顔が、猜疑《さいぎ》心《しん》の強いベテラン刑事のものに変わった。

「三雲議員の実家の隣家を当たりました」

「おまえ、それだけじゃ……」

片山は強く首を振り、八田の言葉を遮った。

「三鷹署にも行きました。けんもほろろとはあのことでした。刑事課長が逃げ回り、地域課にも完全無視されました」

「終わった案件ほじくり返されて、ニコニコ笑っている警官なんていない」

老店主が運んだ串物のセットを前に、八田が眉根を寄せた。

「死亡診断書を書いた八重樫医師本人を当たりました。あれはなにかを隠しています」

「でも誰が、なんの目的で三雲議員を殺したんだ？」

「わかりません」

「その医者がなにかを隠していたとしてだ。どうやって殺しがあったと証明する？　少なくとも死亡診断書が正式に発布され、被害者《マルガイ》が灰になった案件で警察の協力は得られん」

詰めの甘い記事を書いたとき、デスクも同じ反応をする。だが、今は違う。八田を呼び出すだけの材料が手元にある。片山はスマホを取り出し、動画ファイルの再生ボタンを押し、八田に向けた。八田が息を呑んだ。

「三雲議員が亡くなったと推定される時刻の二〇分ほど前です。肩を借りて歩いている男性が三雲議員、そしてもう一人が被疑者だとしたらどうでしょう？」

「どこでこれを？」

「三雲議員の隣家です。インターフォンに録画データがありました。カウンターに残っている時刻は正確、確認済みです」

「この映像、コピーして送ってくれ」

片山は素早くスマホを取り上げ、ショルダーバッグに放り込んだ。

「取引です」

「どういう意味だ？」

八田の顔がより険しくなった。

「この映像、三雲議員本人だと証明してもらえませんか？　所轄に残っている写真でスーツの柄とか照合できるはずです」

「同一人物だったと証明して、その次はどうする？」

「現場にもう一人いた。しかもピンク歯。殺しの可能性がある以上、調べます」

「まったく、これだから社会部の記者は困る。でもな、過剰な期待はするな。それにだ。変な背景があるかもしれん」

「変な背景ってなんですか？」

「都議会の重鎮議員を殺す。しかも二課が動いていた公算がある。単純な物盗《ものと》りや怨恨《えんこん》の線は考えにくい」

「やっぱり汚職《サンズイ》の口止めですか」

「わからん。ただ、一度所轄が病死として処理した一件だ。いくら俺が本部の刑事指導係の人間だからといって、ひっくり返すにはそれなりの証拠が必要だ」

「なんとか、もっと大きなネタをつかんでみせます」

「大きなネタっていってもなあ……」

八田が呆れ声を出したときだった。バッグにあるスマホが鈍い音を立てて振動した。

「ちょっと失礼します」

慌ててスマホを取り出すと、画面には中杉の名が表示された。

〈今、よろしいですか?〉

「あの、大事な取材中ですけど」

片山は八田の顔を見ながら、わざと不機嫌な声で返した。

〈選挙のデータ収集、誰よりも早く送ってくださって、助かります。さぞ、良い収集場所を選ばれたのでしょうね。例えば、区役所とか〉

片山の声音など関係ないように、中杉がいつものように無機質な声で言った。おまけに、区役所というキーワードも加えた。

「ノルマは果たしているはずです。自分の取材に時間を割いても問題ありませんよね」

〈その通りです。しかし、開票が終わるまでは、片山さんは私の指揮下に入っています〉

指揮下という言葉に棘《とげ》があった。

「それで、今度はなんのご指示ですか?」

「片山さんが大好きな新宿区役所へ行ってください」

中杉が淡々と言った。

「でも、選挙のデータは取っています。直前の動静取材までは……」

〈とにかく区役所へお願いします〉

中杉は一方的に電話を切った。

「どうした?」

「選挙班の責任者から取材に行けと」

「宮仕えは断れないわな。抗命できないんだから、行きな。さっきのネタは俺なりに考えてみる」

片山が伝票をつかむと、八田が首を振った。

「まだ何も食ってないじゃないか。あとは任せろ。頑張れよ、若者」

いたずらっぽい笑みを浮かべ、八田が伝票を取り上げた。深く頭を下げると、片山はショルダーバッグをつかんで店を出た。

13

「関さん、夕食のお弁当の手配をお願い」

「了解です。いつもの仕出し業者さんで大丈夫ですか?」

「幕内を人数分注文してください」

中村はノートパソコンの画面を見ながら、関に告げた。週刊ドロップキック関係者が来た際に設《しつら》えた仕切りは外され、ビラの整理や電話で有権者に若宮の主張を伝えるボランティアたちの声が事務所内に響いている。

若宮はドロップキック関係者が帰ったあと、党本部に足を向けた。

迅速に民政党としてコメントを出してくれた事務局スタッフに礼を言い、かつ今後の選挙運動のやり方やネガティブなヤジ、および広く流布されてしまった記事による間違ったイメージをどう払拭《ふっしょく》するか、専門家らと膝詰めで対策を練っている。

神津は、週刊ドロップキックの有力広告主になっているキャバクラグループの会長の事務所に出向き、ここ一時間ほど姿が見えない。

「中村さん、新しいペットボトルはこれで良いですか？」

見習いウグイス嬢である関が、会議机の上に大きな焼酎のペットボトルを置いた。今まで使っていた別のボトルは五百円玉がいっぱいとなったため、新しい物を用意したようだ。

「それでオーケーだよ。ありがとう」

「五百円玉は別途、銀行で用意してきました」

関が透明なプラスチックの容器をペットボトルの横に置いた。選挙戦も中盤に差し掛かり、関や他のスタッフの動きも板についてきた。そんな最中に起きたネット記事の騒動で、中村は心底憔悴《しょうすい》した。

選挙は水物。与党幹部や閣僚の失言で、選挙中に後藤がヤジを受けたことは何度もある。だが、今回の若宮のように、本人に対して強烈な爆弾が炸裂したのは初めての経験だった。目の前のパソコンの画面には、表計算ソフトがある。選挙運動にかかった金銭の詳細を打ち込み、後に選挙管理委員会に提出しなければならないが、作業は一向に進まない。パソコンの脇には大量のレシートや領収書の束がある。もう一つ、中村を憂鬱《ゆううつ》にさせているのが、神津が発した突飛な要求だった。

あのとき中村は神津がなにを言い出すのか、全く予想できなかった。神津は冷静な口調で編集長の平井に言った。

〈若宮先生の後援会である若鷹《わかたか》政治連盟に寄付をお願いします〉

平井とライターの伊藤が狐につままれたような顔をした。中村も同様だった。

〈一人の個人が政治家個人の政治活動に金銭を寄付する行為は、禁止されています。ただし、年間一五〇万円以内の物品等は違います。これは政治資金規正法で定められております〉

中村が秘書に成り立ての頃、先輩たちに嫌というほど教えられた事柄だった。

〈ただし、政治家の資金管理団体や後援団体などの政治団体に対する寄付は、年間で一つの団体につき一五〇万円まで可能です〉

神津の言葉に、中村は膝を打った。そこが狙《ねら》いだったのだ。神津は合法的に、かつ短期間のうちに謝罪の金を若宮事務所に入れさせようと、平井と伊藤を呼びつけたのだ。

いきなり椅子を蹴り上げて意表を突く、その後は脅しめいた文言で追い詰め、そして最後は平然と寄付を求めた。

〈名誉毀損の賠償金の相場を知っている?〉

〈誹謗《ひぼう》中傷された団体や企業が受け取る金額の大まかな相場は五〇万から一〇〇万円だ〉

神津が言った直後、平井の顔が曇った。刑事告訴はなんとか踏みとどまらせることができたが、週刊ドロップキックが民事訴訟を提起されたら、まず勝ち目はない。平井は瞬時にその理屈を悟ったのだ。

〈もし寄付をいただけないのであれば、俺はドロップキックのメインクライアントであるカタルーニャグループに今回の件を伝え、広告を全部引き揚げてもらうよ〉

神津は喧嘩相手の逃げ道を完全に塞いだ。残された手立てがないと悟ったのだろう。平井が寄付すると応じ、頭を下げた直後だった。神津が平井、伊藤の前に進み出て、右手を出した。

〈まさか、隠し録りとかしてないよね〉

神津の言葉を聞いた途端、伊藤の目が泳いだのが中村にもわかった。

〈この期に及んで、録音してるの？　まだ懲りないわけ？〉

神津が伊藤の目の前に右手を突き出した。すると伊藤が渋々、小さなＩＣレコーダーを取り出し、机の上に置いた。神津はレコーダーを取り上げ、床に置いた。

〈絶対にやっていると思ったんだよね〉

神津は口元を歪めて笑ったあと、床に置いたレコーダーを革靴の踵で踏みつけた。

〈もう一台ないよな？〉

神津の言葉に平井と伊藤が肩を震わした。

〈一人一五〇万円、二人で三〇〇万円。それに、紙版の編集長や担当役員もそれぞれ一五〇万円ずつ。計六〇〇万円、四日後までに指定する口座に振り込んでください〉

短期間での振り込み指示に、平井が顔を曇らせた。四日という期限があまりにも短い、と平井が抗弁した。

〈個人で金がねえとか言わせないからな。会社から特別手当かなにかの形で支払い、それをこちらに振り込めば問題はない〉

神津の具体的な説明に、平井が伊藤と顔を見合わせたあと、渋々頷いた。

〈わかったな〉

最後に神津が凄むと、二人は逃げるように事務所の出口に向かった。

〈最後に一つ、アドバイスしてやる。これから、歌舞伎町は官民一体でクリーン作戦が展開されるぞ。風俗系の商売は否応《いやおう》なく翳《かげ》りが出る。新しい広告主を探した方が良い〉

翳りという言葉を聞いた平井が肩を強張らせたのがわかった。神津の主である都議会議員は新宿エリアが地盤だ。飲食業だけでなく、あらゆる場所、企業、役所からの情報が入ってくるのだろう。キーボードの上に手を添え、画面をぼんやりと見つめていると、関が中村の顔を覗き込んだ。

「お疲れのようですね？　表計算のデータ入力ならお手伝いしますよ」

「ありがたいけど、こればかりはね。後々選管に提出するデータだから」

「領収書の金額読み上げとかは？」

関の申し出は本当に嬉《うれ》しかった。しかし、事務所の経費精算は秘書が責任を持って全うしなければならない。収入と支出の内訳をきっちりと記載し、収支を有権者に詳《つまび》らかにするまでが選挙に絡む秘書の重要な任務の一つだ。

「自分でやるから」

中村が答えたとき、事務所のドアが開き、弁当業者が夕食を運び込んできた。弾《はじ》かれたように関が業者のもとに駆け寄り、ボランティアに弁当を配り始めた。

## 14

黒い革張りのソファに座った途端、木製の扉が開いた。片山はすぐに腰を上げ、この部屋の主の顔を見た。

身長が高い。片山は視線を上げた。白髪交じりのウェイブがかかった髪、日焼けした顔に白い歯。親しみやすいように演出しているのだろう。白いポロシャツとベージュのコットンパンツを穿《は》いた男が歩み寄ってきた。

「区長の吉国《よしくに》です。ご足労いただきまして恐縮です」

バリトンボイスだ。受け取った名刺には〈新宿区長　吉国順一《じゅんいち》〉と刷られていた。

「どうぞ、おかけください」

吉国区長に勧められ、片山は再度ソファに腰を下ろした。対面《トイメン》にいる区長は一人がけのソファに座り、背後には片山を案内してくれた秘書の中年男性が控えている。

「あの……」

片山が切り出すと、吉国が笑みを浮かべた。

「お忙しい記者さんにわざわざおいでいただきました。手短にさせていただきます」

吉国が顔を上げ、秘書に目配せした。秘書は携えていたファイルを開き、その中から書類を取り出した。短期間で二度も地方自治体の首長と面会している。しかもこちらから取材を申し込んだわけではなく、相手側からの要望だ。いずれも仲介役は中杉だ。

「吉国区長は、弊社の中杉をご存じなのですか？」

おそらく、大池都知事と同じ反応が返ってくる。

区役所に赴く直前、片山は吉国の経歴を区の公式サイトでチェックした。吉国の年齢は五〇歳、新宿区で生まれ、地元の公立小学校と中学校を経て都立高校、そして私大へと進学した。その後、区議会議員選挙に立候補した。過去二期務め上げ、その後区長に立候補し、現在は三期目で、磐石の支持基盤を持っている。

区の公式ページに載っていない経歴が、国会議員のブログから見つかった。吉国は区議選に出馬する以前、かつて東京一区選出だった国木田正臣《くにきだまさおみ》元官房長官の秘書を務めていた。国政の最前線で大物政治家の側近を務め、その後地元の首長に転じた。永田町で人脈を築き、地元で政治家となれば、なにかと中央との折衝で融通がきく。吉国と中杉が永田町で知己を得たのは間違いないだろう。

「ええ、中杉さんとは少しだけ……それより、おそらく、片山記者にとって大変興味のある話をさせていただけると思い、来ていただきました」

吉国が言い終えた直後、傍に控えていた秘書が封筒を開け、片山の目の前にあるテーブルに置いた。視線の先に〈取扱注意〉の文字が見えた。報道解禁前のプレスリリースだ。

〈歌舞伎町　新浄化作戦（案）　新宿の顔をリニューアル　安全安心な街づくりへの戦略的取組について〉

片山は見出しを一瞥し、顔を上げた。

「片山さんは社会部の遊軍担当だとうかがいました」

吉国が笑みを浮かべた。そのとおりですと告げ、片山は頷く。

「児童福祉施設の問題をはじめ、社会的な課題を熱心に取材される記者さんですよね」

吉国がまた秘書に目配せすると、中年男性がファイルを手渡した。吉国はファイルのページを繰り、その後テーブルに置いた。

〈理不尽な社会を止めよう　児童養護施設、退所後の生活に不安渦巻く〉

〈歌舞伎町の体感治安が悪化の一途　商工会会長が嘆く〉

ここ一年、社会面で企画・執筆した片山の記事の数々がファイリングされていた。

「歌舞伎町の新浄化作戦ですが、新宿署の全面協力を取り付け、目下着々と準備を進めています」

秘書が片山の目の前にあるプレスリリースのページをめくる。

〈悪質なホストクラブ、コンセプトカフェ等々、グレーゾーン店舗の徹底監視、多額の売掛金対策と少年少女保護を強力に推進〉

「全国から歌舞伎町に集まる家出少女や少年たちが問題になっているのはご存じですね」

「ここに来るまでにも、何人も未成年の少女たちを見かけました。歌舞伎町には一〇年近く仕事で来ていますが、今までで一番、このエリアの治安が悪くなっていると実感しています」

「執務室からも同じような光景が見えます。区長として、忸怩《じくじ》たる思いがありました」

吉国は、片山の肩越しに窓辺へ視線を向けた。吉国の視線の先には歌舞伎町を南北に走る区役所通りがある。通りの周辺にはホストクラブが乱立し、客を奪い合う。また、未成年と知りながら酒を提供し、売掛金を強引に回収して事件となったコンセプトカフェも急増中だ。

「半年前、新宿署の署長が交代された際、ランチを一緒にしながら議論しました。現在、歌舞伎町では地方から来た少女、それに生活苦にあえぐ女性たちが売春行為に走っています」

「大久保《おおくぼ》公園の近くですね?」

「その通りです。その中には、ホストやコンセプトカフェに入れ込み、体を売るようなことをしている女性もいます」

吉国が眉根を寄せ、言った。

「ホストやコンカフェのスタッフにしても、自らの売り上げを増やすために、女性にあえて体を売れ、風俗で稼げと仕向ける連中までいます」

「選挙が終わったあと、本格的に調べようと思っていました」

「今回、新宿署の地域課、そして生活安全課、組織犯罪対策課が一丸となって、グレーな店舗を重点的にパトロールします」

「本当ですか?」

「この際、新宿区も特命チームが合流し、被害に遭っている少年少女を助けるほか、犯罪行為に走らぬよう未然に徹底して対策を取ります。もちろん宿泊施設の手配など行政としてやれることは全て実行します」

片山は思わず身を乗り出した。

「このような試みに関して、他の自治体では？」

「年末の防犯運動等では、全国の繁華街を所管する警察署と自治体がタッグを組みますが、このような大掛かりなケースは実質的に初めてとなります」

吉国は初めて、の部分に力を込めた。

「なぜ、弊社にこのネタを？」

片山が問いかけると、吉国がテーブルの過去記事を指したあと、言葉を継いだ。

「片山さんが社会部の遊軍で非常に優秀な方だとうかがっておりまして」

「それは弊社の中杉からの連絡ということですか？」

片山の言葉に吉国が肩をすくめ、秘書に困り顔をしてみせた。

「まあ、細かいことはいいじゃないですか。それより、書いてくださるんですよね？」

「他社は？」

「一切知らせていません。もちろん、御社だけです」

「わかりました。一応、新宿署にも当たりたいのですが、構いませんか？」

「署長にお問い合わせください」

片山の頭の中に角刈りの中年男の顔が浮かぶ。

「青木《あおき》署長には本部の捜査一課長時代からよくしていただきました」

吉国が目配せすると、秘書がスマホで通話を始めた。青木署長と言ったあと、秘書は部屋の隅に行き、低い声で相手方と話し始めた。

「片山さんのお住まいは？」

秘書が電話で調整する間、吉国が気を利かせて世間話を始めた。

「新宿区、神楽坂在住です。大手町の会社まで近いので」

「そうですか。ずっと新宿にお住まいですか?」

「実家は練馬です」

「では、末長く新宿を愛してください」

吉国が政治家特有の笑みを浮かべたときだった。

「区長、先方の時間が取れました。あと一時間後でしたら可能だそうです」

秘書がスマホを手で覆い、小声で言った。

「片山さんのご都合は?」

「もちろん、うかがいます」

「では然《しか》るべく」

秘書が先方に了解ですと短く告げた。またお膳立《ぜんだ》てされた記事を書くのか。このまま利用され続けていて良いのか。記者としての矜持《きょうじ》が頭の中を駆け巡った。だが、今回は新米記者が扱うようなネタではなく、一面を狙える話題だ。かつ、青木というかつての名刑事と会うことができる。

〈ピンク歯〉

頭の中で、もう一つのキーワードが点滅した。


「待たせたな」

応接セットで片山が高層ビル群に目を向けていると、背後から低い声が聞こえた。慌てて立ち上がると、青い制服を着た青木隆正《たかまさ》署長が大股《おおまた》で対面のソファに腰を下ろした。

「何年ぶりだ?」

「五年です」

片山が警視庁本部の記者クラブに詰めていたとき、青木は捜査一課の強行犯係の管理官を務めていた。

殺人や強盗事件が発生し、青木の班が担当となる度に、西早稲田にある警視庁家族寮へ夜討ち朝駆けした。

「区役所の一件だったな？」

青木が切り出した。

「吉国区長と会ってきました。区役所だけの言い分で記事を書くわけにはいかないので、新宿署トップのご見解を聞きに来ました」

片山が告げると、青木が後ろ頭を搔《か》き、ため息を吐いた。

「紙は区役所からもらったんだろ？」

「ええ、こちらに」

ショルダーバッグから先ほど説明を受けた報道解禁前の資料を取り出し、目の前のテーブルに置いた。

「新宿署も署をあげて協力するとでも書いておけ」

「それだけ？」

「ああ、これ以上も以下もない」

片山は青木の顔を睨んだ。青木は仏頂面で腕組みし、天井を見ている。青木の態度はどこか腑に落ちない。青木は管理官、そして一課長時代、どんなに上層部の働きかけや圧力があっても一社だけにリークするようなことは一切しなかった。

「区役所のやり方が強引だったから、不貞腐《ふてくさ》れているんですか？」

「新宿区の一員として、あくまでも街を綺麗にしたい。それだけのことだ」

かつて青木を朝駆けしたときのことだ。ちょうど年末だったこともあり、警視総監が歌舞伎町を巡回警備する話題になった。青木は、偉いさんが来ると全署員が総監に気を取られ、かえって治安が悪化する、あくまでマスコミ向けのポーズだと切って捨てたことがあった。

「年末の警戒警備、総監や警察庁長官の見回りと一緒なんですか？」

片山の問いかけに、青木が強く首を振った。

「大違いだ。新浄化作戦は徹底的に違法店舗、グレーな商売を全滅させる」

言葉の一つ一つは強いが、青木の態度はどこかよそよそしい感じがした。

「作戦の背景に、なにか本当の狙いがあるんですか？」

「なにもない。考えすぎだ」

「青木さんらしくないです」

「片山ちゃんも、ホイホイとリークネタに乗っかる人じゃなかったよな」

ようやく青木が片山と視線を合わせた。軽口を叩いているが、かつての名刑事の両目は真剣だった。

「今回は社命です。今、選挙班にいて、責任者の命令で二件目の提灯《ちょうちん》記事で、優秀な記者とか言われて散々ヨイショされています」

片山はわざとおどけた口調で言ったが、青木は反応しない。

「全く話が変わりますけど、都議会の三雲議員が亡くなったことはご存じですか？」

一瞬だが青木の顔が曇った。

「本部の二課が三雲議員を内偵していた、そんな話も聞きました」

青木が首を振った。

「二課が外部に情報漏らすわけがないだろう」

「もし二課が内偵していたとしたら、三雲議員のようなベテラン都議の収賄、あるいは横領、違法な斡旋《あっせん》の類いではないかと」

八田が知っている情報は、さらに幹部である青木も得ている可能性が高い。片山はそう睨んでぶつけてみた。だが、青木は体を反らし、再び天井を仰ぎ見た。言葉を発しない。知っているのか、それとも知らないのか。

「本部の中では、三雲議員のご遺体にピンク歯が現れていた、との情報があります」

天井を見ていた青木が姿勢を正し、片山を睨んだ。

「俺が一課長の前に鑑識課長やったのを知っているよな」

「もちろん。だからうかがっています」

「ピンク歯が出ても絞殺、水死とは断定できない。自然死でもピンク歯は出る」

「存じております。なにか、大きな組織、いや、思惑があって三雲議員の死に蓋をしている、そんなことはありませんか?」

「ドラマの見過ぎじゃねえのか」

青木は鼻で笑うが、目は笑っていない。

「なにかあるんですか?」

「だから、二課の話は知らないし、汚職《サンズイ》に関しても全くわからん。片山ちゃんは提灯記事書けばいいんだよ」

唾棄《だき》するように青木が言った。

「今回の新宿区長のアイディア、乗り気じゃないんですね?」

青木が露骨に舌打ちした。

「このツラで察してくれ」

「私みたいな勝ち気な記者に提灯書かせる、それも区長だけじゃなくて、都知事もです」

「言えない」

「いま、言えないっておっしゃいました?」

「ああ」

やはり、三雲の死の背後にはなんらかの思惑が蠢《うごめ》いている。青木がはっきりそう認めた瞬間だ。

「私が提灯記事を書かされているのは、その仕組みやら思惑の一翼を担っている?」

「どうかな。俺が言えるのはここまでだ。いいから早く記事を世間に発信してくれ」

青木がいきなり立ち上がり、片山を追い立てるように部屋から出した。

「どういうことですか?」

「いいから、記事書けよ」

犬を追い払うような手つきをしたあと、青木が乱暴に扉を閉めた。

署長室と書かれたプレートを睨んだ。そのとき、ショルダーバッグの中でスマホが二回振動した。社内メールで独自記事が出稿された合図だ。取り出して画面を見ると、〈独自〉のマークが五つ並んでいた。

大和新聞には全国、海外支局合わせて千人近い記者がいる。それぞれがスクープを狙って取材をしている。だが、独自ネタを掘り起こすのは容易ではない。それが明日の朝刊向けに五本も独自記事が出ると社内メールが伝えてきた。

スマホをバッグに戻す際、吉国区長から渡された資料が目に入った。このネタを出せば、明日は六本のスクープが紙面を飾ることになる。

# 第三章　背景

## 1

　小さなダイニングテーブルに大和《やまと》新聞の朝刊を置き、片山《かたやま》はため息を吐《つ》いた。淹《い》れたばかりのコーヒーを一口飲み、見出しを追う。

　一面トップは米中対立のはざまで苦しむ日本の産業界の分析記事で、経済部の経済産業省担当記者が半導体や希少鉱物の調達で日本企業が苦境に立たされていると触れていた。目を左方に転じる。

〈歌舞伎町《かぶきちょう》で新浄化作戦実行へ　新宿《しんじゅく》区と新宿署が協力、違法店のパトロール強化〉

　昨日新宿署を出たあと、近隣の高層ビルにある喫茶店で記事を書き上げ、社会部に送った。中杉《なかすぎ》からスクープが入ると連絡を受けていたデスクが記事を受け取り、行数を微調整したのちに整理部へ送られ、片山の記事は晴れて一面に掲載された。

　昨夜遅く社会部デスクからメールが入った。社会部は一面トップを張る記事だと編集局長を交えた会議で主張したが、歌舞伎町というエリアが限定されている点が弱いと局長に指摘され、脇《わき》に回ったのだと知らされた。

　普段の片山なら烈火の如《ごと》く怒るが、今回はなんの感情も湧《わ》かなかった。この記事は自分でネタを掘り起こしたものではなく、餌《えさ》に吸い寄せられた魚が針にかかったようなもので、典型的な提灯《ちょうちん》記事だ。

一年生の記者でも書ける。

もう一口コーヒーを飲み、片山はスマホを手に取った。ネットのニュースサイトを表示すると、中央新報《ちゅうおうしんぽう》、NHR《日本放送連盟》は午前七時すぎに同じ中身の記事を掲載していた。大和新聞の情報に驚き、慌てて区役所と新宿署に確認したのだ。当然、区役所側はプレスリリースを提供し、各社ほぼ同じ中身の記事が掲載された。

大和の完全な抜きで、他の主要メディア全社が後追いしていた。

社会部記者として、さまざまな記者クラブに所属した。警察や北海道庁などからは、黙っていても広報文が発表され、記事はいくらでも書ける。だが、それでは当局や企業の広報と変わりはない。自分でネタを探し、他のメディアと違った切り口で報じるのが記者としての矜持《きょうじ》だ。厳しく育ててくれた先輩たちから、餌に食いつくなと嫌というほど教わった。それだけに、今回の歌舞伎町新浄化作戦の記事は、手応えがないのだ。

虚《うつ》ろな視線で画面を見ていると、電話が入った。相手は中杉だった。

〈素晴らしいスクープでした。やはり、社会部のエース記者は違いますね〉

「どうも……」

中杉には色々尋ねたいことがある。都知事の大池《おおいけ》、そして新宿区長の吉国《よしくに》。二人の政治家と中杉はどのような関係なのか。

〈それでは、また〉

「待ってください。なぜウチの新聞は独自が急増しているのか、ご存じですか？」

片山は慌てて訊《き》いた。

〈大和には優秀な記者が多い、それだけのことではないでしょうか〉

いつもの通り、中杉の声には一切の感情がこもっていない。

「中杉さん、なにを企《たくら》んでいるんですか?」

〈なにもありませんよ。私は一介の政治部記者、それも総選挙担当というだけですから。あとで必ず中央新報をチェックしてください。それでは〉

中杉が一方的に電話を切った。暗くなったスマホの画面を睨み、片山は考え込んだ。片山自身は二度も提灯記事を書かされた。しかもその一つは一面に掲載された。

主要メディアが一斉に後追いしたからには、対外的にはスクープだ。だが、依然納得していない。絶対、裏になにか企みがある。自分はその駒《こま》の一つとして組み込まれている。

中杉が片山や他の記者を傀儡師《かいらいし》のように操っている。中杉の背後で、全体の絵図を描《か》いているのは誰《だれ》で、裏で蠢《うごめ》いている思惑はなにか。

再度スマホをタップし、自社の公式サイトに飛んだ。最新記事の見出しの一番上に〈独自〉のマークが付いた歌舞伎町関連の記事がある。片山はその下にある他の〈独自〉の記事を一瞥《いちべつ》した。

四番目の記事を読むと、文末に知った名前があった。片山と同じく、急遽《きゅうきょ》選挙班に組み込まれた同期で、国際部の五島修平《ごとうしゅうへい》だ。五島は東京八区を任されている。

五島はニューヨーク総局で国連担当を経たあと、パリ総局で欧州全般のカバーを経験した。将来は国際部の部長が確実視される優秀な記者だ。

〈同性カップルの居住を杉並《すぎなみ》区が強力支援＝広がる多様性、変わる暮らし方〉

同期の五島は、杉並区役所がＬＧＢＴに関する制度を刷新し、全国でも先進的な取り組みを行うという内容の記事を書いた。

具体的には、賃貸マンションなどを同性カップルが契約する際、不当に断られた場合は区役所が優先的に物件を紹介し、カップルに不利益が出ないようにする、という施策を今後議会に諮るという。

片山はスマホに表示された時刻に目をやった。午前七時四五分、電話を入れても問題ない時間帯だ。社内連絡網から五島の名を探し、タップする。

「朝からごめんね、片山です」

〈おはよう、どうした？〉

電話口で五島の不機嫌な声が響いた。

「五島君、もしかして、いきなり杉並区長に呼び出された？」

〈なんでわかった？〉

「私も同じだった」

〈そうか……〉

電話口で深いため息が聞こえた。

〈選挙なんて全く知らないのに、いきなり駆り出されて。しかも、突然区役所へ行けって。そうしたら、女性区長がニコニコして資料持ってきた〉

「私の場合、都知事と新宿区長だった。五島君、中杉さんに指示されたの？」

〈そうだ〉

「他の応援組の中にも、中杉さんの指示で取材に行き、独自のネタをもらった人がいると思う」

〈なぜそんなことを？〉

「わからない。気持ちの良い取材じゃないわよね。中杉さんの経歴知ってる？」

〈ＮＨＲの政治記者だった、それくらいしか知らない〉

「誰かＮＨＲに知り合いは？」

〈そりゃ、何人もいる。いきなり転職してきて、局長やら社長に選挙班の総指揮任されるような人だから、興味があって調べたんだけど、わからなかった〉

「そう、私も」

やはり、独自を出した記者は中杉に指示されていた。東京都知事、そして新宿や杉並の区長。支持母体は異なり、新宿は保守系、杉並は革新系の首長だ。中杉はなにを考え、記者を派遣したのか、未だに片山には真意が読めない。

片山は電話を切った。その直後、中杉が事務的に言い放った言葉が耳の奥で反響した。

〈あとで必ず中央新報をチェックしてください〉

最新ニュース欄には、片山の後追いをした歌舞伎町に関する新施策の記事が載っていた。だが、肝心な記事は別にあるに違いない。

中杉がチェックせよと言うからには政治面だ。何度か画面をスワイプしてページを送る。片山はページをスクロールしながら、中杉が言うチェック項目を探した。

〈最新情勢分析　更新分〉

三ページ目の一番下の段に気になる見出しがあった。人差し指を伸ばし、見出しをタップした。

〈本紙独自分析　最新の選挙情勢〉

大和だけでなく、他大手紙も独自に情勢調査を行っている。片山はなにが更新されたのか、さらに画面に目を凝らした。

〈東京一区〉

自身が担当する選挙区の名前が出てきた。

〈民政党《みんせい》　若宮《わかみや》△〉

〈憲政民友党《けんせいみんゆう》　小田島《おだじま》〇〉

〈国民蜂起《ほうき》の会　近藤《こんどう》〇〉

今まで若宮・小田島両候補はどちらも〇だった。これは大和やNHR帝国通信社《ていこくつうしん》、そして今読んでいる中央新報も同様だ。つまり、東京一区は与党と野党第一党の候補が激戦を繰り広げ、互いに一歩も譲らない、どちらが当選してもおかしくない状況と分析してきた。

実際、片山も担当を任され、両陣営に顔を出し、街頭演説もこまめにチェックしてきた。政治、そして選挙取材に関しては素人《しろうと》だが、記者としての感覚で言えばずっと両者は五分の戦いを繰り広げてきた。

それが今回は△に格下げだ。つまり、若宮が一歩後退し、小田島と国民蜂起の会候補が一騎打ちの様相になった、中央新報は自信を持ってそう判断した。

週刊ドロップキックの報道が尾を引いている。若宮事務所、そして民政党本部はそれぞれ全面否定コメントを発表した。そして週刊ドロップキックも屈辱的な謝罪動画を公式サイトに載せたが、影響は収まっていないのだ。

画面を連絡先に切り替え、若宮事務所の番号をタップした。

「大和新聞の片山です」

〈おはようございます、中央新報の件でしょうか？〉

電話に出たのは、秘書の中村《なかむら》だ。

〈参りました。例のヨタ記事が影響しているのは確実です〉

「デジタルタトゥーですね」

情報を発信した側が平謝りしたものの、一度拡散されてしまった間違った情報は、刺青《いれずみ》のようにネット社会を彷徨《さまよ》い続けるのだ。

若宮の情報に接した有権者全員が否定コメントや謝罪動画をチェックしたわけではない。若宮が陰湿なモラハラやDVを繰り返した……そんな悪いイメージが一人歩きを続け、選挙情勢に重大な影を落とした。

〈週刊ドロップキックの記事は削除されましたが、あちこちに転載されてしまって……〉

中村の声が沈んでいた。情勢を慎重に見極めると伝え、片山は電話を切った。その後選挙取材用のタブレットを取り出した。中央新報は見切り発車したのか、それとも民政党支持層の間に大きな亀裂《きれつ》でも生じたのか。

中杉に相談すべきか逡巡《しゅんじゅん》していたとき、唐突にスマホが震え、着信を告げた。片山は首を傾《かし》げた。

画面には〈父〉の文字が浮かんでいる。

〈悪いな、朝から〉

父の嗄《しゃが》れた声が耳元で響いた。

〈二週間後に兄貴の三回忌があることを伝えていなかった。芽衣《めい》は参列できるか?〉

父の歳《とし》の離れた兄、つまり伯父の法事だ。

「ごめん、多分無理だわ」

〈おまえはいつも忙しいからな。それにあまり会ったこともなかったしな。わかった〉

「ちょっと待って」

〈なんだ?〉

「あのさ、父さんの大学の同期でNHRの人いるわよね?」

出版社に勤務した父のように、父と同じ大学出身のマスコミ業界関係者は多い。

〈俺《おれ》と同じで定年退職したがね〉

「どんな部門の人だっけ？」

〈報道だ。国際部が長くて、デスクを経て午後のニュース番組の編集長をやっていた〉

「会えないかな？」

〈取材なのか？〉

父の声には警戒感が滲《にじ》んでいる。文芸や新書担当が長かった父だが、一時期週刊誌のデスクを務めていたことがある。

「ちょっとね。お願いできないかな？」

〈今は大学教授に転じて、あまり忙しくはないらしい。なにかあるのか？〉

「少し調べたいことがあって」

普段、父には甘えた声を出したりなどしない。だが、今回は背に腹はかえられない。操り人形のまま選挙戦を終えるのはしゃくだ。

〈おまえの連絡先を伝えておく。なにを調べているか知らんが、年寄りをこき使うなよ〉

父は苦笑しながら電話を切った。

実家にいる頃《ころ》から、父とはあまり顔を合わせる機会がなく、ほとんどコミュニケーションを取らなかった。だが、こういう場合は猫撫《ねこな》で声が有効だ。片山はタブレットやスマホをバッグに放《ほう》り込むと、出かける支度を始めた。

## 2

電話を切ったあと、暗くなったスマホの画面を見ながら、中村はため息を吐いた。大和新聞の片山記者から早速感触を探る電話が入った。

目の前のテーブルには、中央新報の朝刊、政治面の細かい一覧表が広げられている。

〈東京一区　民政党　若宮△〉

大和新聞をはじめ、主要メディアの最新情勢はまだ更新されていないが、中央新報は他に先駆けて激戦区の情勢を報じた。

企業や役所が発表した内容ならば、クレームの一つも付けたくなるが、今回の報道は中央新報の独自取材に基づくものであり、中村がどうこう言える筋合いの内容ではない。それだけに、独自の調べがどの程度の精度なのか気になる。中央新報の説明によれば、固定電話や携帯電話の番号を無作為に抽出し、専門の記者やスタッフが総力をあげて調べたとしている。

「はい、若宮事務所でございます」

午前七時すぎから顔を出した老年男性のボランティアスタッフが固定電話の受話器を取り上げている。その顔がみるみるうちに曇っていく。

「民政党本部のほか、若宮候補が全面否定しております。その上に、当該の週刊誌が公式サイトで編集長の謝罪動画まで出しております。先の記事は完全なる誤報ですので……」

同じ説明を中村も何度電話でしただろうか。ボランティアの男性は眉根《まゆね》を寄せつつも、丁寧な言葉で電話に対応し続ける。

「ふぅ……」

電話を切った男性ボランティアが息を吐いた。

「お疲れ様でした。同じような電話がありましたら、できる限り私に回してください」

「大丈夫ですよ」

神津《こうづ》が連れてきたボランティアは、この手の出来事に慣れているのか、鷹揚《おうよう》な笑みを浮かべた。

「それにしても、世間には、ネットで検索することを知らない人が多すぎますね」

男性ボランティアが顔をしかめた。

「どういう意味ですか？」

「自分がこう思った、あるいは思い込んだ以上、他の事柄が一切耳に入らず、怒りをぶちまけるだけ、そんな人が昨日から二〇人以上、電話をかけてきました」

中村には思い当たるふしがある。母方の叔母が典型的な人物だ。

叔母は老舗《しにせ》の和菓子屋に嫁いだ。自分が抱く職業観で他人を見下し、週刊誌やテレビのワイドショーで流れた情報を鵜呑《うの》みにする。中村や親戚《しんせき》の従兄弟《いとこ》らが諭しても、一切聞く耳を持たず、自らの価値観だけが正しいと主張するのみだ。当然、インターネットで他の情報を自ら探しにいくようなことはせず、己の知識の中にインプットされた話のみを信じて、他人の意見を寄せ付けない。

先ほどの電話の主も頭の凝り固まった人物だったのだ。景気減速の長期化で多くの有権者の給与は上がっていない。いや、最近の物価高を勘案すれば、実質賃金は下落の一途をたどっている。

欲しいものを買えずに我慢する、あるいは他の人間とシェアして欲求をごまかす。我慢に我慢を強いられている多くの有権者はストレスを溜《た》め込んでいる。そのため、著名人のスキャンダルには敏感で、ネット上で一斉に襲い掛かり、日頃の鬱憤《うっぷん》を晴らす。今回はその標的として若宮が選ばれてしまった。

中村は中央新報の朝刊を改めて手に取った。選挙情勢に関する政治面の特集記事を凝視する。何度睨《にら》んでも、若宮に△、小田島が〇、蜂起の会候補にも〇がついている。

「もしかすると、湖月会《こげつかい》のデータも同じような感じかもしれません」

いつの間にか、中村の背後に神津が立っていた。

「どうすれば挽回《ばんかい》できるでしょうか?」

「愚直に選挙区を回り、支持を訴えるしかありません」

中村は東京一区以外のエリアの情勢に目を向ける。

後藤《ごとう》の選挙区は◎、他の有力候補たちも◎か○がついていた。なぜ自分の担当区だけが苦労するのか。中村は情勢記事を力一杯投げ捨てたい気持ちを抑え、言った。

「党幹部の応援を再度お願いできないか、湖月会事務局に依頼しましょうか」

「それは無理かもしれませんね」

神津が中村の対面《トイメン》に回り、椅子《いす》に腰を下ろした。神津の人差し指が、情勢記事一覧の中、近畿《きんき》や中部地方の激戦区を指す。

「保守分裂のエリアがいくつかあります。重鎮たちが必ずテコ入れに入るはずです」

「そうですよね……」

「いずれの選挙区も民政党支部のベテランが強く、中央の言うことをきかない県議や市議が多いです」

近畿やその他激戦区でも、同じように国会議員が地元関係者に頭を下げ、機嫌を取ってきたはずだが、毎回中央の締め付けが利かない事態が発生する。

地方の民政党県議や市議、あるいは党公認の首長たちは、地元の票まとめを仕切っているという自負が強い。だからこそ、後藤は毎週の帰郷時に必ず地方議員たちに会い、日頃の政治活動の礼を言い、解散総選挙に備え、頭を低くして挨拶《あいさつ》するのだ。

地方の有力者の機嫌を損ねれば、支援を失う。つまり、票のとりまとめという一大任務が投げ出されてしまう。神津が指摘したのはそういう事態が近畿などの保守分裂選挙で起こっているため、中央の党幹部たちは選挙区に入り、声を嗄《か》らして支持を訴え、水面下では事態の収拾に動く、ということなのだ。

「ウチのオヤジ経由でだれか強力な応援弁士を依頼できないか、少し検討します」

そう言うと、神津がスマホを手に事務所を出ていった。応援弁士……神津は党の幹部、重鎮たちの応援は望み薄だと言ったばかりだ。

今回の選挙戦を通じ、神津は何度も難局を打開してきた。今まで後藤の選挙区で懸命に汗をかいてきたという自負を持っていたが、圧倒的な地盤を有する二世候補の選挙と、浮動票が勝敗を決する都会の選挙は全く事情が異なる。中村はそのことを痛感した。

神津が去った事務所の扉を、中村は祈るような気持ちで見つめた。

3

「芽衣ちゃん、お待たせ」

「とんでもありません」

高田馬場《たかだのばば》駅近くの商業ビルの三階、喫茶店のソファ席で片山は有村敬人《ありむらよしと》に頭を下げた。

「サラリーマンは定年するとただの人。学生たちに色々と最近の世情を教えてもらっているよ」

壁を背にした席に腰を下ろすと、有村が名刺をテーブルに置いた。高田馬場駅から徒歩数分の場所にある女子短大の情報学科メディア論特任教授との肩書きが刷られている。

「それにしても久しぶりだね。前回会ったのはもう二〇年以上前、芽衣ちゃんがまだ中学生の頃だったかな」

ウェイブがかった白髪《しらが》を綺麗《きれい》にセットした有村が笑みを浮かべた。糊《のり》が利いたストライプのワイシャツ、麻のジャケットを羽織った細身のシルエットは元記者らしくない。百貨店で高級な紳士服を売るマネージャーのようだ。

「無愛想《ぶあいそう》ですみませんでした。当時は反抗期真っ盛りだったので」

有村と最後に会ったのは練馬《ねりま》の実家だった。神田《かんだ》で飲んできたという父が、終電を逃した有村を連れてきた。期末試験の準備で勉強部屋にいた片山の耳にも、ウイスキーを飲み続ける二人の声が聞こえた。

「今や立派な社会部記者だね。このスクープ、すごいじゃない」

有村がスマホをタップし、歌舞伎町新浄化作戦の記事を片山に向けた。曖昧《あいまい》な笑みを返したあと、片山は切り出した。

「お恥ずかしい限りです……それで、一つお尋ねしたいことがあります」

「芽衣ちゃんは娘も同然、できる限りのことはするよ」

有村がにこやかに言った。

ＮＨＲという大きな組織内では、実力のある記者しか東京の主要な取材部門に残ることはできず、足の引っ張り合いが他の会社以上だと父に聞いたことがある。

「弊社にＮＨＲから転職してきた人がいます。元政治部記者で中杉さんという方です」

有村は顎《あご》に手を当て、首を傾げた。

「どこかで名前を聞いたことがあるな……」

「私の同級生や先輩が数人ＮＨＲにいますけど、中杉さんを知っている人がいなくて」

もう一度名前を告げると、突然、有村の顔が曇った。

「どうしました？」

「政治部で、中杉……聞いたことがあるような気がして。僕より随分年下だし、直接仕事で絡んだことがあるわけじゃない。でも、どこかで名前を聞いたことがある」

片山は社内報に掲載された新入社員、中杉の顔写真を有村に向けた。表情らしい表情がない。薄い顎鬚《あごひげ》、そして眼鏡をかけている。

「思い出せないなあ」

「トラブル、それともスキャンダルとか？　彼は政治部のデキる記者だったそうですが、ある日突然、仙台《せんだい》に転属になったようです」

「NHRは転勤が多いからね」

「各出稿部でデキる記者と認定されると、ずっと部に残るんですよね。それから有力ポストに栄転とか。有村さんだって、国際部に入ってからはブリュッセルやフランクフルト、ロンドンと良いポストだった」

「僕の場合はうまく立ち回ったからね」

有村が顔をしかめ、後ろ頭を掻《か》いた。

「たしか午後ニュースの編集長だった頃、その名前を聞いた覚えがあるんだよね」

「時期はいつくらいですか？」

「僕が編集長だったのはたった一年。二〇一四年だった。ちょうど今みたいに解散総選挙があって、選挙速報の体制作りと通常業務でバタバタしていた」

「九年前ですか……」

片山がため息を吐くと、有村が弾んだ声を出した。

「なにか思い出したら、連絡するよ」

「その頃一緒にお仕事なさっていたディレクターさんとか、後輩の記者さんとかは？」

「さすが押しの強い記者だね。そうだ……」

有村がスマホのアドレス欄をスクロールし始めた。

「当時、政治部のデスクだった後輩が今は編集長になっている。メッセージ出してみるよ」

片山は頭を下げ、礼を言った。有村は細い指で何度も画面をタップした。

「図々《ずうずう》しくてすみません。どうしても気になって」

「なぜだい？」

今度は有村が記者の顔になった。

「転職直後なのに、社長をはじめ、編集局長、政治部長がいきなり選挙班の総責任者にするようなことは過去に例がありません。純血主義の根強い政治部が傅《かしず》くような人物ですから、どうしても経歴が気になります」

片山は一旦《いったん》言葉を切った。

中杉に関しては、NHRのアーカイブサービスにアクセスしてもほとんど記事が出てこない。いや、意図的に削除されているような気がしたのだ。

「考えすぎかもしれません。しかし、今回の転職に関して、なにか大きな力、いや、見えない力が働いているのかと思いまして」

有村がスマホを見たあと、顔を上げた。

「後輩から返信が入った」

有村は目を細め、腕を伸ばしてスマホの画面を遠ざけた。目の焦点が合った直後、穏やかだった有村の顔から笑みが消えた。

「どうしました?」

「思い出したよ……」

有村の顔が険しい。

「ぜひ教えてください」

しかし、有村は首を振った。

「後輩がナーバスになっている。誰からの問い合わせかって、逆に質問されている」

「中杉さんの移籍先、大和新聞の記者だと答えてもらって結構ですよ」

「万が一、僕がバラしちゃったってバレたら、マズいんだよ」

「なぜですか?」

「今度、古巣の情報番組で準レギュラーの解説者を務めることになってね。短大教授の給料だけじゃ子供の学費稼げないし、家のローンだって残ってる。勘弁して」

有村が両手を合わせ、片山を拝んだ。

「そんなにヤバい過去がある人なんですね?」

「過去というか、彼の……いや、もう話せない。ごめん」

有村は片山の手前にあった伝票を無理やり取り上げ、席を離れた。片山は大先輩記者の後ろ姿を見送った。

NHRがなぜそれほど中杉の過去を隠すのか。有村のように名の知れた元記者の腰が引けてしまうほどのものなのか。

片山は取材手帳のページをめくった。警視庁の八田《はった》が教えてくれた三雲《みくも》都議のピンク歯《し》、そして中杉の過去も調べなければならない。

片山は自分のスマホを手に取り、社内連絡網を開いた。編集局長の固定電話の番号、そして緊急用の携帯番号が記されている。

何度も指を動かし、タップしかけたが、思いとどまった。訳あり記者を中途入社させ、しかも社運をかけた総選挙報道の責任者に祭り上げたのだ。

社内の中堅記者が騒ごうが、編集局長が簡単に経歴を明かしてくれるはずはない。貴重な取材相手が消えた席を睨み、片山が首を傾げたときだった。テーブルの隅に置いていたスマホが鈍い音を立てて振動した。

画面には電話着信を知らせる赤いランプとともに、あの男の名が表示された。

4

「お集まりの皆さんの中に首を傾げていらっしゃる方々を多数お見受けいたします。そうでしょう。私の会派と、若宮候補を公認する民政党都議団は犬猿の仲で有名ですから！」

マイクを片手に声を張った大池ゆかり東京都知事は、ゆっくりとした口調で話し始めた。中村は有名政治家を選挙カーの脇から見つめた。緑色のスーツを着た大池の背後には、胸板が厚いＳＰが張り付き、新宿駅西口ロータリー全体を注意深く見回している。

大池都知事が言った通り、集まった聴衆の中には実際に首を傾げる向きが少なくない。大池が応援に駆けつけることが決まったのは、ほんの三時間前だった。電話をかけに外に出ていた神津が事務所に駆け戻り、若宮に耳打ちした。直後、若宮は椅子から立ち上がり、本当なのかと驚きの声を上げた。

中村も大池が応援に入ると聞き、仰天した。

都政の重要政策を決める都議会では、大池都知事と民政党議員団が度々衝突してきた。物珍しさから集まった聴衆だけでなく、多くのメディアが今、目の前の突飛な応援を直《じか》に取材するため、駆けつけた。

新聞やテレビの腕章をつけた記者の一団に、大和新聞の片山の姿も見えた。このほか、スチールカメラマンだけでなく、テレビクルーも交じる。

突然の応援演説の知らせに、多くのメディアも中村と同じように面食らったのだ。大池の姿を見続けていると、傍らに神津、そして恰幅《かっぷく》の良い中年男性が現れた。

「中村さん、ウチのオヤジです」

「えっ……」

中村は思わず声を上げた。

「都議会議員の本田《ほんだ》浩三《こうぞう》です。神津がお世話になっております」

「とんでもございません」

中村は両膝《りょうひざ》の脇に手を添え、深く頭を下げた。

「本来でしたら、一分でも早く御礼《おれい》のご挨拶に……」

「非常事態ですからお気になさらず。それにしても、大池さんの胆力はすごいな」

声のトーンを落とし、本田が言った。口元は鷹揚な笑みを浮かべ、視線は演説する大池に向けられている。

「神津さん、本当にありがとうございます」

隣にいる神津に向け、小声で伝えた。

「メディアだけでなく、一般聴衆もこの驚き様と注目度。感謝です。しかし、どうして知事が応援に?」

「私のような末端の秘書には理解できません。ただウチのオヤジによれば、大池さんがどうしても応援させて欲しいと頭を下げてこられたのだとか」

「なぜですか? だって、都議会は長年、民政党と知事の会派・都民ワンとで対立してきたじゃないですか?」

中村の問いかけに神津が肩をすくめた。

「わかりません。ただ、オヤジに誰か有力な方の応援を得て、形成を一気に逆転させないといけない、そういう主旨で相談したんです」

「なるほど……それにしても」

「オヤジはこう言いました。わかった、なんとかすると」

神津が言った直後、マイクを通して響いていた大池の声が一段と大きくなった。

「たしかに都議会民政党とは関係が良いとは言えません。しかし、なんでも対立というわけではないのです」

大池の声に反応し、聴衆の最前列付近からいいぞ、と何人かの男性が声を発した。

「皆さん、是々非々という言葉をご存じですか? 是々とは、良いことを互いに尊重し、非々とは悪いものは悪いとはっきり言うことです」

声の厚みが見えるとしたら、大池が叫んだ言葉は、高層ビルの分厚いコンクリートの土台のような重みがあった。どこか斜に構えていた聴衆たちも、次第に迫力に押され、真剣な面持ちで大池を見つめ始めた。

「衆議院選挙の東京一区は、都庁のある新宿区がメインの選挙区です。私は若宮候補の家族の再構築という政見に非常に感心しております」

大池が言葉を区切り、左前方からゆっくりと右の方の聴衆に目を向けた。わざと間を空けることで、多くの聴衆の意識を集める狙《ねら》いがある。大池はこれを自然にやっている。

「若い大学教授が、日本の伝統的価値観を尊重し、それを前に進めると訴えられている。日頃の対立とは全く関係ない形で民政党公認候補を応援しに来たのであります！」

最前列から拍手が起こった。一人、二人だった手を叩《たた》く人が次第に増えていく。大きな体育館の床に並べられたドミノが綺麗に倒れていく様に似ている。

「若宮候補は謂《いわ》れなき誹謗《ひぼう》中傷を受け、大きなダメージを負いました。根拠に乏しい、いや、デタラメな記事がネット上で拡散しました。モラルもメディアとしてのプロ意識もゼロ、それにニセ情報を拡散させたネット社会、そして一人ひとりの受け手の心が荒《すさ》んでいるのは、ひとえに家族、そして個人という社会の基盤が完全に崩壊しているからです」

自らの名を告げられた直後、若宮が聴衆、そして大池に向けて深く頭を下げた。若宮は謂れなき中傷を受けた被害者だ。現在、こうして大池が声高に週刊ドロップキックを非難し、そしてテレビという大衆全般が好んで接するメディアの監視の下、若宮にはなんら非がないと言ってくれた。

「若宮候補は、毅然《きぜん》とニセ記事に立ち向かい、今もこうして日本の再興、そして家族の復権、ひいては個人の魂の復活を担う候補なのです！」

拍手の波が一段と広がった。大池を声援する男性、そして若宮の名をコールする若い支持者たちの声が西口ロータリー一帯に響き渡った。

中村は神妙に演説を聞く若宮を見た。大池の演説に対し、メディア各社のスチールカメラマンが一斉にフラッシュを焚《た》いている。

「これで明日の政治面に大きく取り上げられますね」

神津が低い声で言った。中村は拳《こぶし》を握り締め、頷《うなず》いた。

「予想以上の盛り上がりです。水と油の都議会民政党と大池知事が呉越同舟ですから。これ以上のニュース素材はありません」

「その通りですね」

「それにも増して、例の誹謗中傷記事についても、多くの有権者が完全なるデマだと、大池知事の演説で再認識するはずです」

「一挙両得でしたね」

今まで神妙に大池の演説に耳を傾けていた神津が、口元を歪《ゆが》めて笑った。彼が発した言葉に背筋が寒くなった。今は梅雨の合間で気温が上がり、先ほどから中村は何度もハンカチで顔や首元の汗を拭《ぬぐ》ってきた。だが、今聞いた一言で一気に体温が下がったような錯覚を覚えた。

神津は若宮、そして大池にと視線を動かしている。その立ち振る舞いは、謙虚な若手秘書そのものだ。だが、先ほど中村に見せた不敵な笑いの真意はなんだろう。

今回の大池都知事動員には、なにか裏があるのではないか。選挙が終わり、若宮が無事に当選したら、若宮は頭が上がらなくなる。

今回の選挙戦が終われば、自分は後藤の下へと帰る。いや、このまましばらく若宮の秘書を続けるよう磯田《いそだ》に頭を下げられたらどうするのか。大池の下で使い走りのようなことをさせられるのではないか。中村の心の中に暗雲が広がった。

「それでは、若宮候補を絶対に国会に送り出してください！」

大池が一段と声を張り上げ、応援演説を終えた。西口ロータリー広場には拍手と声援が飛び交い、弁士を労《ねぎら》っていた。

「大池都知事、本当にありがとうございました！」

若宮が受け取ったマイクで声を上げた。

「皆さん、私の国家観、そして家族の絆《きずな》、古い価値観と思われるかもしれませんが、今一度生活の基本となる枠組みを見直し……」

若宮の演説は最初から熱を帯びている。

「知事、ありがとうございました」

選挙カーの脇にいた本田都議会議員が右手を差し出すと、大池も口元に笑みを浮かべ握り返した。

中村、そして神津はその背後で知事に深く頭を下げた。選挙カーの後ろに、知事専用車の白いミニバンが滑り込んだ。体の大きなＳＰが周囲を見回し、袖口《そでぐち》に入れたマイクで運転手に異常なし、と告げたのが耳に入った。

「それでは皆さん、ごきげんよう」

停車したミニバンのスライドドアが開き、大池が愛想笑いを振りまいた直後だった。白いワイシャツに紫の腕章をつけた中年男性がゆっくりと知事車に歩み寄った。

「ちょっと、報道の人はこれ以上だめです」

ＳＰが中年男性に言った。眼鏡をかけ、どこか青白い顔の男で、顎に薄《うっす》らと鬚がある。腕章を見ると、大和新聞の文字が見えた。

「大和新聞さん？」

ミニバンの後部座席に腰掛けようとしていた大池の動きが止まった。

「知事、どうも」

大和新聞の記者が応じた。

「中杉さん、わざわざ来てくれたの?」

大池が車から降り、中年記者の前に進み出た。途中、大池はＳＰに大丈夫だと目配せし、さらに歩を進めた。

中杉と呼ばれた記者が苦笑した。目元は醒《さ》めている。大池と親しげに言葉を交わすのを見る限り、大和新聞のベテラン記者、あるいはデスクかもしれない。

「呉越同舟の様子を見に来ましたよ」

抑揚のない声で中杉が言った。

「ひやかさないでよ」

一方の大池も軽口を叩いているが、目は笑っていない。大池が中杉を手招きした。選挙カーの周囲では、依然として若宮の演説が続き、聴衆から声援が飛んでいる。

「これで貸し借りなしよ」

「わかっております」

中杉の肩を軽く叩くと、大池が専用のミニバンに乗り込んだ。

〈貸し借りなしよ〉

元テレビキャスターだった彼女は滑舌が良く、声も通る。中村の耳にしっかりと言葉が聞こえた。どういう意味なのか。中杉はドアの閉まったミニバンに深々と頭を下げたあと、足早に聴衆の方向へと消えた。

聴衆に交じって取材していた大手メディアの記者たち、そして大和新聞の片山記者とは違う雰囲気を漂わせた男だった。

ＳＰを助手席に乗せたあと、白いミニバンがスピードを上げてロータリーから立ち去った。遠ざかるテールライトを見ながら、中村はもう一度大池の言葉を頭の中で繰り返した。大池はたしかに貸し借りという言葉を使った。

対立する勢力の候補で逆境にあった若宮を応援するのは、自身の都議会勢力の主張とは意を異にする行動だ。そういう意味では若宮、そして都議会の重鎮である本田議員に貸しを作ったという形になる。だが、借りというのはなにを意味するのか。中村は次第に熱量が上がる若宮の演説に耳を傾けながら、考え続けた。

## 5

「ご清聴、誠にありがとうございました」

片山のいる場所から一〇メートルほど先で、若宮が深々と頭を下げた。片山はスマホの録音アプリを停止させた。

すでに大柄なＳＰの姿はなく、大池の専用車である白いミニバンも去った。唐突な応援演説に片山も思わず聞き入った。老練な政治家の巧みな話術、緩急つけた言い回しは、片山だけでなく、偶然駅前を通りかかった多くの聴衆の心をつかんだ。

大池のあとを受けて演説した若宮にしても、いつもよりその口調が興奮気味だったのはたしかだ。

片山は選挙カーに歩み寄った。秘書の中村が幟旗《のぼりばた》を片づけ、選挙カーに入れていた。

「こんにちは」

「ああ、どうも片山さん。取材してくださってありがとうございました」

「起死回生でしたね」

片山が言うと、中村が満足げに笑った。

「ここだけの話ですが、まさか知事が来てくださるとは我々も予想していませんでした」

中村は神津を見た。

「彼がアレンジを？」

「ええ、どういう手段か詳細はわかりませんが、きっかけを作ってくれたのは事実です」

片山は神津を見つめた。若き秘書はマイクを選挙カーにしまい、ウグイス嬢らと次のスケジュールを確認中だ。

中村は興奮した面持ちだ。

「おかげさまで、これでなんとか盛り返せそうです」

探るような目つきで中村が言った。

「情勢のマークをつけるのは、選挙報道センターの責任者、それにベテラン政治部記者です。私のような応援部隊は蚊帳《かや》の外です」

「そういえば……」

中村が手を打ち、言葉を継いだ。

「先ほど御社の中杉さんがいらっしゃいました」

「本当ですか？」

「あれ、先ほどまでいらっしゃったのに」

中村が周囲を見回す。片山も聴衆がいた方向に目を凝らすが、中杉の姿はない。

「大池知事と随分親しいご様子でした」

片山は身構えた。

「私は社会部なので、あまり政治の話は詳しくないのです。二人はなにか言っていましたか?」

中村が笑みを浮かべ、頷いた。

「そういえば、〈これで貸し借りなし〉と知事がおっしゃっていましたね」

片山は平静を装いながら尋ねた。

「そうですか。やっぱり番記者《バンキシャ》とかやっていると色々あるんですね」

「私も意味はよくわかりませんでしたが、知事がそうおっしゃっていたのは確かです」

すると、中村が選挙カーを見た。

「そろそろ、別会場へ行きます」

「お引き止めしてすみません。また色々と教えてください」

片山が答えた直後、バッグの中でスマホが振動した。すでに中村は選挙カーの助手席ドアを開けている。バッグからスマホを取り出すと、すぐに通話ボタンを押す。

「片山です」

〈国際部の五島です。ちょっと頼みがあるんだけど……〉

「なに?」

〈これから選挙の候補者取材のアポなんだけど、子供が熱を出してね。家内は出張中だし、誰も保育園に行けないんだ〉

「早く迎えに行ってあげて。私が代打で取材するから」

片山は選挙区、候補者の名前、アポの時間を聞きとり、電話を切った。

新宿から中央線に乗り、片山は高円寺《こうえんじ》駅に降り立った。地図アプリによれば、当該選挙事務所は北ロータリーから飲食店街へ向かう小路の中程にある。

学生や地元の買い物客の間を縫うように歩き、アプリの矢印の指示通りに事務所にたどり着いた。若宮事務所のスタッフが薄い蛍光ピンクのTシャツなら、こちらはイエローだ。

「こんにちは」

事務所に足を踏み入れると、学生らしきボランティアのほかに、地元の商店主や主婦らしきスタッフが忙《せわ》しなく動き回っている。

東京一区の若宮事務所と同じく、東京八区の民政党公認候補の所にも総理大臣、与党幹事長など、多くの為書《ためが》きが所狭しと壁に貼《は》られ、大きな片眼《かため》のダルマも事務所の奥、神棚の隣に設置してある。

「大和新聞の方でしょうか？」

事務所の奥でビラの整理をしていた青年が片山の腕章を見ながら言った。

「はい、五島の代打で参りました。片山と申します」

「ありがとうございます。石川《いしかわ》はまもなく戻りますので、少しお待ちください」

青年がパイプ椅子を広げ、片山の前に差し出した。

「失礼します」

ショルダーバッグを椅子の傍らに置き、腰を下ろした。壁には為書きの横に、事務所の主である石川民雄《たみお》のポスターがある。

片山は、スマホで石川の経歴を改めてチェックした。年齢は五八歳。父親は民政党でかつて主要閣僚を何度も務めた石川恒太郎《こうたろう》だ。歯に衣《きぬ》着せぬ発言で知られるタカ派の論客で、閣議で署名を拒否して罷免されたこともある。

長男の民雄は民放の日本橋《にほんばし》テレビの制作スタッフを経て、父とは違う八区から立候補し、当選六回のベテラン。民政党政調会長を務めた実績もあり、次は主要閣僚を狙う候補者だ。片山はスマホの画面を切り替え、大和の情勢データを見た。

石川は○、対抗馬の憲政民友党の女性候補も○、つまり接戦なのだ。東京一区と同様、保革一騎打ちの選挙が続き、二〇一四年にはわずか一六〇〇票差で石川が辛勝したこともあった。今回、八区には憲政民友党の有力女性候補が立候補していた。相手は三八歳の元民放アナウンサーで報道畑が長く、災害リポートや時には紛争地にも赴いた行動力を持つ。

ショートカット、ジャケットにパンツで選挙区を駆け回っている。知名度の高さに加え、孤立無縁の状態からいきなり当選した女性区長の支援も受けている。

片山は顔を上げ、先ほどの青年に声をかけた。

「情勢はいかがですか?」

「厳しい戦いです。うちは与党の重鎮ですが、無党派層が多いエリアなので……」

青年が言葉を濁した。

「頑張ります！　応援ありがとう！」

片山の背後から大きな声が聞こえた。振り返ると、白いポロシャツ、カーキ色のコットンパンツにタスキをかけた細身の男性の姿が見えた。石川候補だ。

事務所に入ると、石川はスタッフからタオルを渡され、顔の汗を拭った。すると青年が石川に耳打ちした。

「先生、インタビューのお約束で記者さんがお待ちです」

「そうだったな」

石川が片山に顔を向け、笑みを浮かべた。本来、選挙中に個別取材を受ける政治家は少ない。それだけ石川は苦戦しているのだ。石川のインタビューは、全国の注目選挙区ルポの一つとして、近く企画特集の中で使う予定だ。

「どうもご苦労さまです」

「お世話になります。本来ですと、弊社の五島がうかがう予定でしたが、家族の健康上の問題で急遽私が代打です」

「構いませんよ」

「八区のお話に関しては、五島からメモをもらっておりまして、質問も彼のリストからやらせていただきます」

「どうぞなんなりと……」

片山の対面の椅子に腰を下ろすと、石川が大げさに胸を叩いてみせた。片山は五島からメールでもらったメモを見ながら質問を始めた。今回の選挙戦の感触、これからの国政の問題点などを次々と尋ねた。一方、石川はベテラン議員らしくスラスラと答えた。

「最後に非常に厳しい戦いとなっています。油断する暇もありません。ひたすら、民政党の実績と私がどれだけ地域に貢献してきたかを判断してもらうしかありません」

片山は時折取材ノートから目を上げ、石川を見た。有権者に接する際の柔らかな表情ではなく、厳しい選挙を実感し、苦しんでいる候補者の顔があった。

「お忙しい中、お時間をありがとうございました」

片山は頭を下げたあと、スマホの録音アプリの停止ボタンに触れた。

「石川候補、不慣れな選挙取材で申し訳ありません。普段は社会部なもので」

「私も日本橋テレビの社会部にいたことがあります。サツ回りからスタートしました」

「本来うかがうはずだった五島も国際部でして。取材で失礼はありませんでしたか？」

「なにもありませんよ」

「弊社の選挙班の責任者が変わりまして、全社的な取り組みで速報をやります」

片山が告げた途端、石川の顔色が変わった。なにか失礼なことでも言ったか。片山は素早く考えを巡らせた。だが、当たり障りのないことしか言っていない。

「全社的な取り組みですか……」

石川の眉根が寄り、片山は身構えた。朗らかに対応してくれていた態度が急変した。その理由はわからない。次第に石川のこめかみに血管が浮き出した。

「思い出したよ。そうか、そういうことか」

石川が鋭い視線で片山を睨んだ。

政治家はいきなり怒り出して、相手からペースを奪うことがある、そんな話を週刊誌で読んだ記憶がある。だが、今日のインタビューは相手をギリギリと追い込むようなものではなく、あくまで選挙の感触と今後の国政について訊いただけだ。

「なにか失礼なことを申し上げましたか？」

片山が尋ねると、石川が首を横に振った。

「違うよ」

「では、なにか？」

「大和の選挙取材の責任者に、NHRから移籍した中杉が就いたそうだね」

「そうですが……中杉とは永田町《ながたちよう》でお知り合いに？」

「知り合いもなにも、僕にとって、因縁のある記者だよ」

「どういうことですか？」

「中杉に伝えておけ」

明確に石川の口調が荒くなった。

「今度は絶対にミスするな」

「えっ？」

片山が聞き返した途端、石川が両目を見開いた。同時に両目が充血し始める。

「まあまあ、先生」

先ほどの青年スタッフが割って入った。石川はもう一度片山の顔を睨んだあと、舌打ちして事務所の奥へ消えた。青年は石川の態度を詫《わ》びた上で、言葉を継いだ。

「実は……」

青年が発した言葉に、片山は肩を強張《こわば》らせた。

6

杉並の石川事務所を後にして、片山は空《す》いた中央線に乗り、スマホを手に取った。NHRを退職した有村のアドレスを開く。石川候補の秘書から聞かされた驚きの事実を猛烈なスピードでスマホに打ち込んだ。

〈中杉さんのこと、わかりました〉

〈東京八区、石川陣営です〉

片山がメッセージを送ると、すかさず有村が反応した。手元のスマホの画面には、有村の名前とともに、メッセージを入力中だと示す〈…〉が表示された。

片山は続けて入力した。あまりにも衝撃的な話だった。

〈二〇一四年、東京八区の開票速報で中杉さんは致命的なミスを犯した〉

〈当時の野党第一党候補者と競りに競っていた選挙戦〉

〈開票が始まってから一時間後、中杉さんは野党候補者に当確を打った〉

〈選管の開票速報では、まだ五％も開いていなかったのに〉

〈他のメディアは打っていなかった〉

片山は今までの鬱憤を晴らすようにメッセージを立て続けに打った。NHRの立場からすると、組織の面子《メンツ》をかけて臨んだ選挙速報で、あり得ない事態が起こったことになる。政治部のベテラン記者が当確を外したとあれば、責任問題に発展する。中杉が自ら望んだのか、あるいは上層部が激怒したのかは知らないが、突然仙台局に異動し、過去の担当記事もアーカイブから削除する徹底ぶりからみると、相当嫌なことが起きたはずだ。

片山のメッセージの後、有村が再度反応したのがわかった。画面には何度か〈…〉のマークが表示された。

〈間違った当確を打ったあと、彼は三日後に謹慎処分を食らい、二週間後には仙台局へ左遷された〉

〈実質的な懲罰人事だった〉

ようやく有村のメッセージが表示された。予想した通りだ。

〈彼は懲罰を根に持っているのですか？〉

〈それは本人にしかわからないよ〉

〈ただ、当時のNHRは選挙速報に注力し、システムを駆使し、人員も大幅に増強していたんですよね？〉

片山はメッセージを打ち込み続けた。

〈当時の政治部長や選挙担当の報道局幹部はノーミスで行くと宣言していたから、中杉君は詰め腹を切らされた〉

有村からのメッセージを読み、片山は嘆息した。どんな事情があったにせよ、責任を取らされるのは末端の記者だ。

〈色々ありがとうございました〉

〈呉々《くれぐれ》も僕から聞いたことは内密に〉

有村からのメッセージが終わった。退職後も、NHRの番組に出演する予定がある以上、有村が裏付けを与えてくれたことは内密にせざるを得ない。それほど巨大メディアには見えざる内部の圧力があるのだ。

選挙の開票速報という檜舞台《ひのきぶたい》であり得ないミスを犯し、NHRを追われた男。あの冷静沈着で眉一つ動かさない中杉が、なぜ激戦区の票読みを間違えたのか。

初めて選挙報道センターを訪れたとき、政治部の宮木《みやき》記者にレクされた中身を思い出した。投票が締め切られた二〇時に、できる限り多くのゼロ打ちを実行する。中杉が打ち出した単純かつ難しい一大方針だ。中杉がどうやって社長や局長を説得したのかはわからないが、よほど自信があるのだ。そうでなければ傾きかけた社業を上向かせるという大博打《おおばくち》に、保守的な経営幹部が乗るはずがない。

大物議員、圧倒的人気の候補についてはすぐに当確を打てるのは理解できる。だが、東京一区、そして八区のような激戦区に素人の記者を張り付ける理由はなんなのか。未《いま》だに理解できない。

中杉は政治部だけでなく、片山のような素人も動員した。その上で、多くの有権者に直接投票動向を尋ね、膨大なデータを収集した。今回の選挙では、外資系の大手IT企業の協力も得て最新のAI

を導入し、過去の天候や気温などの投票行動まで分析した上で当確を打つという。

激戦区では、人材派遣会社からの要員も大量に動かし、開票所で双眼鏡を使って各候補者の票を数え、これを取材本部に送るというアナログな作戦も繰り出す。

そもそも、選管の正式発表を待って正確なデータを報じれば、ミスは生じない。なぜ先を争ってまで速報、ゼロ打ちをする必要があるのか。社会部の記者にはその意味合い、重要性が理解できない。結局、同業他社との競争に勝つというマスコミ業界内での覇権争いでしかない。

選挙と災害に金と人材を集中投入するのは、公共放送の使命であり、NHR時代の中杉はその犠牲者でもある。しかし、大和に移籍し、NHRに勝つことで復讐《ふくしゅう》を果たそうとしている。私怨《しえん》に片山も巻き込まれてしまった。

スマホをバッグにしまい、片山は車窓から新宿のビル群をぼんやりと見つめた。本社に上がった上で中杉に会い、選挙班から外してほしいと訴えるか。

いや、局長命で配属された以上、途中離脱は許されない。それならば中杉から直接NHR時代の事情を聞き、自分を納得させる。そうでなければ、こんな理不尽な争いを続ける意味を見出《みいだ》せない。

片山はバッグからスマホを取り出し、中杉のメアドに向け面会したい旨、テキストを打ち始めた。


電車に揺られたあと、片山は大手町《おおてまち》の本社に入った。事前に中杉と三〇分の面会を取り付け、編集局の脇にある小さな会議室も予約した。

ドアの前で総務局から割り当てられたパスワードを押し、片山は会議室に入った。六人が座れる会議机、真ん中の席に腰を下ろす。

アポの時間まであと三分。片山はどう切り出すか考えを巡らせた。NHR時代の一大ミスを知った以上、なぜ大和で選挙を仕切るのか、そんな資格があるのかと正攻法で中杉と対峙《たいじ》するしかない。そう腹を括《くく》ったとき、ドアをノックする音が響いた。

「お待たせしました」

分厚いファイルを小脇に抱え、中杉が会議室に足を踏み入れた。片山は立ち上がり、頭を下げた。

「時間を取っていただいて感謝しています」

片山はゆっくりと顔を上げ、中杉の顔を睨んだ。初めて会ったときと同様、能面のようなのっぺりとした顔が目の前にある。

「あまり時間がありません。三〇分きっかりでお願いできますか？」

中杉が左腕の時計に目をやり、言った。片山は咳払《せきばら》いして言葉を継いだ。

「五島記者の代理で東京八区、石川候補に会ってきました」

片山はわざと石川の部分に力を込めた。だが、正面に座る中杉は全く表情を変えない。

「そうですか。それでお話とはなんでしょうか？」

石川の当確ミスは、中杉のＮＨＲでのキャリアを潰《つい》えさせた。本来ならば聞きたくもない名前のはずだ。同時に先ほど会った石川候補の怒った顔が浮かぶ。本当は当選だったのに、ライバル候補にいち早く当確が出た悔しさはいかばかりだったか。

中央線に乗っている間、関連する動画を探した。すると、石川が支援者に土下座するシーンが再生された。与党の重責ポストを担った経験もある政治家が、ライバル候補への当確によってプライドを粉々にされた。動画には続きがあった。ライバルに当確が打たれた四時間後だ。選管からの連絡が届き、石川は当選を知る。

空っぽになった選挙事務所で、石川は数人のスタッフとバンザイした。結果だけ見れば石川の勝利だが、一旦は奈落《ならく》の底へ叩き落とされた。ベテラン議員としてはあり得ない屈辱を味わった。

当確を打つ立場になった自分の身に置き換えれば、絶対に避けたい事態だ。しかし、眼前の中杉は平然としている。

「なぜ動揺しないんですか？　あなたのＮＨＲ時代の失態を部下が知ってしまったのに」

「あなたが知ろうが知るまいが、ファクトは変わりません。たしかに私は当確を打ち間違えました。言い訳できることではなく、記者失格です」

「それで仙台へ飛ばされた？」

片山はわざと怒声をあげた。

「子供が小さかったので辞めるという選択肢はありませんでした」

依然、中杉の表情と声のトーンは変わらない。

「政治部が強いＮＨＲの中でも、あなたは優秀と評判の記者でした。なぜ間違ったのですか？」

「ＮＨＲ時代のことは、片山さんに関係ないことです」

「しかし、今度の選挙速報の際、私が同じミスを犯したら？　大きなミスを犯したあなたの方針で同じことが起きたら、あなたは責任を取れるんですか？」

「そうならないよう、懸命に準備しています」

中杉は平板な声で答えるのみだ。

「二〇一四年の復讐のために大和へ転職したのですか？」

「こんなポンコツを拾ってくださって感謝しています」

同じ記者として、挑発には乗らないということなのか。片山はさらに声のトーンを上げた。

「答えになっていません！　どういうつもりか知りませんが、復讐のために、私みたいな素人まで動員しているんですか？　当確、ゼロ打ち、全部マスコミ村の勝手な競争じゃないですか！」

「たしかにマスコミ内部の競争でしかありません。ただ、その勝手な競争に負けて飛ばされた人間が、復活のチャンスを得た。ならば必死に巻き返す。それだけのことです」

「それなら私を巻き込まないで！　今、大きなネタを狙っているのに」

中杉が首を振った。

「それは開票速報が終わってからにしていただけませんか。私の指示に従えないのであれば、局長に報告するまでです」

会議机の下で、片山は拳を握りしめた。

「なぜそこまで選挙速報にこだわるんですか？」

「国民の知る権利に応《こた》える、メディアとして大切な仕事です」

「選管の正式発表で十分なのでは？」

「違います。速報は他社がやっている以上、やらないわけにはいきません。あなたも記者ならわかるでしょう」

開票結果は選管による正式発表がある。だが例えば社会部の仕事として、警察が事件の犯人を追い、いつ身柄を確保するのかは最重要テーマの一つだ。中杉としては、片山の主張は、警察が正式に逮捕の会見をするまで待てと言うのと同じことだと言いたいのだ。

「でも、ゼロ打ち、当確……未来を予想するのが報道ですか？」

「予想ではありません。優秀なデータサイエンティストやエンジニア、そして外資系ＩＴ企業もスタッフに加わった一大事業であり、立派なニュースです」

「では、選挙後のことは私の勝手でやらせていただきます」

「どうぞお好きなように。ただし、報道できるかは保証できません」

会議室に入って初めて、中杉が口元を歪め、笑みを浮かべた。

「はっ？　私の邪魔はできないはずです」

「だと良いのですが」

「何が背後に潜んでいるんですか？」

片山が尋ねると、中杉がファイルを持ち、席を立った。

「答えてください！」

「あなたが独自に取材するネタに興味はありません」

「それは、なにか思わせぶりな言い方をするから……」

「あなたの思い違いだと思います」

先ほどまで歪んでいた口元の笑みが消え、中杉が普段の能面のような表情で言った。中杉はあっさりとNHR時代の一大ミスを認めた。そして己のキャリアを復活させるために大和へ来たのだと告げた。

「いずれにせよ、中杉さんの指揮下にあるのは選挙の開票までですから」

「その通りです」

中杉は淡々と答え、片山を振り返ることなく会議室を後にした。

天井を仰ぎ見たあと、片山はため息を吐いた。中杉と対峙《たいじ》したものの、手応《てごた》えらしい手応えは感じられなかった。当確で誤報を出した男が、他の会社で再起を果たそうとしている。中杉は短期間であれ、片山の上司には違いない。フリーに転じる度胸がないからこそ、こうして鬱憤をため、中杉を責めた。だが、相手は一枚も二枚も上手だった。

「なにやってんだろう」

己を揶揄《やゆ》する言葉が漏れた直後だった。足元に置いたバッグの中で、スマホが振動し始めた。取り出して画面を見ると、八田の名前が光っている。

片山は即座に通話ボタンに触れた。

7

午後六時過ぎ、選挙演説を続ける若宮、車上運動員らと別れ、中村はタクシーで一足先に四谷三丁目《よつやさんちょうめ》の事務所に戻った。若宮は演説にも慣れ、車上運動員と他のスタッフで十分に対応ができると判断しただけでなく、事務所には経理の処理や他の細々とした仕事が残っているのだ。

タクシーの中でネット配信された大手紙や週刊誌の選挙に関する記事や情報をチェックした。あとは応援に入ってくれそうな党幹部の秘書たちとの折衝に追われた。その後、四谷三丁目が近づくにつれ、主婦層にアピールする機会の多いテレビの夕方のニュース番組が気になった。

降車して駆け足で三階まで上がると、中村は勢いよく事務所のドアを開けた。選挙ビラの仕分けや電話での運動を一区切りさせた中年女性や男性のボランティアたちが大型テレビの前に集まっていた。

「中村さん、早くこっちに来て」

リーダー格の中年女性ボランティアが手招きする。

「若宮先生の映像、出ていますか?」

「さっきはＮＨＲの首都圏ニュースに出たわ。今度は日本橋テレビよ」

女性ボランティアはテレビのリモコンを握りしめている。画面には健康食品の通販のＣＭが流れ、販売員が高いトーンで効能をアピールしていた。

「録画は？」

「ばっちり」

選挙期間中、若宮が露出した新聞や雑誌、それにテレビ映像に関しては全《すべ》て記録を残している。演説の分析のほか、メディアがどのような印象を若宮に抱いているのか、秘書の目を通じてチェックするためだ。

「次の特集が若宮先生の番よ」

女性ボランティアの声が弾んだ直後、画面がスタジオの男性アナウンサーに切り替わった。

〈激戦衆院選の特集コーナーです。今日は東京一区についてお伝えします〉

男性アナウンサーの言葉が終わった直後、画面に新宿駅西口ロータリーが映った。

〈選挙戦でサプライズが起きました〉

白いジャケットに報道腕章を付けた女性記者が画面に現れ、次いで望遠レンズが若宮の選挙カーを写し、車上にいる人物二人をクローズアップした。

〈民政党と都議会で鋭く対立する大池知事が、民政党公認候補の応援に立ちました〉

殊勝な面持ちの若宮の隣で、大池ゆかり都知事がマイクを握っている。

「すごい反響！」

女性ボランティアがチャンネルを変えた。別の民放ニュース番組が画面に映る。こちらも大池がマイクで若宮支持を表明した場面の切り取りだ。

「ネットニュースでも大手検索サイトのランキングで五位までいったし、追い風よね」

中村に顔を向け、女性ボランティアが興奮した口調で告げた。

「とんでもない報道が出たあとは、特大逆転ホームランで勝ち越しです。このまま投票日まで気を引き締めていきましょう」

中村が下腹に力を込めて言うと、他のボランティアたちから拍手が湧き起こった。

「解説コーナーね」

民放のニュース番組の画面がスタジオに戻り、男性アナウンサーの横には恰幅の良い白髪の男が座っていた。男の胸元には「政治評論家・田所悟郎《たどころごろう》」のテロップがある。

〈大池さん、また永田町に色気が出てきたのかもしれないですね〉

田所は元々大和新聞の政治記者で、政権寄りのコメントが物議を醸し、ネット上では炎上の常連組だ。田所の思わせぶりな発言を受け、男性アナウンサーが身を乗り出した。

〈どういうことでしょう？〉

〈東京五輪が終わり、コロナ禍の非常事態対応についても、昔のことになりました〉

〈たしかにそうですね〉

〈目立ちたがりの大池さんにとって、メディア露出が減るのは死活問題です〉

〈そうなんですか？〉

〈私の古くからの友人である国会議員によると、最近極秘裏に民政党の長老と何度か会食しているようです。政界再編に向けての協議かもしれません。これもその布石かも〉

食い入るように画面に見入っていた女性ボランティアが首を傾げた。

「中村さん、この話は本当なの？」

中村は苦笑し、言葉を継いだ。

「適当で有名な人です。大池さんは昔から長老や派閥の領袖《りょうしゅう》クラスと会食していますよ」

「そうなの？　あやふやな情報を公共の電波で言っていいわけ？」

「思わせぶりなことを言い、講演会の誘いを待っているんです」

田所は古巣の論説委員を定年退職したあと、保守色の極めて強かった元首相や同じ派閥の議員の国政報告会などに頻繁に顔を出し、地方での講演活動を活発化させた。政治に無知な一般視聴者に興味を抱いてもらうため、永田町の中でも旧聞に属するようなネタをテレビで披露し、地方の自治体や建設土木業界へ売り込みをかけているのだと後藤議員や他の秘書仲間から聞かされた。

「この人のことは信じない方が賢明です」

中村が軽口を叩いた直後、テレビの画面が変わった。若手の女性アナウンサーが原稿を一瞥し、話し始めた。

〈若宮候補に対しては、悪質な誹謗中傷記事がネット上に拡散され、選挙戦が苦しいと言われてきましたが、大池都知事の応援で一発逆転した形です〉

おそらく政治部の記者が書いた原稿だろう。ネガティブなニュースがネット経由で大拡散された後だけに、視聴者層の厚いテレビで大池の応援が予想外の逆転劇と受け止められるのは嬉《うれ》しい誤算だった。

大池と若宮コンビの映像が変わり、今度は憲政民友党、国民蜂起の会の候補者がそれぞれ演説している場面になった。

「テレビは選挙報道に気を遣います。同じ選挙区の対立候補の扱いが平等になるよう、秒数まできっちり合わせてきます。若宮陣営の良いところが放映されれば、同じ時間だけ小田島候補らの映像が流れます」

中村が告げると、ボランティアたちが一様に感心した様子で頷いたとき、事務所の固定電話が鳴った。手の空いていたスタッフが受話器をあげる。

「中村さん、中央新報からの取材依頼です」

「ちょっと待ってください」
△を付けた張本人である中央新報が追加取材に動きだした。大池の応援が効いたのだ。
「お待たせしました。若宮事務所秘書の中村です」

電話を替わった中村が告げると、中央新報政治部記者だという若い男性の声が響いた。

〈いったいどうやって都知事を動員されたのですか？〉

「我々の政策に賛同してくださっただけのことです」

〈なにか裏取引でも？〉

「ありませんよ」

〈本当ですか？〉

「ありがたいことです」

顔の見えない相手に答えたが、中村自身も納得していなかった。なぜ水と油の都知事が民政党に加勢したのか、疑問は残ったままだ。受話器を持ち、自分でも作り笑顔を浮かべているのがわかった。

8

都営新宿線曙橋《あけぼのばし》駅を出たあと、片山は道幅の狭い商店街を早足で歩いた。本社で中杉と対峙した直後、短い電話が入った。警視庁の八田からだった。

〈映っていたのは三雲議員本人だった。以上〉

警官同士が無線でやりとりするような簡素な言葉だった。八田がどこから電話をかけたのかは不明だが、周囲に同僚がいるようだった。

同じ映像に映っていたもう一人について尋ねたが、着ているスーツに細いストライプ模様が入っていた以外、詳細はわからなかったと八田は明かした。

商店街の古い店の脇を通り過ぎたとき、八田が最後に告げた言葉が耳の奥で反響した。

〈深入りは大怪我《おおけが》のもとだ〉

言い返そうとした瞬間、電話が切れた。

一年前、政界と警察を巻き込んだスキャンダルが起きた。スクープを連発することで知られる老舗週刊誌の報道がきっかけだ。

与党幹部の親族が殺人事件の重要参考人として浮上し、神奈川県警が事情聴取に乗り出した。しかし、同県選出の与党幹部の存在がネックとなり、捜査は事実上打ち切りとなった。週刊誌はこの過程をつぶさに報じ、なぜ捜査が頓挫《とんざ》したのか、当該の与党幹部が警察庁に強く働きかけていた様を多数の証言を交えて報じたのだ。

今回片山が調べているのは、都議会議員の死だ。既に警察は心筋梗塞《しんきんこうそく》による病死として処理し、遺体は荼毘《だび》に付された。週刊誌のように真相を抉《えぐ》れるか。新聞は警察や検察当局とベッタリだと最近ネットで叩かれる機会が多い。そんな現状を打破したいとの思いがある。それ以上に、片山自身が検視を担当した医師に不審感を抱き、かつ事件現場の隣家で不審な映像を入手したのだ。記者として絶対に真実を掘り起こさねばならない。

緩いカーブを曲がり、少し道路に傾斜が付いているあたりで、先ほど面会したばかりの中杉の顔が浮かんだ。

〈どうぞお好きなように。ただし、報道できるかは保証できません〉

小路を歩くうち、顔写真と看板に白いカバーがかかった事務所にたどり着いた。曙橋駅から五、六分のあたりだ。故三雲議員の事務所に間違いない。

主を失った事務所は扉が閉まっていた。ドアノブを回しても鍵《かぎ》は開かない。片山は周囲を見回した。ちょうど道路の向かい側に煤《すす》けた看板を掲げたクリーニング店がある。ドブ板取材はお手のものだ。片山は身分証を提示し、三雲議員について尋ねた。記者証をまじまじと見た店番の夫人が、近隣のマンションを教えてくれた。

三雲議員の人となりについて尋ねると、三鷹《みたか》の田嶋《たじま》家と同様、面倒見が良く、選挙民のために尽くす人だったと教えてくれた。捜査二課とベテランの都議。最初に思い浮かんだ〈汚職〉という文字が薄れていく。二課が内偵していたのならば、あとはどんな理由があるのか。片山は思いを巡らせながら商店街をさらに北方向へと進んだ。


大学病院近くの小路を左に曲がり、勾配《こうばい》のきつい階段を上がるとクリーニング店で教えられた古い分譲マンションのシルエットが見えてきた。

エントランスを通り、二階の角部屋へたどり着いた。アポはない。だが、今までの取材経験を考えれば、なんのプレッシャーもない。片山はインターホンを鳴らした。

〈はーい、どなた?〉

インターホン越しに穏やかな夫人の声が聞こえた。片山は近く公示される都議会の補選を前に、亡くなった三雲議員の人となりを取材していると伝えた。すると、部屋に入るよう告げられた。

「お邪魔いたします。いきなりの取材で申し訳ありません」

ドアが開いた直後、グレイヘアの夫人に告げた。

「いえいえ、どうぞ入ってください」

藍染《あいぞめ》の作務衣《さむえ》を着た夫人に導かれ、部屋に入った。

玄関脇にある靴箱の上に一輪挿しが据えられ、小さなひまわりが咲いていた。玄関を上がると、細い廊下を通り、整理整頓が行き届いたリビングダイニングへ案内された。リビングの脇には四畳半の和室があり、奥には白い骨箱が置かれ、線香が焚《た》かれていた。

「ご主人にご挨拶してもよろしいですか?」

「ありがとうございます」

祭壇前に正座し、遺影を見た。

白い骨箱の横に置かれた小さな写真立てには、マイクを握り、額に汗を浮かべた三雲の遺影があった。選挙戦のとき写した一枚だろう。エネルギッシュという言葉がぴたりと符合する。片山は両目を閉じ、手を合わせた。

「ありがとう。主人も喜んでいると思います」

背後から夫人の声が響いた。今までネタのためだけに追いかけてきた人物が、三雲という汗をかいて働く議員だとわかった。

「お茶をどうぞ」

振り向くと、夫人がガラスの器に麦茶を注いでいた。片山はゆっくりとリビングダイニングへと戻り、夫人の正面に腰を下ろした。

「都議会が荒れたときは、何人も都庁担当の記者さんが夜回りに来たのに、今は誰もね」

夫人が洟《はな》をすすった。

「ご挨拶させていただいたばかりですが、うかがってもよろしいでしょうか?」

「なんでもどうぞ」

夫人は穏やかな声で言った。

「三雲議員はベテランでいらっしゃいました。議員になると色々と駆け引きがあると聞きます。議員が誰かに恨みを買っていた、そんなことはありませんか？」

片山が訊いた直後、夫人が強く首を振った。

「絶対にありませんよ」

その言葉を聞き、三鷹の田嶋夫人の顔が浮かぶ。自分の選挙区でないにもかかわらず、実家の隣というだけで色々と話を聞いてくれ、地域のために動いてくれたと教えられた。

「夫は民政党所属でした。たしかに他の議員さんの中には、色々と利権絡みの話がある人もいると夫は言っていました。だからこそ、自分は清廉潔白に仕事を全うすると」

片山は周囲を見回した。都議会議員の報酬は知らないが、夫妻の生活は質素だ。部屋は古い分譲マンションで、間取りは二ＬＤＫ。華美な絵画や置物の類《たぐ》いはなく、ダイニングテーブルは長年使ったようで、ところどころに傷がある。

「ウチは子供がいないので、夫婦二人が食べていければいい、夫は常に言っていました」

そう言ったあと、夫人が壁にある額を指す。額は五つある。片山が目を凝らすと、児童養護施設、視覚障害者施設などへの寄付に対する感謝状だった。

「私には誕生日プレゼントもろくにくれなかったのに、お金が少し貯《た》まるとあちこちに寄付しちゃう人だったの」

夫人が肩をすくめた。両目には涙が浮かんでいる。捜査二課が内偵していたというのは、誤情報だったのか。袖の下、便宜供与等々、二課が絡む犯罪と三雲という議員は無縁に思える。

「ご主人はつい最近まで警察の方とお話をされているようなことはありませんでしたか？」

「新宿署や四谷署、牛込《うしごめ》署などの防犯関係であちこちの署長さんたちと会合するようなことはあったようですけど」

片山は夫人の顔を凝視した。嘘《うそ》を言っているようには見えない。新宿エリアであれば、複数の所轄署と防犯対策などでやりとりすることはあっただろう。

「主人の仕事のことでしたら、秘書に連絡しますよ」

「ありがとうございます」

「私は普通のサラリーマンだった主人と結婚したの。政治家になるなんて思いもよらなかったわ」

夫人によれば、三雲が信用金庫に勤務していたときに知り合い、結婚したという。地域の活性化に熱心だった三雲はやがて政治で自分の思いを実現しようと考え、立候補に至ったと苦笑した。

「そうそう、これが秘書の連絡先」

テーブルの隅にあったスマホを手に取り、夫人が言った。夫人によれば、一五年前から三雲に仕え、事務所運営のほか、他の都議との調整役も担っていたという。そのおかげで、夫人は選挙以外ではほとんど政治に関《かか》わることがなかったのだと明かした。

「メモしてもよろしいですか?」

「もちろん」

片山は夫人のスマホを見つつ、自分の端末に情報を入力した。

〈刈谷《かりや》幹雄《みきお》〉

素早く名前を変換し、携帯番号を記録する。

「連絡する際は、私から聞いたとおっしゃってね」

スマホの情報を確認すると、片山は夫人に頭を下げた。

「では、私はこの辺で失礼します」

「あら、もう少しゆっくりしていけばいいのに」

夫人は寂しげな顔で言った。議員はそのポストにあってこそ頼られる。夫人は蜘蛛《くも》の子を散らすようにいなくなった支援者たちの様子を肌身で感じていた。

「刈谷さんに三雲議員の実績や活動のお話をお聞きしたいので」

そう言って片山は立ち上がり、三雲の部屋を後にした。

人の良さそうな夫人にももっと話を聞きたかった。だが、三鷹の田嶋家と同様、捜査二課と三雲議員というつながりは薄まるばかりだった。八田が根拠ゼロの噂《うわさ》をあえて教えたとは思えない。三雲議員と二課の間には、なんらかの関係があったのだ。しかし、現状では細い線は全く浮かび上がってこない。

階段を下り、マンションの敷地を出たところで刈谷の携帯番号をタップした。呼び出し音が二度鳴ったあと、電話がつながった。

「突然すみません。三雲夫人のご紹介で連絡をさせていただきました」

片山は大和新聞の記者と名乗り、刈谷の反応を待った。

〈奥様のご紹介ですか。どのようなご用件で?〉

耳元に穏やかな男性の声が響いた。政治家の取材経験はほとんどないが、東京一区の若宮事務所の中村と同様、人当たりの良さそうな秘書だというのが声を通じてわかった。

「生前の三雲議員ですが、誰かに恨まれていたとかはありませんか?」

〈そんなことは絶対にありません〉

夫人と同じリアクションだ。片山はさらに尋ねた。

「議員は警視庁の方々となにか関係がおありだったのでしょうか？」

〈選挙区内の所轄署の署長さんたち、それに生活安全課の皆さんとは定期的にランチ会を開催して、治安向上、それに青少年の育成に関して意見交換されていました〉

夫人が先ほど教えてくれたことと同じだ。

「警視庁の捜査二課となにか関わりがありましたか？」

片山が尋ねると、今まで快活に応じていた刈谷が黙り込んだ。

「あの、聞いていらっしゃいますか？」

片山の問いかけに対して、さらに間が空いた。

〈なにも答えることはありません〉

刈谷の声のトーンが一変し、一方的に電話が切れた。通信状態が悪かったのか。片山は即座にリダイヤルしたが、呼び出し音が鳴り続けるのみだった。

刈谷は三雲と二課の関係を知っている。そう確信させる反応だ。念の為、もう一度リダイヤルしたが、刈谷は電話に出なかった。

田嶋夫人や未亡人の反応で二課と三雲の関係が薄いと思い始めていただけに、今回の刈谷の反応は意外だった。

今、刈谷を追い込んでしまったら、得られるはずの情報が出てこなくなる。なんとか方策はないか。階段の途中で、手すりに寄りかかり、考えを巡らせたとき、一人の青年の顔が頭に浮かんだ。口数が少なく、醒めた目の男だ。スマホの通話履歴をたどり、すぐさまタップした。

〈ありがとうございます。若宮事務所です〉

女性の弾んだ声が耳元に響く。

「大和新聞の片山と申します。秘書の神津さんはいらっしゃいますか？」

〈少々お待ちください〉

選挙期間中だ。女性はとても愛想が良い。

〈お待たせしました、神津です〉

先ほどの女性とは打って変わって、声のトーンが低い。

「大和の片山です。一つ、お知恵をお借りしたいと思いまして」

〈なんでしょうか？　片山さんのお役に立てるのであればなんなりと〉

「ごめんなさい、若宮候補のことではないのですが……」

片山はゆっくりと告げた。

〈片山さんにはいつもお世話になっております。おっしゃってください〉

「刈谷幹雄さんをご存じですか？」

〈刈谷ですか……〉

電話口で神津が口籠《くちご》もった。

「亡くなった三雲議員の秘書さんですけど、今どちらにお勤めなのかご存じありませんか？」

先ほどまでのはっきりとした受け答えとは裏腹に、電話口で神津が黙っている。

「あの、聞こえていますよね？」

〈ええ、大丈夫です〉

日頃から声が低い神津だが、今は一段と声のトーンが下がっている。

「刈谷さんのお勤め先を教えてください」

〈……刈谷は、ウチのオヤジ、本田議員の秘書をやっています〉

思いもよらぬ反応だった。やはり神津を頼って正解だった。

「本当ですか？」

〈三雲議員が亡くなられたあと、人手不足だったもので。同じ会派ですし、オヤジはなにかと三雲議員とつながりがあったので。それで、刈谷がどうかしましたか？〉

「すぐに会わせていただけませんか？」

片山が矢継ぎ早に言うと、もう一度電話口で神津が口を閉ざした。

## 9

神津と関《せき》がチラシのチェックをしていると、事務所の固定電話が鳴った。女性ボランティアが取った電話は神津に引き継がれた。

重要な事柄があれば、必ず中村に声がかかるはず。それよりも収支の計算が優先と中村は画面の細かいマスに目を凝らし続けた。

だが、時折、神津の低い声が聞こえた。目を向けると、先ほどかかってきた電話にまだ対応している。眉間《みけん》に深い皺《しわ》が刻まれ、笑わない目が普段よりも細くなっている。キーボードを叩く手を止め、中村は聞き耳を立てた。

「オヤジは都内各地の候補者の応援に行くとき、彼を常に帯同しているので、すぐには無理です」

オヤジとは、神津が仕える本田都議のことだろう。都内各地の応援ということは、本田が東京都内各地の選挙区に出向く、民政党候補者の選挙演説に駆けつけ、有権者に支持を訴えるという意味だ。常に帯同している彼とは誰のことか。さらに、誰が神津に電話をかけてきたのか。

視線を合わさぬよう、何度か神津を見た。右手、左手と受話器を持ち替え、厳しい顔で相手の話を聞いている。

「総選挙中は、正確な時間等々のお約束はできかねます。私が若宮先生に張り付いているのと同様に彼はオヤジと常に一緒です。応援要請がかかれば、奥多摩《おくたま》や伊豆大島《いずおおしま》など島嶼《とうしょ》部にもいきなり出向きますので」

神津は相手の要望を強く拒絶している。

「……ですので、選挙が終わり次第、スケジュールを調整いたします。それでは」

低い声で言ったあと、神津が乱暴に受話器を置いた。存外に大きな音が響いたため、中村だけでなく、関や他のボランティアスタッフも神津に目を向けた。中村は席を立ち、神津の傍らに歩み寄った。

「なにか面倒なことでも？　また週刊ドロップキックのような話ですか？」

神津が珍しく感情を表に出した。驚いたのは他のスタッフも同様で、静まり返った事務所内で神津が視線に晒《さら》されている。

「違います。ウチのオヤジのところに取材に来たい、そういう話でした」

神津は中村と目を合わせない。視線は固定電話に向いたままだ。

「問い合わせは大手メディアからですか？」

中村の問いかけに、神津は曖昧な笑みを浮かべた。

「都議会議員は、国会議員より泥臭い話が多いのです。気にしないでください」

「しかし、なにか急ぎの要件であれば、本田議員のところへ戻ってください。こちらはなんとかしますので」

中村は本心から言った。

「それより……」

話を遮り、神津が中村のパソコン前へと向かった。収支繰りを表示したソフトを神津は鋭い視線で睨み始めた。

「資金繰りに心配はありませんか?」

「問題はありません。ドロップキックからの入金が無事に終わりましたので」

「もっと合法的な献金を増やしましょう」

神津が合法の部分に力を込めた。

「選挙戦もあとわずかです。現在の収支であれば、問題ありませんよ」

「選挙は水物です。今後なにが起こるかわかりません。そのときに備え、手元の資金は厚ければ厚いほど安心できます」

神津の顔はいつもの醒めた目つきに戻っていた。

「誰か新しい支持者がいないか、私なりに探してみます」

中村が答えると、神津が頷いた。

「私も考えます。ちょっと失礼します」

神津は中村に頭を下げ、事務所の出口に向かった。右手には神津の私用スマホがある。大勢の視線が集まる事務所ではなく、階段の踊り場にでも行くのだろうか。中村は青年の背中を見続けた。

## 10

本田都議の事務所は新宿五丁目にある。靖国《やすくに》通りを挟んで北側のエリアには、老舗の水炊き屋や洋食屋があるほか、中小企業が入居するビジネスビルが立ち並ぶ。

新宿三丁目駅から早足で歩く。この間、片山は考えを巡らせ続けた。

亡くなった三雲議員の周辺を調べると、不可解なことばかりだった。まずは、三鷹で見つけた生前最後の映像だ。八田が三鷹署、あるいは鑑識経由で調べたのだろう。インターフォンのメモリに残っていたのは三雲本人で間違いなかった。

三雲夫人に当たり、最後まで支えた刈谷という秘書を紹介してもらった。刈谷は現在、本田都議の下で働いている。同じ民政党都議という立場で、主を失った刈谷を本田が雇うのは自然なことだ。だが、本田事務所から衆議院議員候補・若宮のところに出向している神津の反応は意外すぎた。

靖国通りの横断歩道を渡り、新宿五丁目のエリアに入った。大通りから北の方向へ幾筋も小路が通っている。

スマホの地図アプリによれば、本田の事務所は交差点から三本目の通りにある。手元の地図には目的地を示す赤いピンが立ち、片山が現在歩いている地点からかなり近いと案内する。小路を左に曲がる。壁面に蔦《つた》が絡まり、店先のベンチに猫がいる喫茶店の脇を通りすぎ、二軒隣の商業ビルを見上げた。

三階の窓に、恰幅の良い本田議員のポスターが貼ってある。片山は意を決してビルに入った。

エレベーターを降り、事務所の扉を目指して歩く。ドアにも大きな本田のポスターが貼られている。不自然に白い歯、健康的に日焼けした顔は、印刷前に画像データを修整したのだろう。ノックしたあと、扉を開けた。

「こんにちは、大和新聞の片山と申します」

明るい室内には、受付のカウンターがあり、その奥では三、四人のスタッフがデスク仕事をしている。

「秘書の刈谷さんにお会いしたいのですが」

受付に出てきた中年女性に告げたが、首を傾げられた。

「どのような取材でしょうか？」

「亡くなった三雲議員の秘書を務められていたと聞きました。議員の思い出や功績を教えていただきたくて」

片山が告げると、女性が顔をしかめた。

「あいにく、刈谷は外出しておりまして、戻りがいつになるのか未定です」

事務的な言い振りだった。おそらく神津が知恵をつけている。片山が乗り込むことを想定し、スタッフ全員に知らせたに違いない。

片山は肩をすくめた。

「では、お時間があるとき、こちらにご連絡をくださいと伝言をお願いします」

バッグから名刺を取り出し、女性に手渡した。

「刈谷はこちらの事務所に来てまだ日が浅いです。現在、支持者の皆さんを訪ね歩いておりまして、いつになるかは……」

「構いません」

女性が言い終えぬうちに片山は言った。どうせ相手から連絡が来ることなどないのだ。

「では、失礼します。突然申し訳ありませんでした」

片山は固い口調で挨拶し、本田事務所を後にした。

エレベーターを降り、新宿五丁目の小路に戻った。スマホの写真ファイルを開け、刈谷の写真を凝視した。

ネット検索し、三雲議員と選挙区を走り回る刈谷の姿を議員のホームページで見つけた。丸顔で太い眉、小太りで人の良さそうな笑みを浮かべた中年男性だ。先ほど事務所には姿が見えなかった。なぜ、二課の話に触れた途端に刈谷の態度が硬化したのか。神津に連絡を入れたとき、あの若い秘書は無防備だった。とっさに刈谷は多忙で会う時間がないと言い繕い、そして本田事務所に取材を拒むよう徹底させた。

ではなぜ、二課と三雲の関係が記者にバレたらまずいのか。そして、神津がそのことを警戒する意味合いはなにか。実直で金に関してクリーンだった三雲と、汚職を追うのが専門の二課とは確実に関係があった、そう考えるのが自然だ。

靖国通りに出たとき、不意に警視庁詰め時代の先輩記者の言葉が耳の奥に響いた。二課は立件に向け、特別協力者を密かに使うと聞いた。協力者とは、スパイのような存在を指すこともあるらしい。二課が三雲をスパイのように使っていたとしたらどうか。だが、三雲はあくまでも都議会のベテラン議員であり、二課が軽々にスパイ扱いするとは思えない。

頭の中で、何本もの糸が複雑に絡み合っていた。一本一本ほどいてどこがどうつながっているのか冷静に考えたいが、精神的にも体力的にもそんな余裕はない。

夫人に会った際の感触、そして現在の所属事務所の様子を八田に相談してみるか。写真ファイルを通話履歴に切り替えた直後、電話が着信した。当の八田だった。

「ちょうど電話しようとしていたところです」

片山が言うと、電話口でため息が聞こえた。

〈まだ追っているのか〉

「もちろんです。しかし、わからないことだらけで」

〈もうやめておけ〉

八田の声が思い切り低い。

「なんておっしゃいました？」

〈やめておけ、そう言った〉

父親のように慕っていた八田の声が豹変《ひょうへん》した。

「なぜそんなことを言うんですか？」

深いため息が響いた。

〈つい一時間前、本部の食堂で二課のOBに会った〉

「それがなにか？」

〈おまえが藪《やぶ》を突《つつ》いていることは二課に筒抜けだ〉

「たしかに三鷹署に顔を出しましたし、検視を担当した八重樫《やえがし》医師にも会いましたが、直接二課につながるような話はしていません」

〈真意はわからん。だが自然死したという見立てが覆ることは万に一つもないそうだ〉

「でも……」

諦《あきら》めることは絶対にない、そう言おうとしたときだった。

〈あの一件を覚えているか？〉

「なんの話ですか？」

〈神奈川の不審死だ〉

「もちろん覚えています」

「民政党幹部の息子夫婦に関する自殺案件」

片山は自殺の部分に力を込めた。現場の捜査員たちは他殺として捜査していたが、与党幹部が警察庁に苦言を呈したことで、見立てが一八〇度変わった一件だ。

〈俺も報告書を読んだ。現場の刑事が見たら、全員が殺人《コロシ》だと断言する〉

だが、実際は警察庁長官と神奈川県警本部長が相次いで会見を開き、自殺に間違いないと公的に発言したのだ。

「まさか、三雲議員も見立てがひっくり返るような圧力を？」

〈詳細は知らんし、知りたくもない〉

電話口で八田が咳払いした。

〈ピンク歯を持ち出して煽《あお》ったのは俺だ。だが、おまえがどう調べを尽くそうと、自然死という見立ては絶対に覆らない。諦めろ〉

「そんな……」

〈忠告したぞ。もうこの件では協力できない。悪く思うな〉

八田が強い口調で電話を切った。暗くなったスマホの画面をじっと見つめ、片山は肩を強張らせた。

# 最終章　ゼロ打ち

1

八田《はった》が唐突に告げた言葉が耳の奥で反響した。片山《かたやま》はため息を吐《つ》き、スマホをバッグに入れた。たった一人の協力者であり、三雲《みくも》議員のピンク歯《し》というスクープの種をもたらした八田に拒絶された。捜査二課から圧力があったのは間違いない。

この先、どう取材するか。警視庁内部の事情を知り、陰に日向《ひなた》に助けてくれた八田がいなければ、記事の下書きさえできない。そもそも、三雲を死に追いやった背景自体が全くわかっていないのだ。

片山は腕を組んだ。二課の横槍《よこやり》は三雲の不審死が病死ではなく他殺だったことの証左だ。三雲の他殺が表沙汰《おもてざた》になっては困るのだ。なぜ死因に蓋《ふた》がされたのか。死の直前まで関係していた二課がキーになっている。となれば、三雲の身近にいて、仕事や生活の機微を知っていた元秘書の刈谷《かりや》を直撃するしか方法はない。

肝心の刈谷は露骨に片山を避けている。どうやって取材を進めるか。唇を嚙《か》み、さらに考え始めたときだった。バッグの中に入れたスマホが鈍い音を立てて振動した。スマホを手にすると、中杉《なかすぎ》の名が表示されていた。

〈お話したいことがあります。本社へいらしてください〉

口調は丁寧だが、有無を言わさぬ圧力が中杉の声にこもっていた。はいと答えたあと、片山は地下鉄の駅を目指した。

「ご足労いただき、感謝しています」

本社の小さな会議室で待っていると、遅れて中杉が現れた。

「選挙取材は順調ですか?」

「あとは投票五日前のアンケートをやり、投票終了後は開票所で双眼鏡を使って票を数えるだけです」

片山が答えると、満足げに中杉が頷《うなず》いた。

「開票が全《すべ》て終われば、自分の仕事に戻ります」

片山の言葉に、わずかだが中杉の左眉《ひだりまゆ》が上がった。

「もしかして、私がなにをテーマに取材しているのか、ご存じなのですか? だから、こうして探りを入れるために呼び出された?」

中杉は苦笑した。

「私は政治部の人間です。社会部のエース記者がなにを調べ、どんな記事を書くかには興味がありませんし、口出しする権限もありません」

そう告げた直後、中杉の口元が醜く歪《ゆが》んだ。

「やっぱり知っているんですね?」

「噂《うわさ》レベルですよ。片山さんが難しいネタを掘っている、そんな話を耳にしただけです。お手並み拝見的なことを言いました。もちろん、優秀な記者さんですから、必ず成果を上げられると信じています」

「どんな噂ですか？」

頭に血が上った。だが、眼前の中杉は取り合わず、苦笑するのみだ。

「最後のアンケート、それに開票速報。ミスがないように、かつ迅速にお願いします」

小さく頭を下げると、中杉はさっさと席を立ち、出口へ向かった。

なぜ中杉は呼び出したうえで、あんな思わせぶりなことを告げたのか。もし三雲議員のことを調べていることを中杉が知っているとしたら、どのように情報を得たのか。NHR《日本放送連盟》という大組織で、政治部の表通りを歩んできた中杉ならば、片山よりもはるかに取材人脈が広いだろう。

しかし、中杉はあくまで政治記者だ。警察に知り合いがいたとしても今回の三雲の一件を詳細に知っているとは思えない。

片山は首を捻《ひね》った。そのとき、後頭部で男性の声が響いた。若宮《わかみや》事務所の秘書、中村《なかむら》の声だ。新宿《しんじゅく》駅西口で取材していると、苦戦していた若宮の応援に大池《おおいけ》都知事が電撃的に参戦した。

応援演説終了後、中村と話をしていると、中杉と大池都知事が談笑していたとの情報を得た。しかも、大池とは永田町《ながたちょう》時代からの旧知の仲であり、どうやらその縁で大池は都の新たな重要施策を片山にリークまでした。亡くなった三雲は都議会議員であり、どこかで大池、そして中杉と接点があったのかもしれない。

しかし、中杉の指示で大池と都庁で会った際、三雲の話を振っても反応は薄かった。

それでは中杉はなぜ、片山の取材を小馬鹿にするようなことを言ったのか。やはり、仕事上、三雲を知っていた若宮事務所の若き秘書、神津《こうづ》と会うしかない。複雑に絡んだ人間関係を解きほぐすためには、キーマンに接触する必要がある。

2

「はい、若宮事務所です」

大学生スタッフの関《せき》が張りのある声で答えた。視線をノートパソコンの画面に固定したまま、中村はキーボードを叩《たた》いた。

「いえ、今は中村だけですが……」

自分の名を聞き、中村は指を止めた。

「中村さん、三番にお電話です」

受話器を取り上げ、固定電話のボタンを押す。

「お電話代わりました。若宮事務所中村です」

〈夜分にすみません。大和《やまと》新聞の片山です〉

電話口で聞き慣れた声が響いた。ただ、いつもの片山と違い、声のトーンが低い。

「取材ですか？」

中村が聞くと、片山が咳払《せきばら》いした。

〈神津さんはお忙しいでしょうか？〉

「少々お待ちください」

中村は受話器を手で覆い、腰を上げて周囲を見回した。今は姿が見えない。食事に出たのか。

「あいにく席を外しておりますが」

〈……そうですか〉

「どうされました？」

片山の声がさらに低くなった。心なしか、思い詰めたような感じがした。

「もしかして、若宮候補にまたなにか?」

週刊ドロップキックネット版の記事が脳裏に映った気がした。

〈違います……〉

「今はさほど取り込んでおりません。私でよければお話をうかがいますよ。それに、中央新報《ちゅうおうしんぽう》の情勢取材記事ですが、△から○になりました」

ドロップキックの記事で落ち込んでいた若宮の勢いが戻った。これで民政《みんせい》、憲政《けんせい》、蜂起《ほうき》と三候補が○に並んだのだ。油断は禁物だが、どん底から這《は》い上がったのは確かだ。その旨を片山に告げた。

〈そうですか……〉

電話越しで表情は読めないが、片山はどこか上の空のようだ。

「御社の情勢取材記事が掲載されるのも近いですよね」

〈私の見立ては以前と同じです。正式なデータは選挙担当の上司たちが判断するので〉

「神津がなにか?」

中村が言った途端、早口で片山が話し始めた。

〈中村さん、都議の本田《ほんだ》事務所の内情には詳しいですか?〉

予想外の問いかけだった。

「いえ、まったく。同じ民政党ですが、国会と都議会は全く組織が違います。神津が所属しているというだけで。もちろん本田議員にはご挨拶《あいさつ》しましたけど」

中村が告げると、片山がため息を吐いた。

「なにを追っているのですか?」

〈あの……ちょっと軽々には言えない事柄でして。選挙後に本格的に取材する予定ですが、キーマンがつかまらなくて困っています〉

「私でお役に立てれば」

〈ありがとうございます。とりあえず、神津さんが戻ったら、私の携帯にご連絡いただけるようご伝言お願いできますか〉

「もちろんです」

中村が答えた直後、電話が切れた。片山は焦っていた。神津に会いたい、都議関連の取材とはなにか。中村は腕を組んだ。

選挙で若宮が当選したあとは、当然、本田都議に頭が上がらなくなる。今後、若宮の正式な秘書に誰《だれ》が就くかは知らないが、本田の選挙の番が来れば、当然若宮は応援に駆けつけ、今回この部屋にいるスタッフも駆り出される。そのときのために、引き継ぎはしっかりやっておく必要がある。片山がなにを探っているのかは不明だが、本田事務所、そして神津との関係は良好にしておかねばならない。

「あの、ちょっとよろしいですか？」

いつの間にか、関が中村の傍らにいた。

「先ほど、銀行の方がいらっしゃいました」

関が中村に名刺を差し出した。東京地盤の地銀、西新宿支店の次長の名前が刷られている。

「どういう用件かな？　選挙中だってことはわかっているはずなのに」

「神津さんのご紹介とかで。詳しいことはまた後日とおっしゃっていました」

中村は首を傾《かし》げた。

若宮の政治団体である若鷹《わかたか》政治連盟の口座は、中村が以前勤めていた大手銀行の四谷《よつや》支店に開設しており、地銀が入ってくる余地はない。事務所の口座については、選挙後に全て選挙管理委員会に詳《つまび》らかにするためのもので、複数の口座を設けて事務作業を複雑にすることは想定していない。

「神津さんはなにか言っていた？」

「いえ、なにも」

関が戸惑いの表情をみせた。

「わかった。あとで聞いておく」

中村はノートパソコンのキーボードを叩き、選挙資金を管理する表計算ソフトを起動した。画面が立ち上がったとき、神津の顔が浮かんだ。神津は最近、スタッフに対して経費を切り詰めるよう指示し、このソフトを覗《のぞ》き込む機会が増えた。

今回の地銀の件は、一連の出来事と関係があるのか。中村は表計算ソフトの中の細かい数字を睨《にら》んだ。

## 3

本社で最後のアンケート調査に関する打ち合わせをしたあと、片山は緊急招集された他の記者たちとともに開票所での段取りを確認した。一連の作業が終わると、窓の外はすっかり暗くなっていた。

東京八区担当の五島《ごとう》記者から、代打取材の礼にと夕食に誘われたが、片山は固辞した。選挙とは別に、追っているネタがあると告げ、本社を後にした。投開票日を目前に控え、選挙関係の仕事は残り少なくなった。片山の興味は、三雲議員の不審死に向けられ、そこに集中したいとの思いが日に日に強くなってきた。

八田の協力が得られなくなった現状、頼れる警察関係者はたった一人しかいない。

本社の地下通路を経て地下鉄東西線《とうざい》の大手町《おおてまち》駅に赴き、下り電車に乗った。五分前、社会部の後輩で警視庁第四方面を担当する若手記者からメッセージが入った。

〈青木《あおき》署長は定時退勤〉

元捜査一課長の青木は、地下鉄東西線の落合《おちあい》駅近くの古い一戸建てに住んでいる。かつて一課担当だった頃《ころ》、隼町《はやぶさちょう》公舎に姿が見えない際は、他社の記者数人とともに山手通り近くの戸建てを張った。飲み会があっても、多忙な新宿署のトップは気が抜けない激務のため、青木は早めに帰宅するはず。片山はそう読んで直当《じかあ》たりすると決めた。

高田馬場《たかだのばば》駅で車両の半分以上の乗客が降車した。車両に残る客のほとんどがスマホに目を落としている。片山はガラス窓に映る自分の顔を凝視した。目の下にクマができ、肌にもツヤがない。慣れない仕事に加え、ネタの後ろ姿が遠ざかっていることがストレスになっている。

青木が在宅だったとして、どう尋ねるのか。八田から手をひけと言われたと告げるわけにはいかない。

ただ、新宿区役所との協業について問うた際、青木は思い切り不機嫌だった。記者を目の前に、露骨に不快な態度を取ること自体が、青木なりのサインだったはずだ。

三雲議員の死因については、三鷹《みたか》署が正式に病死として処理した。さまざまな取材結果、そして三雲の最後の姿を捉《とら》えた映像こそ持っているが、事件に関する新たな情報はなく、実質手ぶらで青木に会いに行く。社会部記者としては、恥ずかしい取材スタイルとなる。

落合駅を出て、早稲田《わせだ》通りを山手通り方向へ歩く。低層マンションが連なる一角を抜けると、道幅の狭い区道があり、その奥に目指す青木の自宅がある。周囲を見回すが、他社の記者の姿はない。

時刻は午後八時半過ぎだ。目的の古い一戸建ての玄関、そして奥の書斎方向からは明かりが漏れている。片山は早足で玄関に近づき、インターフォンを押した。夜分の訪問を詫《わ》びたあと、大和の記者だと名乗ると、夫人が快く応じた。

〈帰っていますよ。少し待ってね〉

スピーカー越しに柔らかな声音が響いた。廊下をドスドスと歩く足音が響いたあと、木製のドアが開き、少し頬《ほお》が赤らんだ青木が顔を見せた。

「こんばんは」

「片山ちゃんか。どうした？」

「短時間で結構です。お話よろしいですか？」

片山が言うと、青木が身を乗り出して玄関の周囲を確認し、頷いた。

「まあ、入って」

三和土《たたき》でパンプスを脱ぎ、縁側の廊下を奥へと進む。以前、一度だけ通してもらった青木の小さな書斎がこの先にある。

「麦茶か？　それともビールにするか？」

「おかまいなく」

ショルダーバッグからウーロン茶入りの小さな水筒を出すと、青木が引き戸を開けた。蛍光灯に照らされた六畳ほどの洋室には、壁一面に書棚があり、時代小説や海外ミステリーの文庫が並んでいる。百科事典や法医学の資料の横には、優秀な刑事に与えられる桜の紋章の金色のバッジが五つ飾ってある。

「まあ、座って」

青木は小さな机の前にある椅子《いす》に座り、片山に一人がけのソファを勧めた。バッグをソファの傍らに置き、改めて頭を下げた。

「それで？」

「以前、新宿区役所とのタイアップで歌舞伎町《かぶきちょう》新浄化作戦の話をうかがいました」

「そうだったな」

ビールを一、二本飲んだのだろう。青木の息は少し酒臭《さけくさ》かった。だが、両目は冴《さ》え、片山を凝視している。一課長時代、夜回りを受けた際、記者がどの程度正確な情報を持っているのか慎重に見極めていたときの目つきだ。

「あのとき、青木さんは露骨に嫌な顔をされました」

「そうだっけな？」

「あのとき、青木さんは嫌々やらされている、そんなニュアンスでお話しされました」

青木の両目が鈍く光っている。

「浄化作戦はどなたの発案だったのですか？　新宿区長の吉国《よしくに》さん？」

片山が尋ねると、青木が首を振った。

「俺《おれ》の上はあんまりいねえぞ」

ぶっきらぼうに青木が言った。新宿署長より上となれば、たしかに人数は限られている。青木はノンキャリアとして警視庁に奉職したあと、所轄署や本部一課勤務を経て地方公務員出身の警官として最高位とされる捜査一課長に就任した。階級は警視正だ。激務の一課長のあとは、名誉職とされる新宿署長に就き、このあとは警察学校の校長など警察内の要職を経て退職する。

一課長に就任すると地方公務員から国家公務員となるが、さらに上司となれば警察庁の要職、つまり長官や警視庁の副総監、総監など生え抜きキャリアのポジションだ。

「警察庁マターだったんですか?」

「そんなに詰めるなよ。酒が醒《さ》めるじゃねえか」

そう言うと、青木は書棚に置いたスコッチのボトルと小さなタンブラーを手に取り、手酌で注《つ》ぎ始めた。

「殺人事件《コロシ》の現場で苦労し、家族に迷惑をかけ続けた。新宿署が終わったら、きちんと休みの取れる職場を紹介してもらい、カミさん孝行したい」

「それは、新宿署長に対する新宿区長の命令という意味ですか?」

「俺は区長が出してきたプランを是認しただけだ。もちろん、浄化作戦は署員が全力で取り組むが、こんなヤラセめいたことは今に始まったこっちゃないんだよ」

「いったい、誰が最初に浄化作戦を言い出したんですか?」

「区長は元代議士秘書……永田町に長くいた。もう一人、永田町を知り尽くした偉い人が身近にいるよな」

「大池都知事ですよね」

「そう、警視庁のボスだ」

青木がボスと言った途端、片山は膝《ひざ》を打った。警視庁は東京都警察、あくまでも一つの地方警察組織にすぎない。その予算権者は大池だ。

「大池知事にとって都合の悪いことを隠すために、私や他の記者に提灯《ちょうちん》記事を書かせたんですか?」

すると青木が肩をすくめた。

「そりゃ、おたくの会社の都合なんじゃないのか?」

笑った口元とは裏腹に両目は真剣だ。青木はなにかを確実に知っている。おたくの会社の都合とは、大和新聞もその思惑の中に入っているという意味に他ならない。

「片山ちゃんに知恵をつけたのは一課の誰かだよな」

三雲都議の不審死、ピンク歯……たしかにきっかけは八田の言葉だった。相手は百戦錬磨の刑事《デカ》だ。隠し立てしても仕方がない。片山は頷いた。

「名前は明かせません」

「耳打ちした刑事も所詮駒《しょせんこま》の一つでしかない。おまえさんと同じだ」

青木が苦そうにウイスキーを一口、喉《のど》に流し込んだ。

「俺もその一人だがな」

「なにか陰謀めいた事柄が背景にあるんですか?」

「この世に陰謀なんてもんはない。全て世俗にまみれた普通の人間が企《たく》んで、しくじって、そして嘘《うそ》で塗り固める、それだけのことだ」

「もっと教えてくださいよ」

「ピンク歯だの、都議の死因だの、そんな細かいことはでっかいしくじりを誤魔化すための嘘だってことだ」

吐き捨てるように青木が言った。青木らしからぬ捨て鉢な言い振りだ。

「青木さん、それでも一課の刑事だったんですか?」

殺人事件が起きると、青木は全捜査員に対し、被害者の無念を晴らすべく、懸命に捜査するよう訓示した。ときに目を充血させながらはっぱをかけることから、捜査員たちの気持ちが一段と引き締まったのだと、かつて若手刑事から聞いたこともある。

「被害者《マルガイ》の無念はわかる。俺だってずっとコロシの刑事だった」

青木の両目が充血し始めた。

「組織は厄介な生き物だ。人の命より、てめえらの縄張りと利益を優先するんだよ」

捜査一課は所轄で手柄を上げた歴戦の強者《つわもの》たちが集められる。当然、官庁どうしの思惑、ときには政治的なやりとりで、捜査に横槍が入ることもあると八田から聞かされた。今回の三雲の不審死についても、組織や縄張りの利益が最優先された公算がある。青木はそれを強く示唆した。

「だから、その縄張りとか、利益の中身を教えてください。人が一人、しかも誠実に職務に励んでいた人が殺されたんです！」

「もう帰れよ。これ以上は話せない」

犬を追い払うように、青木が手を動かした。

「あと少しだけ」

片山はショルダーバッグからスマホを取り出し、動画ファイルを表示した。

「これ、三雲議員が亡くなる直前の映像です。所轄の三鷹署はこのファイルを持っていません。もう一人の男が三雲さんを殺した可能性があります」

画面を見せると、青木が唇を嚙み、眉根を寄せた。その後、低く唸《うな》り、腕を組んだ。

「千鳥足の男性が三雲議員だと確認が取れました。もう一人は不明です」

「三鷹署が病死だと判断した以上、新宿署長があれこれ口を挟むわけにはいかん」

「神奈川県警のあのケースと一緒なんですね？」

政治家絡みの殺人事件に触れると、青木が片山を睨んだ。

「青木さんも私と同じ。駒の一つとして悔しいんでしょう？」

「ああ胸糞《むなくそ》悪い。だがな、俺は組織に飼われた警官だよ」

「飼われているって、警視庁？　それとも都知事？」

「警視庁の予算を決めるのは知事だ。その知事がてめえの足元のドタバタを収めるために動いた。もうこれ以上は言えねえ」

鋭い眼差《まなざ》しで、青木が書斎のドアを指した。

「お邪魔しました」

素早くソファから立ち上がり、片山は深く頭を下げた。

「この件ではもう来るなよ。俺は安泰な老後を送りたい」

ウイスキーを注ぎ足しながら、青木が言った。横顔を一瞥《いちべつ》する。青木の顔が紅潮していた。酔いのせいではなく、怒りからくる顔色の変化だと思った。

廊下に出ると、玄関の前に夫人が立っていた。

「夜分に失礼しました」

「最近は滅多《めった》に記者さんを家に上げないの。よほどあなたのことが心配だったのよ」

夫人に頭を下げ、片山は青木の家から出た。

薄暗い小路を早稲田通り方向へと歩き出す。

青木との短いやりとりは、新人記者が横にいたら複雑な禅問答にしか聞こえないだろう。だが、片山は中堅となり、相手から言葉を引き出す術《すべ》を覚えた。そんな片山に対し、青木もギリギリのところまで応《こた》えてくれた。

三雲の死と大池都知事との間に、直接の因果関係があるとは思えない。だが、青木は大池の存在を強く匂《にお》わせた。

青木は、陰謀など存在せず、失敗した企みを嘘で塗り固めたとも言った。そして片山自身は、大池の思惑に乗り、提灯記事を書いた。その仲介役となったのが中杉だった。

そして大池は、天敵とも言える民政党公認候補、若宮の応援演説に駆けつけた。またしても中杉が絡んでいた。若宮の秘書中村によれば、大池は演説のあと、〈これで貸し借りなし〉と中杉に伝えたという。

中杉は大池の弱みを握っている。

〈優秀な記者さんですから、必ず成果を上げられると信じています〉

本社で会ったとき、中杉がはっきり言った。つまり、三雲の死の真相、そして大池ら周辺の政界で起きたなんらかの企ての中身も知っている可能性がある。

まだ取材を尽くしていない。次はどこを掘り起こし、誰の胸に匕首《あいくち》を突きつけるか。片山は地下鉄の駅を目指し、早足で歩き始めた。

4

午後一〇時を過ぎた。事務所の掃除をしていた関が帰り、本田事務所で雑用を済ますと言って、神津もいつの間にか姿を消した。

プライムタイムの民放ニュースが始まった。近畿《きんき》地方の大雨に関する原稿を読み終えた女性アナウンサーが選挙について話し始めた直後、中村は画面に目を向けた。

〈来週の日曜に迫った衆議院選挙ですが、系列局を含めた事前調査によると、与党民政党が着実に足場を固める一方、野党第一党の憲政民友《みんゆう》党が劣勢で、第二党の国民蜂起の会が第一党に迫る勢いを見せています……〉

主要紙の夕刊も同じ内容を伝えていた。個別の選挙区に関しては、各メディアともに注目エリアを特集した。

東京一区の激戦が続くと伝える新聞、テレビが大半で、与野党主要候補三名がほぼ横並び、結果は最後までわからないと報じる記者もいた。現状、与党幹部のスキャンダルや、首相周辺の舌禍もない。反民政党の大きなうねりが若宮を襲ってくる気配はない。

ニュースの音量を絞ると、中村は手元のノートパソコンの画面を凝視した。

視線の先には、表計算ソフトの画面がある。今度の選挙の結果がどうあれ、収支はきちんと計算し、若宮の秘書として新たに就く人物に引き継がねばならない。

絶対に若宮を当選させ、自分の責務を果たす。中村はマウスをクリックし、ソフトのロックを解除させるためのパスワードを入力した。

ファイルを開けると、選挙管理委員会に提出する公式な書類、〈選挙運動費用収支報告書〉の書式が目に入る。

マウスを操作し、画面の右半分に別のファイルを開けた。こちらには、神津が日々入力してくれた飲食費、スタッフのユニフォーム代など細々とした出入金の記録がある。

目を凝らし、二つのファイルの勘定項目を見比べ、誤入力がないかチェックしていく。神津が入力したデータは、日々の選挙情勢を詳細に写した戦記のようなものだ。

中村が突然若宮の秘書に指名され、がらんとした事務所に足を踏み入れた当日、机や椅子を並べた。当時、事務所には全く一体感がなかった。

神津が応援に駆けつけ、本田都議の支援者らがボランティアとして加わったあたりからようやく選挙事務所の体を成してきた。その後、神津らと薄ピンクのTシャツやウインドブレーカーを発注した。その細目を探し、正規の報告書に入力するためのファイルに移していく。

遠い昔のように感じるが、わずか一〇日ほど前の出来事なのだ。中村はこめかみを強く押したあと、再び画面に目を凝らし、〈選挙運動費用収支報告書〉のファイルを注視し、支出の欄をチェックした。

ポスターやビラの制作費の代金が並んでいる。また、選挙カーについてもリース、ガソリン代金の項目が入っている。

選挙期間がまだ残っているため仮定の数値だが、これらはいずれも公費負担となる。ただし、公費が充《あ》てられるのには条件がある。投票日に若宮の得票数が有効得票の総数の一〇分の一以上ならば、中村が届け出る金額のうち上限金額以内分は税金で負担される。

一方、収入の欄に目をやる。若宮との付き合いが長い教材会社やソフト開発の企業らから寄付金が一件一〇〇万円単位で振り込まれている。こちらについては銀行振込されたので、〈領収書発行済み〉と中村自ら入力したメモが欄外にあった。

企業が銀行を通して金を渡せば、振込履歴という形で記録が残る。相手先である若宮事務所に同額の収入がなければ、税務署が黙っていない。政治家に対する税務調査は比較的緩いとされるが、一般企業は別だ。税務署は振込先について、企業の経理担当者をギリギリと問い詰める。せっかくの善意を仇《あだ》で返すわけにはいかない。

中村は、さらに収入欄に目を凝らした。

〈領収書なし〉のところに、一〇万円単位の寄付が並んでいる。ベンチャー企業の社長らがポケットマネーで出したもので、正規の収支報告書には記載しない方針だ。

一般有権者には少々後ろめたいやり方だが、こうしたポケットマネーで、しかも領収書の必要のない金はコツコツとプールされ、事務所の細々とした運営費に充てる予定にしていた。これは茨城《いばらき》の後《ご》藤《とう》事務所でも同様で、ほぼ全ての国会議員事務所が行っている。

〈領収書なし〉の項目を合計すると、一五〇万円程度だった。

中村は事務所の壁際にある大きなペットボトルを見つめた。事務所に集まるスタッフやボランティアに対しては、いつも弁当とウーロン茶を支給する。買収とみなされないために、表向きは各々五〇〇円を徴収している。

今回は応援に駆けつけた本田都議の支援者たちも五〇〇円を払うことに同意してくれているが、ベテランのスタッフたちが仕組みを熟知しているからこそできることなのだ。

領収書のいらない寄付金は、スタッフたちの飲食費に充当されるケースが多い。選管に細かく突《つつ》かれれば違反だと指摘される。だが、これは過去何十年も続いてきた日本の選挙の裏側の一つであり、一人のスタッフに五、六万円の高級料理をご馳走《ちそう》するわけではないので、選管も大目にみる。

逆に弁当代やウーロン茶代を惜しんでいては、〈若宮事務所の対応はシブい〉〈露骨に金をケチっている〉との悪評が立ち、次の選挙でスタッフが集まりにくくなる。

また、選挙後に事務所秘書の数人が個人の名前で居酒屋を予約し、世話になったスタッフを労《ねぎら》うことも頻繁に行われる。当然、その会計は領収書のいらない寄付の中から支払われる。

世間では〈政治とカネ〉についての批判が根強い。選挙時に茶封筒入りの現金を配るのは論外だが、スタッフや票の取りまとめを行ってくれた支援者に対する礼は欠かせない。一人当たり二、三〇〇〇円程度であっても、数十人、いや百人以上のスタッフ、支援者に対して礼をすれば、あっという間にプールした金はなくなる。

ただし、その過程では、どうしても金が余ってしまうケースがある。選挙余剰金だ。今回の選挙が終わった際、余剰金は若鷹政治連盟に入れ、政治資金収支報告書に掲載すると中村は決めている。

選挙に絡む金は、スタッフの慰労などの最低限の必要経費を除けば、ガラス張りにせねばならない。

また、知事選挙や国会議員選挙でも、収支報告書を専門にチェックする記者がいるため、万が一漏れがあれば、当選直後の若宮を騒動に巻き込むことになる。

今の所、支出と収入の釣り合いは取れている。中村は表計算ソフトの画面をスクロールした。

すると日々の収支ファイルの末尾に、注釈付きの別添資料があることに気づいた。中村はマウスを動かし、資料を開いた。

〈若鷹政治連盟向け（仮）寄付一覧　神津作成〉

若宮の政治団体向けのファイルだ。中村が湖月会《こげつかい》と折衝している際、あるいは別件でメディア対応に没頭していた際、神津がメモとして作ってくれたもののようだ。

表計算ソフトをスクロールすると、見覚えのある入金履歴が入力してあった。

〈週刊ドロップキック関係　計六〇〇万円（振り込み確認）〉

若宮の過去をほじくり返し、デタラメな記事によって選挙戦序盤で甚大なダメージを与えた媒体関係者から、神津が半ば強引に寄付させた金だ。

〈歌舞伎町商工関係者　計三〇〇万円（現金手渡し）〉

〈アクタス出版、その他系列編集プロダクション　計二〇〇万円（現金手渡し）〉

〈(株）プレサージュグループ　計一五〇万円（現金手渡し）〉

ファイルには、中村が知らない寄付金の一覧があった。慌てて画面をスクロールする。中村が知らない飲食店グループや出版社、それに芸能関係と思われる会社から合計一二五〇万円もの寄付が集まっていた。

事務所で関らスタッフと収支を気にし、ときに弁当代やウーロン茶代などを節約しようと顔をしかめていたのが神津だ。

一方、これほど寄付が集まっていたとは知らされていない。今日は何度も事務所や東京一区の住宅街で神津と顔を合わせた。寄付に関して、中村には一言も説明がなかった。

一生懸命資金を集め、中村を驚かすつもりなのか。いや、選挙において金銭面でのサプライズなど必要ない。中村はメモ帳を背広から取り出した。関が預かっていた名刺をポケットから取り出す。

〈東京西部きらめき銀行　西新宿支店次長……〉

東京の西側エリアが地盤の地銀の名刺だった。神津と面会するために支店の次長がわざわざ訪ねてきたという。

こちらも神津からはなんの説明もない。名刺と表計算ソフトの画面を交互に見た後、中村は腕を組んだ。

## 5

投票日を三日後に控えた木曜日の午後、片山は本社選挙報道センターに足を運んだ。

三雲の死に関しては、元秘書の刈谷と対面することはおろか、電話すらつながらない。若宮事務所に電話をかけたが、神津と連絡もつかない。刈谷の現在の勤務先である本田事務所を訪れるも、選挙の応援に出ていると言われるばかりだった。つまり、避けられている。手詰まり状態の中、投開票日も目前となり、一旦《いったん》三雲の件を棚上げせざるを得なかった。

昨日今日と、以前と同じく歌舞伎町の新宿区役所前、そして高田馬場駅近く、落合など区内の主要な役所支所でタブレットを携え、支持政党や候補、従来の投票傾向について百人以上に尋ねた。

また今回の調査では、それぞれの役所や支所前で期日前投票を済ませた有権者五〇名から投票先を聞き出すことができた。

片山は選挙取材用のタブレットをショルダーバッグに入れ、報道センターの大型モニター前にいる政治部の筆頭デスクの前へ進み出た。

筆頭デスクの周囲には、片山と同じように関東一円でデータを収集した若手や中堅記者三〇人以上が立っている。

「ご苦労様でした。タブレットをシステム担当者に提出して、データの齟齬《そご》がないか立ち合いを済ませてください」

交通整理する警察官のように、デスクが事務的に告げた。それぞれの記者が持つタブレットには、各人が指紋で認証したロックがかかっていて、システム担当者に端末を渡す前にその解除が必要となっている。

他のエリアの調査結果が間違って混入しないようにするためで、実質的には記者のデータ集めが本当に行われているのか、監視する意味合いがある。

「よう、お疲れ」

あとからセンターに来た東京八区担当の国際部の同期、五島が言った。

「データは集まった？」

「片山のアドバイス通り、無駄打ちがないエリアで張った」

五島が後ろ頭を掻《か》きながら言った。アンケートの数が集まらないと電話で愚痴を言ってきた五島に対し、片山は経験談を話した。いんちきをしているわけではなく、いかに効率的にデータを集めるかが選挙班の仕事だ。実際、片山の手法については中杉が気づいていたが、咎《とが》められることはなかった。

片山はシステム担当者とともにデータを報道センターのメインシステムへとアップロードした。苦楽を共にしたタブレットの画面には、データを送信中であることを示す紙飛行機のイラストが二〇秒ほど点滅したあと、〈転送終了〉の文字が表示された。

「それではご苦労様でした」

システム担当者が事務的に告げた。薄型端末だったが、なかなかデータが収集できない際は、ショルダーバッグの中で異様な重みを感じた。有権者の生の声を聞き、そして選挙演説に密着した。新人候補の若宮が次第に演説スキルを上げ、そして老練な小田島《おだじま》候補が声を嗄《か》らし、蜂起の会の候補の周囲にも聴衆が着実に増えたのがわかった。他人事《ひとごと》のように感じていた選挙というイベントが、片山にとっても身近になった。

あとは投開票日の速報を終えれば、晴れて自分の仕事に戻れる。五島や他の応援組の記者の横顔も、どこか安堵《あんど》しているように見える。

「それでは、首都圏の主要な担当者が集まったようなので、これからレクを開始します」

データを回収した政治部の筆頭デスクが声をあげた。すると、東京だけでなく、埼玉や神奈川、千葉を担当していた記者が続々とパイプ椅子に腰を下ろし始めた。片山は五島の隣に座った。

「従前よりお伝えしている通り、開票当日は人材派遣会社からのスタッフが出口調査を実施し、データをこちらの本部に送ってきます。記者の皆さんは、指定された開票所に詰め、双眼鏡を使っての計上開始まで票が開くのを待ってください」

筆頭デスクが澱《よど》みなく説明を続ける。

「あれ、見てよ」

説明の途中、隣の五島がささやいた。大型液晶スクリーンに、吸い出されたデータが順調に報道センターのメインシステムに転送されていく様がイラストで示されていた。

「情報は厳重管理され、ごく少数の幹部だけが一分ごとに変わるパスワードでアクセスできるらしいよ」

五島がペンでスクリーンを指した。大和新聞の記者は、個人のIDとパスワードを有し、編集系のシステムにアクセスできる。記事の執筆、デスクとの校正のやりとり、そして最終的にゲラになった段階で記者は原稿がどうなっているか確認できる。

また、情報系システムについても、過去記事の検索や統計データの抽出、写真部が保存しているスチール写真、動画を見ることもできる。だが、今回の選挙報道センターのシステムは完全に独立しており、権限を有する責任者クラスしかアクセスすることができない。

「有権者から預かった大事なデータ。万が一にも社外に漏れたら、信用は地に墜《お》ちるわ」

五島が頷いた。いやいや始めた選挙の情勢取材だったが、早稲田の地場スーパー前では、個人情報の扱いに慎重な老人がいた。逆の立場になれば、わかりやすい。隣にいる五島とは同期で、気心が知れているが、互いの政治信条について話し合ったことはない。

投票日前に極めてプライベートな事柄を、大勢の有権者から吸い上げるのが情勢取材だ。本社の選挙報道センターの情報管理が厳重なのは言うまでもない。

「なにか質問はありますか?」

政治部の筆頭デスクが資料を机に置き、応援部隊の記者たちを見回したときだった。デスクの背後にある通用口のドアが開き、眉根を寄せた男が入ってきた。

「中杉さんだ」

五島が小声で言ったあと、片山は改めて総責任者の顔を見た。中杉は筆頭デスクに軽く頭を下げたあと、マイクを受け取り、応援部隊の記者たちを見回した。

「重大な情報を入手しました」

いきなり中杉がマイクを通して告げた。

「なんなの？」

片山が小声で言うと、五島が肩をすくめた。他の記者たちも同様で、報道センターに低いどよめきが起こった。

「あと三分で、世間が仰天するニュースが流れます」

もう一度、中杉が低い声で言った。そして机の上にあるパソコンに近づくと、マイクを置き、素早くキーボードを叩いた。

「どういうこと？」

五島が眉根を寄せた。

「こちらをご覧ください」

投開票日当日、全国各地の記者からデータが集まる。過去の投票動向や期日前投票のデータを元に、AIが算出した予測を加味してゼロ打ちや当確情報を打つことになる。あと三日後にこのホールの誰もが見つめることになる大型スクリーンを中杉が指した。

「なんで新時代《しんじだい》なの？」

片山は首を傾げた。一同の視線の先には、老舗《しにせ》出版社の言論構想社《げんろんこうそう》、新時代オンラインのホームページが表示されている。右上には、一三時五七分の表示がある。

週刊新時代は、政治家や著名芸能人のスキャンダルを忖度《そんたく》なしで報じることで知られ、出版不況が長期化する中、ここ数年で幾度も完売を経験した週刊誌だ。さらに、紙媒体だけでなく近年はネット戦略を重視し、紙よりも一日早く読めるネット優先会員を集め、成功している。中杉が言うあと三分とは、ネット版の有料会員向けの新記事更新の時間を指している。

片山が首を振った直後、中杉が記者たちの方に体を向け、口を開いた。

「まもなく投開票日ですが、今回、NHRは選挙報道で墓穴を掘りました。速報は大和新聞の独り勝ちとなります」

いつものように中杉の声には抑揚がない。

「ご苦労様です」

中杉がマイクを放し、頭を下げた。目を凝らすと、中杉の横に大和新聞の社長、そして編集局長が現れた。

「偉いさんが揃《そろ》いも揃って、なにやる気だ?」

五島が声を潜めたとき、社長がマイクを握り、一同を見渡した。

「お疲れ様。NHRが大失態をしでかしました。これで大和が選挙報道、ゼロ打ちでNHRを圧倒すれば、弊社ネット版の契約者数も激増することになります」

元政治部長で、編集局長を経た社長は、顔を紅潮させている。

「選挙結果は、地方の利害関係に直結します。政治家を支援した企業は見返りを求め、政治家はいち早く支援者や団体に礼を言える、これが速報の持つ一番大きな意味合いです」

ネット戦略を強化し部数減を補うという大義名分は経営に疎い片山も理解していた。だが、ここまで会社のトップが露骨な言葉を使うとは思わなかった。

「選挙は綺麗事《きれいごと》ではありません。代議士は選挙に負けたら職を失《な》くし、支援企業や団体は仕事や利権を失ってしまう。選挙は地域の利害関係をシャッフルする力を持っている。だからこそ我々マスコミはその結果を速報する」

万が一、今の発言が他社に漏れたら、面白おかしく書かれてしまう。いや、公共性の高い選挙報道を、露骨に金儲《かねもう》けにつなげる行為だと糾弾される。

「週刊誌がネット配信を強化し、有料会員がスクープ記事をいち早く読めるようになって購読者数が増加しているのと同じで、新聞も総力を上げてネット版を強化する。皆さんは、その記念すべき第一回の功労者です」

社長はそう言うと、集まった記者たちに頭を下げた。

「まもなく午後二時です」

社長からマイクを受け取った中杉が大きなスクリーンを指した。その直後、新時代オンラインのページが切り替わった。

片山が目を向けた瞬間、〈Ｎｅｗ！〉の文字が激しく点滅した。そのあと、週刊新時代のネット版が大写しとなった。

〈独占スクープ！　ＮＨＲと民政党の選挙報道癒着、全部暴く！〉

見出しが大きく表示されたあと、今度はリードがスクリーンに映った。

〈報道は中立公正が大原則だが、総選挙の終盤になって、ＮＨＲは膨大な予算と圧倒的なマンパワーを駆使して得た期日前投票の出口調査や不在者投票のデータを頻繁に民政党幹部に耳打ちしていた……〉

隣席で五島が唸った。

〈ＮＨＲは受信料収入のほか、国会で予算を承認してもらうという一大事業があるため、国会対策専門の政治部記者のほか、担当幹部がいる。今回、新時代取材チームは、ＮＨＲが集めたデータを民政党に横流しし、来《きた》るデジタル配信事業に関して与党政務調査会にて有利な調整を……〉

記者たちのどよめきが起き始めた。スクリーンの前に集まる記者が増えたため、片山は自分のスマホを取り出し、新時代のサイトを表示した。

〈報道にのみ使うという大義名分のもと、膨大な数の有権者から事前に集められたアンケート、投票動向が与党に筒抜けになっていたのは、国民の大切な権利、民主主義の根幹を成す選挙を冒瀆《ぼうとく》する行為であることは間違いない……〉

匿名性と情報管理の徹底を担保に、足を棒のようにしてデータを集めた。協力してくれた有権者は、選挙報道という公正さが前提にあるから答えてくれた。

公共放送は大和のような民間会社ではない。受信料、国会対策というNHRなりの事情はあろう。だが、やって良い事と悪い事がある。仮にも報道機関なのだ。

「ひでえな……」

左隣で五島が呟《つぶや》いたとき、その横を知った顔の男が通り過ぎようとした。とっさに片山は肩をつかんだ。

「宮木《みやき》さん、どういうこと？　これって本当なの？」

政治部の宮木記者が驚いた顔で立ち止まった。

「ちょっと、こっちへ……」

大半の記者たちがスクリーンの前に集まる中で、片山は宮木のジャケットの肘《ひじ》を引っ張り、選挙報道センターの隅へ誘導した。宮木が後ろの一団を振り返り、声を潜めた。

「あまり大きな声じゃ言えませんけど、ウチも含めて大手と呼ばれるメディアは多かれ少なかれ同じようなことをやっていました」

「過去形？　それとも私が集めたデータも同じように与党の政治家に耳打ちされていた？」

宮木が慌てて首を振った。

「今回、中杉さんが責任者になって、政治部の記者全員が集められ、絶対にやるなと指示されました。もちろん、社長も知っています」

「社長はかつて政治部の名記者だったわよね。同じことをやっていた？」

片山の問いに、宮木が眉根を寄せた。

「政治記者は、政治家の懐に飛び込んでナンボです。個人によって、彼らに近づくにはそれぞれやり方があります」

宮木が言葉尻《じり》を濁した。だから政治記者は信用できない、そう言いかけて片山は口を噤《つぐ》んだ。社会部の先輩でも、地検幹部に食い込むため、検事の家族に付け届けするような人もいた。社会部も偉そうなことは言えない。

「中杉さんもNHRの政治部出身。社長と知り合いだったの？」

「社長は田巻《たまき》元首相の派閥、水曜クラブを長く担当していました。中杉さんもその縁でウチへ。おそらく、永田町の悪《あ》しき慣習を嫌っていたのかと思います」

「政治部って、昔は派閥担当記者同士がつるんで、同じ社の記者でも他の派閥は敵だって聞いたことがあるけど」

「今は派閥の力が弱まっているので、違いますけど……社長や中杉さんの頃はそういう慣習があったかもしれません」

バツが悪いのだろう。宮木が口を真一文字に結んだ。

「まあ、いいわ。今回ウチは絶対にデータの横流しはしていないわけね」

「番をやっている政治家のほか、派閥の秘書などから尋ねられましたが、全て断っています」

宮木の言葉を聞き、片山はもう一度、スクリーンに目をやった。記事のリードのほか、本文記事も表示されている。

「まさか、今回のこの新時代の報道……リークしたのは、中杉さんなの？」

すると、宮木の顔に困惑の色が浮かんだ。宮木は真実を知らない。いや、知らされていないのだ。

「ここまでやる？」

スクリーンの方向から、若い男性記者の声が聞こえた。慌てて片山は声の方向に目を向けた。

〈決定的証拠！　音声データ公開〉

新時代オンラインの記事が映るスクリーンに、音声ファイルが表示された。スクリーン脇《わき》のデスクで、中杉が再生ボタンを押した。

〈東京一区は大激戦、八区も同様です〉

〈そうか、どちらも勝ってもらわないと困るんだよ〉

最初の声は男性で、トーンの高い掠《かす》れ声だ。あとから流れた低い声は、片山も聞き覚えのあるもので、頭の中に顔が浮かんだ。与党民政党幹事長、烏山《からすやま》だった。

音声ファイルの再生と同時に、スクリーンにはテロップが表示された。掠れ声の主はNHRの前政治部長・小沼《こぬま》理事だという。さらにテロップは続く。

〈この音声はNHRと与党の癒着を告発したいと考えた政界関係者からのデータ提供〉

録音場所はどこなのか。永田町の民政党本部、あるいは烏山幹事長の個人事務所か。いずれにせよ、NHR、民政党のどちらかにスパイがいたことになる。片山が腕を組んでスクリーンを睨んでいると、画面が切り替わった。

〈NHRが烏山幹事長に提供した期日前投票のデータ、それに事前取材の全国版は以下の通り〉

〈新時代編集部は、NHRと烏山幹事長に対し、このデータが本物なのか、また、どちらが持ちかけ

たのか、そしてこのような癒着がいつから続いているのか質問書を送付したが、期限内に回答はなかった〉

ＮＨＲの理事と与党の幹事長が水面下で会っていても、取材の一環だと言われたらそれまでだ。だが、新時代は漏洩《ろうえい》したデータ、そして二人の音声までも公開した。

「以上が新時代のスクープの概要です」

マイクを握り直した中杉が告げ、画面を切り替えた。すると、スクリーンに世界最大手のＳＮＳ、Ｚの画面が現れた。

「トレンド急上昇ワードに面白いものが出ていますね」

片山はスクリーンを注視した。

〈癒着〉

〈選挙報道データを与党に横流し〉

〈ＮＨＲ、盛大にやらかした〉

〈期日前投票の結果、漏らされたかも〉

民政党とＮＨＲを非難する投稿が続々と現れた。

「世間の反応はビビッドですね」

相変わらず、抑揚のない声で中杉が言った。

「みなさんご存じのように、この部屋にいる担当記者、データ処理係の中で、事前に取材で得たデータに触れるのは私、局長、政治部長とシステム関係者の二名だけです。もちろん、政党関係者に耳打ちするような行為は絶対にありません」

片山は中杉の顔を睨んだ。

「今回の新時代報道により、NHRの信頼は失墜しました。絶対に選挙報道でNHRを圧倒し、選挙といえば大和新聞、そう有権者に印象づけましょう」

中杉が淡々と告げる。

「あと三日間、全力で取材してください。以上です」

中杉がマイクを机に置き、社長に頭を下げた。

片山は横にいた宮木に言った。

「中杉さんは、これがやりたくて、ウチに転職したの？」

「そういう思惑があったとしたら、新時代にリークするよう謀ったのは中杉さんかもしれませんね」

マイクを置いた中杉は、淡々とノートパソコンの画面を見ていた。古巣に対する恨みはどれほどなのか。片山は中杉を睨み続けた。

6

中村が政策ビラを片付けていると、事務所のスタッフたちが騒ぎ始めた。

部屋の中央にいるベテラン女性スタッフの傍らに行くと、スマホを見ている。彼女を中心に五人が人垣を作っていた。

「なにかありましたか？」

「また新時代がスクープよ」

「アイドルの不倫ネタですか？」

中村が軽口を叩くも、スタッフたちの真剣さがいつもと違う。中村は、スタッフたちの肩越しに画面を覗き見た。

〈ＮＨＲと民政党が癒着！　選挙データ意図的に流出〉

新時代オンラインの記事が大手ネットニュースに転載されたようで、簡略化された見出しが見えた。

中村は顔をしかめた。中村は作業していたテーブルに戻り、ノートパソコンを開いた。新時代のサイトを開く。政治絡みのスクープが多いことから、新時代オンラインのネット会員に登録済みで、雑誌よりも一日早く読める。

早速〈Ｎｅｗ！〉の文字がついた記事が画面に表示された。ＮＨＲの幹部が民政党の烏山幹事長に期日前投票や最新の情勢取材のデータを漏らしていた、という内容だ。

「新時代の記事って、本当ですか？」

いつの間にか、傍らに関が立っていた。中村は渋々頷いた。

「インチキじゃないですか！」

存外に関の声が大きかった。中村は手元の画面を切り替えた。湖月会から送られてきた情勢分析のファイルを開く。

「直接見聞きしたわけじゃないけど、多分本当だと思う」

中村は画面を指したあと、関を見上げた。

「派閥の情勢分析はもちろん事務方が地道にヒアリングや足を使って調べているけど、不在者投票や期日前投票の出口調査までは手が回らない。だから、膨大なマンパワーを有するＮＨＲのデータを吸い上げている、そんな話を聞いた。おそらく事実だろうね」

中村が告げると、関が大きなため息を吐いた。

実際、中村は永田町の党本部でＮＨＲの政治部長や理事が裏口から幹事長室に入っていく姿を見たことは何度もある。先輩秘書に聞くと、国会での予算承認という人質があるので、あえてＮＨＲが根回しの意味でデータを提供していると聞いた。その旨を話すと、関の表情が曇った。

「そんな話は大学で習っていません。マスコミ志望のゼミに入っていますけど、はっきり言って幻滅しました」

「世間に出れば、何事も裏表があるんだよ」

中村は関をなだめた。

「僕が銀行員だった時代も同じようなことがあった」

中村は、支店長が独断で無理筋の融資を通し、後任の支店長が対応に苦慮したことを、軽口を交えて話した。

「大人の世界って、そんなことがあるんですか?」

「綺麗事だけでは済まないからね。それより……」

中村はパソコンの画面を新時代オンラインからSNS大手Zへと切り替えた。トレンド急上昇ワードの欄を見ると、NHRを強く非難する投稿が急増していた。

〈NHR、最低じゃん!〉

〈国会対策とはいえ、そこまでする?〉

〈もう受信料、絶対に払わない!〉

〈選挙速報って、何なの?〉

〈金輪際、出口調査とか協力しないし〉

ネット上の反応はNHRへの批判が大半だった。中村は密《ひそ》かに胸を撫《な》で下ろす。

「世間はNHRがこんなことするなんて、絶対に思っていなかったよね」

「マスコミ志望、考え直します。もし、私がNHRの記者で、こんな業務を仰せつかったら、絶対に辞表出します」

「そうだよね」

ため息を堪《こら》えながら、ネット上をさらに探す。

〈民政党もNHR抱き込むほど苦戦なのか？〉

〈民政党も最低〉

NHRに対する投稿と比較すると、思いのほか、ネガティブなコメントは少ない。

「ただいま！」

大きな声とともに、若宮が事務所に戻ってきた。Tシャツが汗で濡《ぬ》れている。

「若宮先生、とりあえず着替えを」

若宮の背後にいた神津が声をかけた。

「なにかあったの？」

事務所の中心に人垣ができているのに気づき、若宮が言った。

「新時代オンラインに刺激的な記事が掲載されました。詳細はまた追って。とりあえず、お着替えになってください」

中村は事務所の隅にあるドアを指した。トイレと簡単なロッカールームがある。

「先生、どうぞ」

神津が若宮を促したとき、中村は立ち上がった。

「神津さん、ちょっと」

自分でも声のトーンが下がっているのがわかった。

「私ですか？」

神津が振り向き、中村を見た。ゆっくりと頷いたあと、中村はノートパソコンのある席を指した。

神津がハンカチで額の汗を拭《ぬぐ》いながら、歩み寄った。

「なんでしょうか?」

「ちょっと待ってください」

中村は席に腰を下ろし、パソコンの画面を切り替えた。選挙資金収支報告書向けのファイル、そして神津が作った収支の表計算ソフトを二分割して並べた。

「この寄付の一覧、そして、東京西部銀行の件です」

「どういうことでしょうか?」

神津が首を傾げた。口元は醜く歪み、気味の悪い笑みが浮かんでいる。

「選挙後、私は新任の秘書に業務を引き継ぐ必要があります。その際、収支の一切合切を説明せねばなりません」

「ご苦労さまです」

神津が軽口を叩いた。

「ごまかすな!」

中村は拳《こぶし》を机に叩きつけた。

「何かの間違いでは?」

神津が肩をすくめた。

「もう、いい加減にしてくれ」

中村は神津を睨んだ。選挙の終盤に差し掛かり、民政党とNHRを揺るがすスキャンダルが噴出した。現状、批判の矛先はNHRに向いているが、いつ民政党が非難の的になるか、不安は拭いきれない。そんな最中、若宮事務所に秘書である中村の与《あず》り知らない巨額の寄付金が入っていた。しかも引っ張ってきた神津の態度がおかしい。苛立《いらだ》ちを抑えられない。

「選挙資金はクリーンに処理するのが秘書の仕事。なぜ私に黙ってたくさんの金を？」

「いずれ説明しようと思っていたところですよ」

「あのさぁ」

中村が一歩踏み出したときだった。

「あっ！」

突然、関が素《す》っ頓狂《とんきょう》な声を上げた。関の方向を見ると、壁にある液晶テレビを指している。

「ＮＨＲが緊急で記者会見するそうです」

関が言った直後、中村の隣で神津が再び口元を歪め、笑った。

## 7

大手町から地下鉄東西線に乗り、片山はスマホでニュース動画を見続けた。

ＮＨＲは事の重大さに鑑み、新時代オンラインが記事をリリースしてから三時間後に記者会見を開いた。通常の放送記者会限定ではなく、フリー記者やネットメディアにも開放するフルオープンとした。片山はネット中継に定評のあるＩＴ企業のサイトで生中継をチェックした。

〈当連盟の理事が一部政党幹部に対して期日前投票の出口調査のデータを漏らしていたことは事実であり、誠に遺憾《いかん》であります。全国の有権者、そして視聴者、国民の皆様に対して深く謝罪いたします〉

元官僚で民間電機会社幹部を経てＮＨＲ会長に就任した男性が、フラッシュが焚《た》かれる中、深々と頭を下げた。その後はＮＨＲのコンプライアンス担当理事、そして報道局長らが事の経緯を説明した。

〈当連盟は情報を漏洩した理事を即時更迭《こうてつ》する方針を固めました〉

ＮＨＲで総務畑を歩んできた理事が告げると、会場のあちこちから手が挙がった。

〈いつから意図的な選挙情報のデータ漏洩が行われていたのですか？　歴代の担当者を遡《さかのぼ》って処分する考えはありますか？〉

中央新報の社会部記者が切り込んだ。

〈現在調査中でありまして、詳細な結果が分かり次第、即時開示します〉

コンプラ担当理事が額に浮かんだ汗をハンカチで拭った。

〈ずっと昔から、予算審議円滑化のために選挙情勢を裏で流していたのは、有名な話だと複数のメディア関係者が言及しています。本当ですか？〉

今度は海外紙の外国人記者が流暢《りゅうちょう》な日本語で尋ねた。

〈その辺りについても目下、厳正に調査中です〉

〈総選挙の投開票が三日後に迫っていますが、ＮＨＲの速報に影響はありますか？〉

民放の社会部記者だと名乗った若手が訊《き》いた。選挙速報でＮＨＲとはライバル関係にあるだけに、わざと嫌味な質問をぶつけたようだ。

〈毎回精度を上げて速報しております。今回の一件とは別に、投開票にかかる報道はしっかりやりたいと考えています〉

コンプラ担当理事に代わり、報道局長がバツの悪そうな顔で答えた。

〈すでにＳＮＳ上では出口調査に協力しないとの投稿が急増しています。ＮＨＲとしてのご見解は？〉

新聞系週刊誌の記者がさらに切り込む。

〈国民の信頼を取り戻すべく、正確で公正な報道に努めます〉

〈どの口が公正とか言っているんですか？　すでに受信料支払い拒否に関する運動が激化する予兆すらありますよ〉

週刊誌記者がなおも追い込んだ。

〈まことに申し訳ありません〉

報道局長が肩をすぼめ、頭を下げた。

片山の掌《てのひら》の中で荒れた会見が続く。スマホの画面を見つめていると、中杉の醒め切った横顔と、切れ上がった眦《まなじり》が脳裏をよぎった。

中杉はおそらく古巣に復讐《ふくしゅう》するため、かつて同じ派閥を担当した記者仲間であった大和の社長と手を組んだ。折しも大和は経営改革のため、電子版や付随するサービスを強化中で、選挙速報という目新しいトピックに飛びついた。

大和の社長が中杉を呼んだのか、中杉が擦り寄ったのかは不明だが、両者の利害は一致した。中杉はＮＨＲの幹部がどのような手法で与党幹部に選挙データを横流しするのか熟知していた。だから新時代がネット版で記事を公開する以前に、スキャンダルの存在をいち早く察知し、大和の本社で披露した。いや、中杉が黒子だった可能性さえある。

中杉の自信たっぷりな様子を思えば、今回の一件は復讐だったとみて間違いない。中杉の抱いた恨み、古巣を貶《おとし》めるという願望は、片山が想像できないほどの熱量だった。

イヤホンを外し、会見の中継も止めた。ＮＨＲ、そしてデータを当たり前のように受け取っていた民政党のダメージは甚大だ。

とりわけ、投票日当日のＮＨＲの出口調査に影響が出るのは必至だろう。その分、有権者の大和や他の主要メディアへの協力度が上がれば、中杉の言う通りに大和は速報、即《すなわ》ちゼロ打ちで勝てる可能性がある。

一方で、NHRへの風当たりの強さが、他のメディアにも波及する可能性がある。ネット社会では〈マスゴミ〉とメディアを揶揄《やゆ》する風潮も強い。SNSの発達とともに、メディアの特権は薄まり、一個人が情報発信できるようになって久しい。

片山ら社会部記者が事件事故の取材に行った際、訪問先の人物から写真や動画を撮影され、これをSNSにアップされたことさえある。NHRへの不満や批判の矛先が、投開票日に自分に向けられたら。

片山は首を振った。開票速報でNHRに勝つと訴え、全社一丸となるよう指示したのは社長や、局長だ。そして政治部長と中杉が責任を取るべき事柄なのだ。

〈次は高円寺《こうえんじ》、高円寺〉

スマホをバッグに入れた直後、車内に車掌のアナウンスが流れた。顔を上げると、車両は地上の路線を走っていた。

周囲の客とともに、片山は立ち上がり、出口へ向かった。電車に乗る直前、東京八区の民政党候補事務所に問い合わせすると、本田都議らが駆けつけると言われた。そこには必ず秘書の刈谷も帯同する。投開票日まであと三日だ。選挙に関する仕事は、開票状況を見守るだけとなった。停滞していた三雲議員の事柄について、集中的に調べる。選挙から解放されたら、徹底的に取材するためにも、どうしても刈谷秘書をつかまえて証言を得なければならない。電車の扉が開いた直後、片山は早足で駅のホームを歩いた。

高円寺駅の北口ロータリーに出ると、片山の眼前で黄色いTシャツを来た支援者が三〇人ほど、熱心に拍手を送っていた。支援者たちの先には、白い選挙カーが停車し、その前には石川《いしかわ》候補がいる。

「本日は、民政党都議団の皆さんが駆けつけてくださいました！」

石川候補がマイクを別の男性に渡す。

「東京八区の皆さん、こんにちは！　東京都議会議員の宮前琥太郎《みやまえこたろう》です！」

腹部にたっぷりと脂肪を蓄えた禿頭《とくとう》の男がマイクを通じて声を張り上げた。片山は宮前の背後に目をやった。

本田都議の顔が見えた。その背後には、ここ数日片山を避けてきた、小太りで額に大粒の汗を浮かべた愚直そうな中年男が控える。

以前、事務所のホームページで見た顔だ。宮前が民政党への支持を訴える。

「あと三日、厳しい選挙が続いております。どうか、我々にご支援を！」

最後は石川候補が深々と頭を下げ、街頭演説は終わった。都議の二人、そして石川候補が聴衆に歩み寄り、握手を始めた。地元の商工会や婦人会から動員されたと思《おぼ》しき人たちが、愛想《あいそ》良く政治家らと手を握り合った。本田都議が片山の近くまで歩み寄ってきた。

「どうぞ、石川候補をよろしく！」

都議二人が笑みをたたえて言い、片山の横を通り過ぎた。丸顔の刈谷が続く。

「刈谷さん」

片山は思い切って声をかけた。

「はい？」

「大和新聞の片山です。短時間で結構です。お話をうかがわせてください」

小声で告げた。

「いや、それは……」

刈谷が言い淀《よど》んだとき、都議二人が足を止め、振り返った。

「刈谷、次の予定はどこだ？」

「今度は吉祥寺《きちじようじ》の駅前です」

都議二人は駅前に停《と》めたセダンへと足早に向かった。秘書の刈谷も小走りで追従する。

「なぜ逃げるんですか？」

片山は大きな声で刈谷に言った。不意に足が止まる。振り向いた刈谷は怯《おび》えていた。

「すみません、予定が詰まっていますので」

頭を下げると、刈谷がセダンの助手席に乗り込んだ。

片山は周囲を見回し、空車ランプの点《つ》いているタクシーを停めた。

「前の車を追いかけてください」

タクシーに乗り込むと、片山はフロントガラス越しにセダンを指した。

8

〈今後は取材対象としての政党、政治家に対し、取材する側、報道機関としての矜持《きようじ》を今一度確認して……〉

事務所の壁にある液晶テレビから、NHRの幹部たちの詫びの言葉が流れ続けている。記者会見はすでに一時間経過したが、記者たちの追及は止《や》まない。

関が呆《あき》れたように、NHRと与党の癒着ぶりは有権者を呆れさせ、批判を集めている。両者の爛《ただ》れた関係を中村ら代議士秘書たちは半ば当たり前のように感じていただけに、会見が長引くほど、自分たちまで怒られているような錯覚に陥る。

「ここまで酷《ひど》いことしていたなんて」

「そうよねぇ、報道のためと思うから投票先を教えてきたのに」

事務所の中年女性のスタッフたちが顔をしかめている。中村は手元のノートパソコンに目をやった。ちょうどメールが入った。送り主は湖月会の事務局だった。

〈緊急でネット上の有権者の意識調査を実施〉

タイトルを見て、すぐにメールを開けた。

〈我が党よりもNHRのダメージが大きい〉

メッセージの冒頭に、短く調査のキモが記してあった。新時代オンラインがスクープを放って以降、中村がネット上を調べて感じたこととほぼ同じ内容だった。中村は胸を撫で下ろした。

政治は綺麗事だけでは済まない。公明正大とはいかなくても、領収書が不要な寄付をプールすることだって大事だ。その後スタッフの飲食費として使い、ときに慰労会の原資に充てることもある。

幸い、今回の騒動を通じて若宮を揶揄するようなネットの書き込みは皆無だった。事務所に抗議の電話を入れる有権者もいなかった。選挙戦の残りはあと三日。自分の役目は若宮を勝たせ、国会に送り込むことだけだ。そのためには、後ろを向いている暇などない。手元のパソコンの画面を切り替え、表計算ソフトを目の前に映した。

目下の課題は、中村が与り知らない不透明な寄付金の存在だ。神津は事務所の隅で、腕組みをしながらテレビの会見を睨んでいる。

「神津さん……」

中村が呼びかけた途端、神津がスマホを手に取った。眉根を寄せ、画面を睨む。その顔が思い切り険しい。

「はい、少し待ってください」

神津は掌でスマホを覆うと、早足で事務所の外へ向かった。中村も密かに後に続く。事務所の扉を静かに開け、首を左右に振る。階下へ続く方向に神津の姿はない。上へ顔を向けると、かすかに声が聞こえる。

神津は四階につながる踊り場にいる。中村は足音を抑え、ゆっくりと階段の手すりにつかまり、耳を傾けた。

「本当ですか？」

神津の声が上ずっていた。丁寧な言葉遣いだ。本田事務所の先輩秘書、あるいは都議本人かもしれない。

「片山に圧力かける方法はありませんか？」

神津が言い放った名前に、中村は肩を強張《こわば》らせた。中村と神津が知る片山という人物は一人しかいない。大和の記者で、その片山は神津を探していた。二人の間になにがあったのか。体を屈《かが》め、中村は聞き耳を立て続ける。

「カリヤは当面、自宅待機ということで」

突然、知らない人物の名前が聞こえた。

「すでに関係者全員に根回しが済んでいます」

神津は声のトーンを落とし、言葉を継いだ。

「ホトケはすでにお骨になっています」

ホトケとお骨、つまり誰かが死んだということだ。

「万に一つもバレることはありません」

神津の電話の相手は誰なのか。いずれにせよ、誰かが死に、すでに荼毘《だび》に付されたことはわかる。〈根回しが済んでいる〉とはなにか。誰かが死んだが、そこには問題があった。その事実を追っているのが片山だとしたら。

「また連絡します」

電話が終わりそうな気配だったので、中村はすばやく階段を降り、事務所に戻った。額に汗が浮かんだ。カリヤという人物は誰で、なぜ片山が周囲を嗅《か》ぎ回っているのか。

中村はキーボードに手を添え、検索欄に〈カリヤ〉と打ち込んだ。

カリヤという先ほど聞いた名前を前に、スペースキーを押す。〈カリヤ〉、〈刈谷〉、〈苅谷〉、〈雁屋〉、〈狩谷〉……人の苗字《みようじ》がいくつも表示された。

だが、中村に思い当たる人物はいない。いや、神津の口からカリヤという名が出てきたのは初めてだ。

「神津さん、この会見ちゃんと聞いた方がいいわよ！」

いつの間にか神津が事務所に戻り、テレビの前にいた。中年女性スタッフたちに囲まれ、居心地の悪そうな顔をしている。もう一度、キーボードに指を置く。深呼吸をしたのち、中村は本田都議のホームページをチェックした。

〈東京をもっと輝ける街に！〉

背広姿の本田、そして歌舞伎町を高層ビルから俯瞰《ふかん》した写真が現れた。画面を慎重にスクロールする。

歌舞伎町を警官とともにパトロールする本田議員の写真、古い住宅街の公園を整備した実績、買い物弱者とされる団地の老人たちに食料品を届ける本田……都議らしく、地域と生活に密着した政治活動の様子が掲載されていた。

〈本田のブログ〉

活動報告の項目の横に、バナーがあった。中村は黄色い帯をクリックする。

〈最新ニュース〉

一番上に、新たな記事が掲載されていた。新宿区内の保育園見学に関する記事だ。

〈新任刈谷秘書の紹介で、待機児童対策に注力する区役所と連携する方策がないか検討中〉

短い記事内の写真には園児たちと遊ぶ議員、その横に丸顔で人の良さそうな秘書が写っており、刈谷とのキャプションがある。

刈谷、カリヤ……先ほど神津が話していた人物は、本田議員の秘書の刈谷のことだろう。中村は〈刈谷　都議秘書〉で検索をかけた。だが、この保育園関係の話題以外、思うようなデータが出てこない。中村は先ほどのブログの中の〈新任〉という言葉に反応した。本田は湖月会に所属している。それなら事務局になんらかのデータがあるのではないか。パソコン脇の固定電話、受話器を取り上げると、中村は諳《そら》んじていた番号を押した。

「若宮事務所の中村です」

事務局スタッフに告げたあと、応援してもらっている本田都議に選挙後、礼をしたい旨を告げた。

〈それは大事なことですね〉

電話口の男性スタッフは優しい声音で言った。中村は秘書の中で、刈谷に取り次いでもらいたい旨を告げたあと、尋ねた。

「本田先生のところにいらっしゃる刈谷さんは、今までどちらにいらした方ですか？」

〈少しお待ちください〉

電話口でページを繰る音が聞こえた。

〈三雲さんの秘書を長年務めていた方ですね〉

「三雲さんとは？」

〈つい最近、心筋梗塞《しんきんこうそく》で亡くなられたベテラン都議です〉

中村は礼を言って受話器を置いた。もう一度、数分前の神津の行動を振り返る。

〈万に一つもバレることはありません〉

神津の言った物騒な言葉が耳の奥に反響した。中村はスマホを取り出し、アドレス帳を開いた。片山の欄を探し出す。片山の名前の横には社会部遊軍とある。

普段は社会部の記者であり、選挙取材はあくまで応援だと言った。であれば、選挙後は本来の仕事に戻る。中村はスマホを置き、腕を組んだ。亡くなった三雲の死に疑念があり、その真相を片山が追っているのではないか。

神津はどう関係するのか。若宮が当選したあと、自分は後藤議員のもとへ帰る。だが、三雲の死、そして本田議員が今回の選挙になんらかの形で絡んでいるとしたら。片山はなにを調べ、どんなことを考えているのか。

片山が何らかの記事を出し、万が一、当選した若宮に悪影響が及んだらどうするか。中村は再びスマホを手に取り、片山の連絡先を睨んだ。

# 9

高円寺からタクシーを飛ばし、刈谷を吉祥寺まで追いかけた。だが、高円寺駅前と同様、本田都議と刈谷は頑《かたく》なに接触を拒んだ。目を合わせまいと刈谷は顔を背け、そして本田議員は露骨に顔をしかめ、片山を睨んだ。

吉祥寺から中央線に乗り、新宿駅まで戻った。東口に通じる通路を歩いていると、スマホに電話が入った。画面には見覚えのない携帯の番号がある。通路の端に寄り、通話ボタンに触れた。

〈あの……片山さん〉

低くくぐもった声だった。

〈若宮事務所の中村です〉

「どうかされました？」

〈少しお時間をいただけませんか？〉

「もちろんです。中身はなんでしょうか？」

〈少しご相談というか……事務所では話しにくいことでして〉

「わかりました。夜でも大丈夫ですか？」

〈はい、ご指定の場所にうかがいます〉

片山は人目に付きにくい店の名前と場所を伝え、電話を切った。

中村の声はどこか上ずっていた。選挙戦も最終盤に差し掛かり、若宮になにか問題でも起こったのか。片山はスマホを見つめ、首を傾げた。

「もう一杯、赤をください」

「ジンファンデルとシラー、どちらがよろしいですか？」

新宿区の牛込柳町《うしごめやなぎちょう》、都心を南北に貫く外苑東《がいえんひがし》通り沿いのマンションの一階、小さなワインバルで片山は濃い目のブルーチーズをあてに、二杯目のワインをオーダーした。

カウンター席の隅から、テーブル席の向こう側にあるガラス戸を見た。時刻は午後一〇時一五分、約束の時間から一五分経過した。

「お待ち合わせですよね？」

カウンターの中から若い女性シェフが尋ねた。

「ええ、少し遅れているみたい。もう少しいても大丈夫？」

「今日は早めにピークが過ぎたので、平気ですよ」

二年前に見つけた小さなバルは、女性シェフが一人で切り盛りしている。サラダや魚介、肉料理を少量ずつ出してくれるので月に二、三度訪れるようになった。騒がしい客は皆無で、神楽坂《かぐらざか》の外れの住宅街から一人、あるいは二人連れの客が訪れ、静かにワインを呑《の》んで帰る普段使いの店だ。片山は約束の時間の三〇分前に入店し、愛知県産の赤身牛のソテー、野菜のパスタをオーダーし、平らげた。

「いらっしゃったみたいですよ」

注《つ》がれたばかりのシラーのグラスを口にしたとき、女性シェフが通りに面したドアを見た。スマホと周囲を見比べる男が立っていた。片山は自分のグラスを空いていた小さなテーブル席に移動させ、店の入り口に向かった。

「迷われましたか？」

ドアを開け、中村に尋ねた。

「いえ、電話対応があって遅くなりました。すみません」

「とりあえずの生ビールでよろしいですか？」

片山が尋ねると、中村が頷《うなず》いた。片山はシェフにビールを注文すると小さなテーブル席に中村を案内した。

「ひとまず、お疲れ様でした」

片山がグラスを上げると、運ばれたばかりのビアタンブラーを中村も持ち上げた。中村は事務所で弁当を食べたというので、片山はチーズやピクルスを追加した。

「それで、どうされました？」

片山は周囲を見回し、言った。カウンター席では品の良い老夫婦がワインを楽しんでいて、こちらには全く関心がない。

「亡くなった三雲都議のことを調べていらっしゃいますか？」

突然、中村が言った。唐突で戸惑った。中村はどんな思いで話を切り出したのか。

「ええ、少しだけ」

片山は曖昧《あいまい》に答えた。

「以前、神津に連絡を取られたのはその件ですか？」

「あの、どういうことですか？」

片山は中村を見た。

「秘書だった刈谷氏のことも調べていらっしゃるんですよね？」

「なぜ刈谷氏のことを？」

「事務所で神津が誰かと電話で話していたからです」

片山は掌で口元を覆った。中村によれば、神津が人目を避け、片山のこと、そして刈谷を自宅待機させるなどと話していたのだという。

「それで私に……」

中村が頷いた。中村は神津に不審感を抱くと同時に、三雲の死、そして刈谷というキーマンが片山につながると判断し、連絡してくれたのだ。

「亡くなった三雲議員は人から恨みを買うような人ではありませんでした。病死だったら世間はその人柄を偲《しの》んでいたむ、それだけです。しかし、彼の人となりを教えてと言っただけなのに、刈谷氏は私に会おうとしない」

恐らく、神津があえて会わせようとしなかった。そして実際に高円寺、吉祥寺で追いかけても逃げられたのだと中村に明かした。

「三雲議員は病死ではなく、誰かに殺されたのではないかと考え、取材してきました」

「やはり、そうでしたか」

中村が顔をしかめ、ビールを一口飲んだ。

「なにか心当たりでも？」

中村はグラスを睨んでいる。眉根が寄り、言葉を選んでいる様子だ。

「神津です。彼の言動が少しおかしいと感じておりまして」

絞り出すように中村が言った。

「お話しください」

「まずはお金です。このところ、彼がやたらとお金について話してくる、しかも不透明な金もあるのです」

「どういうことですか？」

「選挙余剰金をご存じですか？」

「いえ」

初めて聞く単語だった。

「選挙の金銭面での収支で、余ったお金のことです。寄付金など収入と、公費で負担されるものやスタッフの食事代、人件費など支出のプラマイを計算します。当然、余剰が出たら若宮候補の政治団体に入金して、世間に対してガラス張りにします」

「神津さんがお金に執着しているのは、お金が足りないからですか？」

「収支は大幅にプラスです」

選挙と金の話は正直なところよくわからない。だが、なぜ神津は金のことを言い出しているのか。政治とカネの問題はいつもメディアを騒がせる。その多くは、有権者や支援者への不当な支出、それに資金集めパーティーの報告漏れの類《たぐ》いだと思っていた。

「どうして神津さんはお金に関心を？」

「わかりません。今までそんなことを言うことはなかったので」

中村は奥歯に物が挟まったような言い振りだ。

「まだなにかあるんじゃありませんか？　そうでなければわざわざ記者を呼び出したりしませんよね？」

「先ほど片山さんに連絡する直前のことでした」

中村は息を吸い込み、話し始めた。

〈片山に圧力かける方法はありませんか？〉

〈刈谷は当面、自宅待機ということで〉

〈すでに関係者全員に根回しが済んでいます〉

〈ホトケはすでにお骨になっています〉

中村は瞬《まばた》きもせず、神津の言葉を一気に告げた。

「三雲議員の他殺に関係していると直感しました。私からだとは内緒にしてください」

そう言った直後、中村がスマホの画面を片山に向けた。

〈刈谷　本田浩三《こうぞう》事務所秘書　携帯番号、住所……〉

片山は目を見開いた。

「ありがとうございます」

「選挙が終われば元の場所に帰ります。その前に、責任を持って後任に仕事を引き継ぎたい、それだけです」

「わかりました。共闘ですね」

片山がグラスを目の高さに上げると、中村もビアタンブラーを持ち上げた。

10

ワインバルで中村と別れ、外苑東通りでタクシーを拾った。中村から提供されたデータによれば、刈谷は近隣に住んでいた。

〈新宿区山吹町《やまぶきちょう》……〉

タクシーに乗り込むなり、片山は運転手に住所を伝え、ナビの誘導で目的地を目指した。山吹町は神楽坂の近くで、牛込柳町から徒歩で一五分ほどの距離だ。歩けないことはないが、気が急《せ》いた。

天神町《てんじんちょう》の三叉路《さんさろ》をタクシーが左折し、江戸川橋《えどがわばし》方面へと進む。刈谷は在宅中か。中村が聞いた神津の会話によれば、片山を避けるため刈谷は自宅待機を命じられている可能性が高い。

腕時計を見た。時刻は午後一一時になったところだ。夜回りの時間としては遅いが、何度も面会を拒否された直後だけに、どうしても話がしたい。

「住所の近くに来ました。あとは一方通行が続くので、この辺りでよろしいですか?」

片山が考え込んでいると、運転手が路肩に車を停めた。

「ありがとうございました」

「この一方通行を二〇メートルほど進み、右に曲がったところがご指定の住所です」

ナビの画面を拡大表示させ、運転手が言った。

片山は降車し、人通りの少ない小路を進んだ。乏しい街灯の中、じっと目を凝らす。周囲は古い製本工場のほか、印刷工場が立ち並ぶ下町風情の濃い一角だ。

スマホのメモを頼りに、刈谷の住む賃貸マンションを探し続ける。運転手の指示通り、二〇メートルほど進み、右に曲がった。車一台がようやく通れるかどうかの小路だ。すると、印刷工場の名がペイントされたフォークリフトの背後に、目的の番地表示のプレートが見えた。

一階は印刷工場の事務所で、二階から上が住居用となっている。片山は古びた外階段を上り、四階へ着いた。細い通路の一番奥にある角部屋へ進む。刈谷が住む四〇二号室だ。

灯《あか》りは点いている。微《かす》かにテレビニュースの音声が漏れ聞こえる。思い切って呼び鈴を鳴らすと、重い足音が響いたあと、ドアが開いた。

「どなた?」

ゆっくりと扉が開き、丸顔の男が言った。高円寺、吉祥寺と片山を避け続けた刈谷に間違いなかった。刈谷はTシャツと短パン姿だ。

「大和の片山です。夜分にすみません」

「ちょっと、困ります」

刈谷が慌ててドアを内側に引いた。片山は右足をドアの隙間《すきま》に挟み、抵抗する。

「なぜ逃げるんですか？」

刈谷がさらにドアを引く手に力を込める。ドアがパンプスに食い込む。革越しに足が歪み、鈍い痛みが走った。

「帰ってください！」

刈谷が怒声をあげた。なおも刈谷はドアを引く。右足の痛みが増す。

「帰りません！　少しの時間で結構です。お話を！」

片山は痛みに耐えかね、悲鳴を上げた。すると、刈谷がドアを引く手を止めた。痛みが酷く、片山はその場に座り込んだ。

「大丈夫ですか？」

下唇を噛みながら、片山は顔を上げた。

「すみません……」

刈谷が頭を下げた。

「三雲都議について教えてください」

低い声で告げる。薄明かりの中、刈谷が口を真一文字に閉じるのがわかった。

「嘱託医、警察ともに三雲さんは病死されたと発表しました。でも、私は他殺だと考えています。刈谷さんのご見解は？」

片山の問いかけに、刈谷が強く首を振った。

「なぜ答えてくださらないのですか？」

「話したら、また人が死ぬ」

「またとは……あなたも三雲さんが殺されたと考えているんですね？」

片山は痛みを堪えながら立ち上がった。目の前に刈谷が呆然《ぼうぜん》と立ち尽くしている。

「三雲さんが殺されたとしたら、一番無念に感じているのは刈谷さんのはずです」

刈谷が両肩を強張らせ、拳を握った。

「なぜ話してくれないんですか？　私は三雲議員の無念を晴らすための記事を書き、犯人を告発します！」

下腹に力を込め、言った。

「真相を話したら、私も殺される」

刈谷の両腕が小刻みに震え出した。

「なにがあったんですか？　三雲さんは捜査二課に狙《ねら》われるような人じゃなかった！」

「違う……」

歯を食いしばり、刈谷が強く首を振る。

「奥様にも会いました。寄付に対する感謝状もたくさん拝見しました。三雲さんは贈収賄から一番遠い人です」

もう一度、刈谷が首を振った。

「違う。二課に話をしたのは三雲先生だ」

「えっ……」

片山は言葉を失った。同時に警視庁の八田の顔が浮かんだ。三雲の不審死、ピンク歯、そして捜査二課というキーワードを教えてくれたのが八田だった。ピンク歯、二課についてはそれぞれ調べてきたが、三雲の死に直結する証拠も情報も得られていない。片山が取材して得た状況証拠にすぎなかった。

だがたった今、長年三雲と行動を共にしてきた刈谷が重要なことを告げた。

「三雲さんが二課に？　どういう意味ですか？」

「だから、その中身を教えたら、私も殺される」

「誰が三雲さんを殺したの？」

「わからない」

刈谷が視線を外した。今までの頑なな拒否とは違う反応だ。

「いずれ、真相がわかるときがくる」

刈谷が目を戻して片山を直視し、言った。

「どういう意味ですか？」

「今は答えられないが、必ず」

再度、刈谷が下を向いた。なにかを伝えたい、そう思わせる言い振りだ。ならば、刈谷に手の内を見せるしかない。

「ちょっと、待ってください」

片山は慌ててショルダーバッグに手を入れ、スマホを取り出した。震える指で画面をタップする。

「これを見てください」

三鷹の田嶋《たじま》家で得たデータをピックアップし、スマホを刈谷に渡した。

「警察も入手していない動画データです」

刈谷が目を見開き、食い入るように画面を睨んだ。

「三雲先生……」

刈谷が唸るように言ったとき、片山は動画を一時停止した。

「三雲さんを支えて歩くもう一人は誰ですか？」

刈谷の両目がみるみるうちに充血し、唇が動いた。だが、言葉は聞こえない。刈谷はなにか話そうとしている。

「知っている人ですね？」

片山が言った直後、刈谷の両手の震えが増し、スマホが玄関に落ちた。片山はすぐに拾い上げた。すると、背後に荒い息が聞こえた。振り向くと、神津が立っていた。

「片山さん、無茶な取材はルール違反ですよ」

「神津さん……」

「中村さんがなにかコソコソしているから、こんなことだろうと思っていました」

神津が言った途端、刈谷が嗚咽《おえつ》を漏らし、その場にへたり込んだ。

「刈谷さん！」

刈谷の肩が激しく揺れる。刈谷の様子が激変したのは、生前最後の三雲の動画を見た瞬間だった。そして神津が現れた直後に脱力し、激しく動揺した。

「まさか、三雲さんを殺したのは……」

片山が言った直後、神津がせせら笑った。

「勘弁してくださいよ」

「ここに映っているのはあなたよね」

刈谷、そして神津を順番に見たあと、片山はスマホの画面に目を凝らした。細身のスーツだ。目の前の神津もシルエットの細い背広で、しかもストライプ柄だ。

「心筋梗塞で亡くなられる前日でした。三雲先生は新宿で泥酔されたので、ご実家までお送りしました」

「嘘よ。なぜ曙橋のご自宅に帰らなかったの？」

「三雲先生の強いご希望だったので」

片山は刈谷に目を向けた。座り込んだまま、焦点が合わない視線を泳がせている。

「なぜ刈谷さんではなく、神津さんが？」

「刈谷さんは別の用事があったようなので、私がお送りしました。その際、三雲先生はご自分でご実家に行く、そうおっしゃったので、玄関まで送りました」

神津が口元を歪め、笑った。醒めた両目が片山を睨んでいる。

「たしかに、この動画に映り込んだこととの理屈にはなるわね」

片山が言うと、神津が肩をすくめた。

「刈谷さん、今の話は本当ですか？」

刈谷に目を向けると、唇を嚙み、唸っている。両目から涙がこぼれ落ちている。

「本田都議と新宿の居酒屋に行き、たまたま三雲議員と居合わせたのです。かなり酔っておいでだったので、本田が私にお送りするようにと」

「嘘だわ！」

「本田に確認してくださいよ。私はね、児童養護施設で育ち、一八歳で世間に放《ほう》り出されたところを本田に拾われた」

突然、神津が低い声で告げた。

児童養護施設の話は繰り返し取材した。様々な事情で施設に入所した子どもたちは、原則一八歳になると退所するルールだ。身寄りのない子どもたちは、自分で居住場所と職探しを迫られ、そのうちの何割かが犯罪に走るというデータもある。子供たちを放り出すようなことは止めねばならない、そんな趣旨で記事を書いた。

「歌舞伎町で薬物の売人だった俺を拾ってくれたのが本田だ。抜けられなくなる一歩手前、ろくに食うこともできなかった俺を救い出してくれた人に、一生ついていくと決めた」

「だから、本田都議の命令で三雲さんを殺したの？」

「証拠はありますか？　警察も病死、ご持病の心筋梗塞だと医師の診断書を出している。ご遺体は茶毘に付されていますから、私を疑われたところで、絶対に記事は書けない」

もう一度、神津が唇を歪めた。

神津は中村が刈谷の住所を漏らしたと確信している。片山が直当たりすれば、刈谷が落ちる。その前に駆けつけ、最後の抵抗を試みているのだ。だが、退《ひ》けるわけがない。実際、刈谷の反応、そして神津の言葉を聞く限り、三雲はなんらかの理由で殺された。そして実行犯は、目の前にいる神津に間違いない。

「絶対に記事にするから」

「どうやって？　捏造《ねつぞう》ですよ」

神津が鼻で笑った。

「都議会議員の秘書がベテラン議員を殺した、見過ごせない大ニュースだわ」

「想像は勝手ですが、どうやって私が殺したという証明を？　動機はなんですか？」

「こつこつ取材するわ」

「わかっていただけないようですね。証明できないと申しております」

「なぜ殺したの？」

無性に腹が立った。片山は神津との間合いを詰めた。

「まだそんなことをおっしゃいますか？　私は三雲議員をお送りしただけです」

片山が神津の顔を睨んだ直後だった。足元にいた刈谷が突然立ち上がり、片山と神津の間に分け入った。

「刈谷さん……」

片山が名前を呼んだ瞬間、刈谷が目を見開き、神津を見据えた。

「なにかご不満でも？」

神津の言葉を聞いた刈谷が強く首を振った。

「刈谷さん！」

片山がもう一度叫んだとき、刈谷が一瞬片山を見た。そして、通路の柵《さく》をつかむと、ジャンプした。

「あっ！」

片山が声を上げてから二、三秒後だった。階段下のフォークリフトの隣に駐車していた軽トラックの荷台に鈍い音が響いた。

「あんたが追い詰めるからだ」

舌打ちした神津が言った。

「まさか……」

全身から力が抜ける。片山は懸命に柵につかまり、下を見た。街灯に照らされ、人のシルエットが見える。隣の製本工場との狭い小路の脇、軽トラックの荷台には奇妙な形で足を曲げ、真っ青に変色した刈谷の顔がある。

「あんたが殺したも同然だよ」

神津が口元に不気味な笑みを浮かべた。

「どうして……」

11

多くのスタッフが行き交う事務所の隅で、中村はスマホの画面を睨んだ。昨日の中央新報電子版の記事が目の前にある。

〈都議会議員秘書が転落死　自殺か〉

〈都議会議員秘書の男性（57）が新宿区山吹町の自宅マンション四階から転落し、死亡した。目撃者らの話から警察は自殺と判断し……〉

スマホのメモ欄を見返す。山吹町に住んでいた都議会議員秘書は刈谷だ。画面を切り替え、通話履歴を表示した。

〈大和新聞・片山記者〉

二日前の深夜、片山から電話が入った。履歴の文字の間から生々しいやりとりが湧《わ》き上がってくるようだった。

〈刈谷さんが、刈谷さんが……〉

あの日、牛込柳町のワインバルで片山と別れた。その後片山は中村が教えた刈谷の自宅マンションへと急行した。

ワインバルを出たあと、中村は江東区《こうとう》の自宅へ帰った。すでに妻子は就寝しており、音を立てないよう入浴し、小さなリビングダイニングのテーブルでビール缶を開けた直後に片山から電話が入った。

〈刈谷さんが飛び降りて亡くなりました〉

片山によれば、刈谷は四階の自室から出て、外通路の柵を飛び越えたという。

〈神津さんも一緒でした〉

片山の口から飛び出した名前に、中村は絶句した。

〈私が刈谷さんの自宅に現れると思っていたみたいで……〉

片山が動揺していた。神津は中村の行動を予測していたのか。

〈警察の調べがやっと終わったところです〉

社会部記者は警察取材が本業とも言える。だが、事件に巻き込まれたのは初めてのようで、片山は時折洟《はな》をすすっていた。

中村は自宅マンションを出て、野外の駐車場に向かった。落ち着くよう片山に告げ、一五分ほど話した。

片山によれば、三雲都議の死因は病死ではなく、他殺だった。しかも片山は神津が真犯人だった公算が限りなく高いと言った。

刈谷は片山に真相を話す様子だったらしいが、肝心なところで神津が駆けつけ、結局詳しい話を聞くことができなかったという。

〈絶対に犯人は神津さんです〉

震える声が耳から離れない。記事にするのかと尋ねると、片山がため息を吐いた。

〈動機がわかりません。それに警察も三雲議員を病死で処理したので〉

なぜ神津が犯人なのか。どうして三雲という都議を殺す必要があったのか。片山と同様、中村にも理解できない点が多い。

刈谷が亡くなった翌日も神津はいつもと変わらず若宮事務所に顔を出し、淡々と仕事をこなした。また、中村に対し、片山や刈谷らの名前を持ち出すこともなかった。

本当に神津が人を殺《あや》めたのか。なぜ刈谷は自ら死を選んだのか。片山は三雲の死の真相を追い、刈谷に出会った。最後に真実を引き出そうとした瞬間、なぜ神津は現れ、片山に犯人だと悟られるようなことをしたのか。

スマホを背広のポケットにしまうと、中村は神津に目を向けた。

神津はウグイス嬢、若宮、関らと最後の演説に向けて打ち合わせ中だ。投票日前日、最後の選挙運動が控える。打ち合わせが終わったようで、神津が事務所の一同に向け、声を張り上げた。

「皆さん、泣いても笑っても本日が最後です。精一杯自分の役割を果たしましょう」

今度は若宮が話し始めた。

「素人《しろうと》の私を皆さんで盛り上げていただき、本当に感謝しています」

若宮が深く頭を下げると、事務所のスタッフ全員が拍手を送った。

「絶対に国会へ。最後の最後まで、サポートよろしくお願いします」

若宮の言葉にもう一度大きな拍手が沸き起こった。両手を叩きながら、若宮を見た。

出馬表明当初は、エゴが強くマイペースだった若宮が一変した。自らの言葉で主張し、一人一人の有権者の目を見ながら握手し、事務所スタッフには率先して声がけするようになった。絶対に若宮を当選させせなければならない。

「中村さん、いよいよですね」

いつの間にか、神津が傍らに立っていた。いつもと同じく、抑揚に乏しい声だ。

「絶対に当選してもらいましょう」

中村が言った途端、神津が目を細め、口元を歪めて笑った。

「なんですか？」

「いえ、なにも」

刈谷、片山と名前が口から出そうになったが、中村は堪えた。そうこうするうち、若宮がウグイス嬢とともに事務所から出ていった。その後には、中高年男性や女性のボランティアスタッフが続く。

「お見送りしましょう」

神津に促され、中村も事務所を出て階段を下った。玄関前にはワゴンが控えている。

「それでは行ってきます！」

マイクを通さず、若宮が助手席から叫んだ。集まったボランティアたちから拍手が起き、周囲は歓声に包まれた。運転手が小さくクラクションを鳴らしたあと、選挙カーが新宿通りに向けて発車した。

すると、中村の隣にいた神津が低い声で話し始めた。

「少し、お話する時間をよろしいでしょうか？」

神津が瞬きもせずに中村を見ていた。

「私も話したいことがいくつか」

他のスタッフが和やかに笑みを交わしながら事務所へ戻っていく。中村は神津とともに後に続いた。

階段を上りながら、中村の頭の中に表計算ソフトの細かいマス目が現れた。

〈週刊ドロップキック関係　計六〇〇万円（振り込み確認）〉

〈歌舞伎町商工関係者　計三〇〇万円（現金手渡し）〉

〈アクタス出版、その他系列編集プロダクション　計二〇〇万円（現金手渡し）〉

〈（株）プレサージュグループ　計一五〇万円（現金手渡し）〉

ファイルには、中村が知らない寄付金の一覧があった。そして、東京地盤の地銀の存在だ。一昨日はNHRと民政党の癒着をめぐるスキャンダルが噴出し、事務所は騒動になった。その後は選挙最終盤で支援者への挨拶や電話対応に追われ、神津と金に関する話をじっくりする暇はなかった。

事務所に戻ると、神津が衝立《ついたて》を部屋の隅に用意し、その中にパイプ椅子を二つ並べた。咳払いしたあと、神津が声を抑えて切り出した。

「以前事務所に来た地銀の支店次長のこと、覚えていらっしゃいますか？」

「私も気になっていました」

神津はなにを話すのか。少し不安になりながらもパイプ椅子に座る。

「中村さん、こちらを」

中村の眼前に神津が地銀の通帳を提示した。中村は通帳の表紙にある口座名を凝視した。〈西新宿振興会〉

「振興会とはなんですか？」

問いかけには答えず神津が通帳のページをめくった。通帳にはまだなにも記載がない。

「若宮先生のご当選の暁には、こちらへご入金をお願いするようにと、ウチのオヤジから言いつかっております」

「どういう意味です？」

「選挙余剰金をこちらへご入金するようにと」

「意味がわかりません」

「私が残した寄付のファイルをご覧になりましたよね」

「総額は一二五〇万円」

中村が告げた途端、神津が口を歪めた。

「余剰金については、選挙終了後二、三日で収支をまとめ、若宮先生の政治団体へ……」

中村が言い終えぬうちに、神津が右手を挙げた。

「政治団体に入れたらもったいない。有効に使いましょう。これが民政党の都議団と国会議員の皆さんが長年続けてきた約束ですから」

「しかしですね」

神津が背広のポケットから別の通帳を取り出した。

〈西新宿伝統継承会〉

普通口座の通帳だ。中村が見ている前で、神津がページをめくる。五〇〇万円、二〇〇万円等々、まとまった額が印字されている。

「東京の選挙区で勝利した議員さんたちから、浄財をいただいております。最近は政治資金パーティーへの風当たりが強いのです」

神津が真顔で言った。

「以前なら選挙前にパーティーをやって収入の半分は都議へ流してもらっていました」

「まさか……」

「我々都議の秘書は身を粉にして国会議員の皆さんを手助けした。その見返りといってはなんですが、民政党都議団の支援団体に寄付をいただいておりましてね。国政のパーティーが問題になったので、こういう手段を講じています」

「ヤクザの上納金じゃあるまいし」

中村が言った直後だった。いきなり神津に襟首をつかまれた。神津が顔を思い切り近づけ、言った。

「人聞きの悪いことを言わないでくださいよ。少しでも寄付の額を増やそうと、私も知恵を絞ったのです」

手を放したあと、神津がスマホを取り出し、画面をタップした。

「これも苦労したんですよ」

中村の目の前に週刊ドロップキックのネット版ホームページがある。

中村は思わず腰を上げた。若宮を中傷する記事がネット上に拡散された。神津は冷静に事態を収束させ、編集部関係者や出版社の幹部から寄付金を引っ張った。

「これも神津さんが仕組んだ?」

「ひどいですね。誠心誠意、若宮先生をお守りしたのは、私ですから。この一件で事務所のムードが上向き、結束力が強まったじゃないですか」

「我々の選挙余剰金を増やし、都議たちの裏金にするつもりだったんですか?」

神津が口の前に人差し指を立てた。

「東京は特殊な地域です。後藤先生の地元のように磐石《ばんじゃく》の地盤を持っているわけではなく、常に浮動票の奪い合いです。勝つためには、我々が常に汗をかかねばなりません。日頃の活動費、票固め、組織作りの基本料金のようなものです」

中村は拳を握りしめた。

「私は元銀行マンだ。こんな裏金管理用の口座を許すわけにはいかない」

「選挙資金に余剰が生じても、国庫に返却せよという法律はありません。政治団体に戻してしまえば、公になります。ならば、次の選挙のためにも我々にお預けになって、有効利用した方がよいとは思いませんか？」

神津は先ほどから一切瞬きをしない。諳んじてきた言葉を淡々と中村に告げる。同じようなことを、他の陣営にも働きかけたことがあるのだ。若宮の地盤で前回まで議員だった人物は、こうした申し出を頑なに断っていたのではないか。だから、他の議員事務所から派遣された秘書と、しかも新人候補ならば与《くみ》し易い、神津やボスである本田都議はそう考えたのではないか。

「拒否します」

中村は背広からスマホを取り出し、神津に向けた。画面には録音アプリが稼働中であることを示す赤いランプが点滅している。

「おかしなことが起こるといけない。言った言わないのトラブルを避けたいと思っていましたので、悪く思わないでください」

中村が差し出したスマホを手に取り、ゆっくりと神津が停止ボタンを押した。

「これも想定していたことでしてね」

神津は胸ポケットを探ると、封筒を取り出した。

「どうぞ、ご覧になってください」

中村は恐る恐る封筒を手に取り、中から紙を取り出した。四つ折りの紙を広げる。

「土地の図面のようですが？」

「江東区の大島《おおじま》、現在の中村さんのお住まいから徒歩一〇分程度の場所にある更地です。今度売りに出るようです」

「この土地と私がどう関係するんですか？」

「ウチのオヤジと当選同期、城東《じょうとう》選出の都議会議員の支援者が保有する土地です。一人暮らしで一戸建ては広い。有料老人ホームに入居するので、土地を処分したいと相談があったそうです」

そう言ったあと、神津が中村の耳元に口を寄せた。

「一戸建てが欲しいとおっしゃっていたじゃないですか。土地の本来の値段は約五〇〇〇万円ですが、中村さんであればオヤジの口利きで半分、いや三分の一以下にできますよ」

中村は体を反らした。

「とんでもない！」

「せっかくのお話ですから、ゆっくり考えてください」

神津は深く頭を下げると、衝立を避《よ》け、事務所の中心部に向かった。

「さあ、皆さん。最後に電話で若宮先生への支持を訴えましょう」

「了解！」

衝立の向こう側で、スタッフたちの歓声が上がった。中村は手にした図面を睨み、呆然としながら椅子に座り直した。

12

眼下の板張りのスペースに、白いポロシャツを着たスタッフが続々と集まり始めた。東京都の選管が集めた都庁や区役所の職員たち、あとはアルバイトだろう。六名から八名が一組となり、一つの机に集まる。

このあと銀色の投票箱が各地の投票所から運び込まれ、一斉に開票が始まる。一つの机に複数の候補者の投票用紙が積まれ、片山ら選挙担当記者たちがその束の数を双眼鏡でチェックし、逐次データを本社の選挙報道センターに連絡する手筈《てはず》だ。

片山は空いた隣席にバッグと双眼鏡を置き、腕時計をチェックした。時刻は午後七時半、あと三〇分で衆議院議員選挙の投票が締め切られる。

午後一時に最終的なリハーサルが本社で実施された。応援組の記者、そして政治部の記者たちはそれぞれ期日前投票、あるいは午前中に投票を済ませたのちに集まり、政治部長や中杉の指示のもと、淡々と準備を重ねた。

外資系IT企業から派遣されたエンジニアも加わった。専用に組んだシステムの稼働状況も良好で、リハーサルは二時間ほどで終了した。

この間、圧倒的な勝利が見込める選挙区については、投票が締め切られた二〇時ちょうどで当確を打つ、いわゆるゼロ打ちが行われることも確認した。

畔上《あぜがみ》首相をはじめ、現職の閣僚のほか、磯田《いそだ》民政党副総裁のような大物たちだ。事前のアンケートの結果を見ても、他の候補者と圧倒的な差が出ていた。

全国的に天候は晴れだ。外資系IT企業が持ち込んだAIは過去の同じような天候の投票日と比較し、投票率は前回並みの四〇%前後との予想を弾《はじ》き出した。投票よりレジャーを選ぶ有権者が多かった数年前のデータが重用された。

東京一区の投票率予想は四五%程度。可もなく不可もなくの数字だ。ただ、本社での打ち合わせ時には、東京八区や他の激戦区と同様、開票結果が出るのは午前零時前後になる公算が高いと注意喚起された。すなわちその時間まで、この席にとどまって双眼鏡を使い、ひたすら開票の束を数え、タブレットの専用アプリを通じて本社にデータを送り続けることになる。

片山の左側の席で、本社政治部でアルバイトする大学生三名が忙《せわ》しなくアプリや票をカウントする数取器のチェックを行っている。

「お水とかお茶、買ってこようか?」

アルバイトたちに声をかけると、すでに人数分が手配されていると返答された。政治部のアルバイトたちは国政のほか地方選挙の手伝いも慣れている。黙々と準備を続けるアルバイトたちから目を離して片山は自分のスマホを取り出し、何度か画面をタップした。

スケジューラーを立ち上げる。三日前の欄に、若宮事務所の中村秘書と会ったこと、その後、タクシーの中で記した刈谷との面会予定が綴《つづ》られていた。

〈真相を話したら、私も殺される〉

怯えた顔で刈谷は言った。

〈あんたが殺したも同然だよ〉

刈谷が飛び降りた直後、神津が言い放った言葉が耳の奥で反響した。マンションの柵を乗り越える際の刈谷の引きつった顔、そして、階下の軽トラの荷台に落ちたときの不快な音……ここ数日、未明や明け方に必ず当時の光景がフラッシュバックし、片山は大量の寝汗とともにベッドで起き上がる。

〈本当に押していないんだね?〉

救急車を呼んだ直後、一一〇番通報した。神津とともに階下へ急行し、軽トラの荷台にいる刈谷の状態を確認した。両足が奇妙な形に曲がり、顔が真っ青に変色していた。刈谷は両目を見開いたまま絶命していた。その後、真っ先に臨場したのは警視庁の機動捜査隊の刑事だった。

救急車に乗せられた刈谷を見送ったあと、警察から約三時間事情聴取を受けた。この間、会社の社会部長にも連絡した。

居合わせた神津が証人となったことで、犯人扱いされることはなかった。しかし、警察は片山から指紋を採取し、刈谷の着衣に片山の痕跡《こんせき》がなかったことを確認する徹底ぶりだった。

神津の証言により、刈谷は新しい環境に馴染《なじ》めず、少し鬱《うつ》気味だったことが明かされた。刈谷の部屋からは〈ご迷惑をおかけします〉と書かれたメモが見つかり、筆跡も刈谷のものと一致したことで、警察は自殺と認定した。

翌日、本社に上がった片山は、社会部長と編集局長に対し長時間の説明を行った。選挙後の取材テーマとして、都政絡みのネタを追っていたのだと明かした。そのキーマンである刈谷を見つけ、取材を申し込んだが、拒絶された旨を明かした。

〈取材に行きすぎがあったのでは?〉

社会部長、編集局長ともに片山のやり方を疑った。しかし、社内の聞き取りについても、神津が証言してくれた。

〈片山さんはご自分で刈谷氏の住所を調べ、夜回り取材しただけです〉

電話での調査に対し、神津は淡々と答えていた。両者の証言により、社内での処分もなしとなった。ただし、取材中に死者が出たことは事実のため、記者が情報源を追い詰めたとの批判を浴びる可能性もある。今後、このようなテーマについては、慎重にことを進めるよう社会部長に釘《くぎ》を刺された。

刈谷が自ら死を選んだことで、今後新たな手がかりを得るのは難しく、事実上三雲の死の真相を探る手立ては潰《つい》えた。

捜査一課の八田には手をひけと告げられ、新宿署長の青木にも煙たがられている。もう一度、三雲夫人をあたるか。しかし、肝心の仕事に関しては刈谷が全て仕切っていたのだ。

刈谷は死の直前、三雲の側から捜査二課に接触したと明かした。だから、殺されたのだ。神津が現れたときの怯え方をみるに、神津が三雲を手にかけた公算は極めて高い。だが、神津自身が言った通り、殺害の動機が全くわからない。

「あと少しで始まりますよ」

腕組みしていると、女子大生のアルバイトに告げられた。腕時計を見ると、午後七時五八分。あと二分で各投票所の門が閉じ、投票箱が運び出されるのだ。

片山は手元にタブレットを引き寄せた。画面を分割し、左側には大和の選挙特設ページ、右側にはNHRの画面を映した。

NHRの画面では、看板女性アナウンサーと政治部デスクが並び、全国各地の投票率の数値を分析中だ。

大和の画面は、全国全選挙区のイラストが点滅している。外資系大手IT企業と共同で制作した選挙用特設サイトの画面をタップする。

片山は東京一区の画面を選んだ。主要な三名の立候補者の顔写真、経歴が表示された。ついで若宮の顔をタップする。動画で政見放送が流れる。もう一度タップすると、主要政策、アピールポイントが表示された。他の候補も同様で、開票が始まると、それぞれの顔写真下に得票データが表示される仕組みだ。タブレットを操作していると、画面に社内用の一斉メッセージが着信した。総責任者の中杉からだ。

〈まもなく投票が締め切りとなります〉

〈当初のリハーサル通り、データで圧勝が確実視されている候補については二〇時ちょうどにゼロ打ちを開始します〉

片山は、タブレットの画面を切り替えた。最後の打ち合わせで、全国の選挙区のうち、一〇〇近くがすでにゼロ打ち内定候補としてシステムにセットアップされている。最新の出口調査の結果も三〇分前までにインプットされており、事前調査で〈ゼロ打ち確定〉とされた候補に変更はない。

〈激戦区のうち、いくつか選挙報道センターから直接担当記者に連絡を入れる場合があります〉

〈必ず連絡がつくよう、スマホの電源の確認をお願いします〉

中杉の指示は、開票を双眼鏡で覗きながら、現場記者が判断したデータ、および最後の出口調査の結果を加味した上で相互に連携し、当確を打つという意味だ。体育館のフロアに新たに職員たちが合流し始める。いよいよ投票が締め切られる。

片山が担当する東京一区はゼロ打ち確定ではないため、自然と肩に力が入る。片山の感触では、若宮と小田島が横一線、そこへ蜂起の会候補が猛烈に追い上げていた。手元のタブレットにある大和のサイトでも同じ傾向が分析されていた。中杉ら選挙報道センター中枢が導きだした最終的な見通しだ。

片山は、タブレットの画面分割を解除する。NHRの特番が画面いっぱいに映る。

〈さあ、あと一分で投票が締め切られます。今後の日本の行方を左右する大事な瞬間が待ち構えています〉

女性アナウンサーが告げると、片山は息を呑んだ。

## 13

〈民政党の磯田一郎《いちろう》副総裁、当選確実です〉

四谷三丁目の事務所で、中村はNHRの選挙速報番組から流れる女性アナウンサーの声を聞いた。

画面に目を向けると、磯田の顔写真と年齢、当選回数や首相、外務大臣など過去の経歴がテロップで流れた。テレビ画面の左隅には、〈二〇：〇一〉の表示がある。磯田の選挙区は福岡八区で、開票率はまだ〇％だ。手元にあるパソコンの画面を見る。大和新聞の特設サイトもすでに磯田の当確を打っていた。

「ゼロ打ちが始まりましたね」

事務所の女性スタッフが中村に言った。

「ウチはまだまだ先。しばらく待ちましょう」

画面に視線を固定させたまま、中村は告げた。

大和の速報によれば、東京一区の推定投票率は四三％。そして主要三名の候補者の顔写真の横には、まだなにも開票に関する情報は表示されていない。福岡八区と同様、開票率は〇％だ。

「若宮先生の様子は？」

関が小声で言った。

「近所のビジネスホテルで待機中。先ほど話したときは、まな板の上の鯉《こい》だとおっしゃっていたよ」

「絶対大丈夫ですよね？」

「やるべきことは全部やった。負けるはずがないよ」

中村の言葉に関が頷き、大画面で放映されているＮＨＲの選挙速報に顔を向けた。

〈茨城《いばらき》三区、民政党の後藤候補に当確がつきました〉

女性アナウンサーが手元のモニターを見ながら言った。

〈茨城三区、後藤……〉

大和の速報も同時に伝えると中村は安堵の息を吐いた。一度も後藤の選挙区に入っていない。それどころか、地元に張り付いた後輩秘書たちとの連絡すら途絶えがちだった。

〈おめでとうございます、そう後藤先生に伝えて〉

〈秘書のみんなもよくやった。ごくろうさま〉

後輩秘書にショートメッセージを送った。その直後、返信があった。

〈ありがとうございます！〉

後輩秘書は、続けてシャンパングラスのスタンプを送ってきた。今頃、地元事務所には後藤が入り、支援者らとともに万歳を始めているだろう。一方、四谷三丁目事務所の空気は重い。実際に若宮がまな板の上の鯉と言ったのも確かだ。昨日夜までのエネルギーは一挙に枯渇し、どんよりと曇っていた。

慣れない選挙演説に加え、強烈なヤジも浴びた。なにより、若手論客の政界入りかと他の候補者よりも世間の注目を集め続けた。二〇日近くも気を張り続けてきた反動が出たのは傍目《はため》にも明らかだった。

〈中村さん、本当に感謝しています〉

両目に涙を溜《た》め、若宮が深々と頭を下げた。日付が変わる時間帯、あるいは朝方近くまで結果が出ることはないだろうと告げ、ベッドで横になるよう勧めた。

〈最新のデータによると、民政党が従来議席堅守、国民蜂起の会が大健闘で、憲政民友は大幅に議席を減らす見通しで……〉

ＮＨＲの女性アナウンサーの声が中村の耳に届いた。与党民政党は勢力を守り、野党第一党の憲政民友党が議席を減らし、第三勢力の国民蜂起の会が伸長する。事前のマスコミ予想と開票速報の展開はほぼ同じだ。

〈また新たに当確が出ました。今度は近畿地方で……〉

ＮＨＲの女性アナウンサーの弾んだ声が響く。大和新聞の特設サイトでも、近畿地区の開票情報が出始め、候補者の写真に当確の文字が次々とつき始めた。

パソコン画面の右隅にある時刻を見ると、まだ午後八時一五分だ。中村は腕組みをして両目を閉じた。投票は締め切られ、どうあがいても投票結果を変えることはできない。

パソコンの小さなスピーカーからは、大和の選挙速報で当確が出た際のブザーが散発的に鳴り続けた。片山は新宿区内の開票所にいて、開票状況を見守っているはずだ。

〈ご迷惑をおかけしたのではないですか?〉

昨日の深夜、前回と同じワインバルで片山と再会した。片山は、刈谷の自宅を訪ねた際の顛末《てんまつ》について、ときに言葉を詰まらせながら語った。中村が刈谷の住所を教えたことを神津は確信していたと言った。刈谷の死によって、神津と中村の間になんらかのトラブルがなかったか、気にしていたのだ。

しかし、神津の態度は一切変わりがなかった。熱心に最終盤の演説プランを考え、集客が見込める駅前での演説手配、ビラ配りを熱心にこなしていた。

片山から神津が現場に現れたことを今度は直接聞かされ、改めて怖くなった。神津は片山と中村がつながり、刈谷という秘書のもとに現れることを予期していた。となれば、中村は神津に監視されていたことになる。

「まだ当確は出そうにないですね」

いつの間にか、神津が中村の傍らに立っていた。

「NHRも大和もまだですね」

先ほどからずっとチェックしてきたが、圧倒的な人員と予算をかけた選挙報道で、NHRはずっと当確を打ち続けている。民放の特番も開票状況を伝えるが、NHRには二歩も三歩も遅れている。

新聞社の中では、システムを特注したという大和が圧倒的にネット版で目立っていた。NHRよりも当確を打つピッチが早い。その旨を神津に伝えると、神津が体を屈めた。

「例の土地の件、決断されましたか？」

中村にだけ聞こえる低い声だ。

「妻にはまだ明かしていません」

神津の顔を見た。瞬きをしない両目が中村を睨んでいた。

「土地を手に入れさえすれば、ご家族全員がハッピーになりますよ」

ハッピーという言葉が鋭く中村の耳を刺激した。たしかに子供たちの成長とともに今のマンションは手狭になった。同じエリアで土地を買い、家を建てれば、妻や子供たちが必ず喜ぶ。住宅展示場や建売メーカーのチラシをわざと深夜のテーブルに残しておく妻の顔も浮かんだ。一方、終《つい》の住処《すみか》では、中村はずっと神津の呪縛《じゅばく》にとらわれることになる。

「もう少し、時間を」

中村は声を絞り出した。若宮には悪いが自分は腰掛けの秘書でしかない。家族のために新しい家を買えばいい。そして今まで通り後藤に仕え、議員秘書の仕事を全うすればいいだけだ。

「もちろん、お考えになるのはご自由です」

中村の耳元で神津が囁《ささや》いた。

「ただし、例のお金に関しては、若宮先生の当落に関係なく、中村さんの責任で処理してください」

神津が気味の悪い笑みを浮かべた。

「その辺りは、結果が判明したあとで」

中村は小声で言った。今、自分は犯罪行為に傾いている。たしかに選挙余剰金について、明確な法律はない。余った分が議員のポケットマネーになるケースだってある。結構な数の政治家が同じ素知らぬ顔で、余剰金で飲み食いしている。

だが、自分はその片棒を担ぎ、新しい家を手に入れるのか。元銀行員として、金に潔癖な中村を懐柔するために、神津は周到な準備をした。要するに、神津は手伝いと言いながら、余剰金目当てで都議会のベテラン議員から若宮事務所に派遣された優秀な工作員だったわけだ。

〈激戦区の北海道一区で……〉

NHRの女性アナウンサーの声が響いた。着実に票が開いていく。若宮が当選すると信じているが、結果は未知数だ。いずれにせよ、選挙が終われば不透明な寄付金は全て剝奪《はくだつ》され、都議たちの裏金となる。悪事に加担し、若宮を国政に送り出すのか。そして他人に言えないような手段で得た家で家族と暮らし続けるのか。

眼前のパソコン画面でも大和新聞の速報が流れ続ける。中村は息を吸い込み、もう一度腕を組んだ。

## 14

「三回目のデータ、本社に送ったわ」

片山は大学生アルバイトが取りまとめたメモを傍らに置くと、タブレットの画面を凝視した。データ転送中を示す紙飛行機のイラストが消え、〈転送終了〉の文字が浮かんだ。

「交代で少し休憩して。まだ当分かかりそうだから」

アルバイト三名に告げると、片山は腕時計に目を向けた。時刻は午後九時四五分になった。投票が締め切られてから一時間四五分が経過し、大和新聞の特設サイトではすでに一〇〇の選挙区でゼロ打ち済みとなった。

〈一〇の選挙区でNHRに先んじてゼロ打ち達成〉

本社の選挙報道センターで中間取りまとめを担当する政治部のデスクから、担当記者たちにメッセージが届いた。

新宿区の体育館での開票作業は、次々に運び込まれる投票箱を開け、中から投票用紙を取り出して仕分けするところからスタートした。

一つの机の周囲に六人、あるいは八人が集まり、候補者ごとに票を仕分け、一〇〇票ごとに輪ゴムでまとめていく。

事前にどの担当者が誰の票をまとめるのかチェックしていた。アルバイトたちは双眼鏡を覗き、それぞれが主要三候補の束の数を数えてメモに起こす。片山は彼らの作業をチェックしつつ、同じように双眼鏡で机の上の束をカウントした。両者の数が一致して初めてタブレットに票数を入力し、本社に送る地味な作業が一時間以上続いた。

中杉ら選挙報道センターの中心メンバーが事前に予想した通り、若宮と小田島の得票数は拮抗《きっこう》している。また蜂起の会が一割ほど少ない数で猛追している。

タブレットを睨みながら、片山は首を傾げた。同期の五島が担当する東京八区と同様、一区も与党候補の勢力ががっぷり四つとなる激戦だ。だが、なぜ片山や五島など政治取材には素人の記者に担当させたのか。

「テッペン越えは確実ですね」

二年前から政治部で仕事を続けてきたアルバイトが言った。テッペンとは、時計の長針と短針がゼロを指す時刻、つまり、午前零時を指す。つまり現時点から二時間一五分以降のことであり、他の選挙区と違って残業時間が長引くことをアルバイトは覚悟している。

開票は選挙管理委員会の厳正な監視の下、幾重にも票数をチェックして最終的に票数が確定、つまり当選者と落選者が決まる。地域の各選管はそれぞれ開票結果を公式発表し、候補者たちに伝える。

この段階であれば、中杉がミスを犯したようなことは一切なくなるのだ。

一方、大和の社長の訓示が耳の奥で響く。

選挙報道は一般国民、つまりメディアの客である読者に一番わかりやすいイベントだ。政治記者だった社長は、速報の持つ意味合いを率直に語った。

確実なデータ分析と開票状況を見極めた上でのゼロ打ちや当確は、一般読者の生活に密着している上、地域の細かな利害関係に直結しているのだ。

選挙という数年に一度のイベントを通じ、国民生活の利害が露骨に浮かび上がる。購買部数の激減という経営環境に直面した今、大和はネット戦略の拡充に舵《かじ》を切った。多くのネットユーザーに正確かつ速い当落情報を提供することで、ネット版読者を増やし、経営再建を果たそうとしている。

紙とネット。片山のような中堅記者は、常にネット版への速報を求められ、同時に紙の読者向けの深みのある記事を書けと命じられてきた。そして遊軍記者として、他社の記者が書かないスクープ、そして調査報道を目指してきた。

今、大和をはじめ主要メディアは大きな分岐点に差し掛かっている。大和のようにネット重視に経営を転換させるのか、あるいは地方紙のように小さなコミュニティの細かな情報を漏れなく伝え、生き残るか。週刊誌にしても指をくわえて部数減、休刊の恐怖におののくか、新時代のようにネット版を拡充させ、電子書籍で売り上げを再構築するのか。

いずれにせよ、新聞、テレビ、出版はそれぞれの在り方を問われている。その最中に総選挙が実施され、生き残りをかけて速報体制を拡充させている。

中杉がどのような手段で新時代のスクープ情報を事前入手したのか、あるいは、NHRと民政党の長年の癒着を暴露する手立てを裏で講じたかは知り得ない。だが、競争相手の足を引っ張ってでも生き残りを図る、今回のメディアをめぐるスキャンダルは、大和の立ち位置を明確に示すものとなった。

果たしてそのような経営スタイルの下、記者を続けられるのか。かと言ってフリーになったとしても、取材費はどう捻出《ねんしゅつ》していくのか。名刺を頼りに仕事を続けてきた身として、判断はつかない。

片山は両手で頬を張り、開票状況を見守った。

「片山さん、バッグの中で電話鳴っていますよ」

先ほどの大学生アルバイトが片山のショルダーバッグを指した。

「ありがとう」

慌ててバッグに手を入れ、スマホを取り出した。電話が着信している。スマホに中杉の名前が表示されていた。

15

「こちらへどうぞ」

スーツ姿の男性秘書に導かれ、片山は薄暗い廊下を歩いた。以前も来たことがある場所だ。片山は秘書の背中を見つめ、歩みを速めた。

秘書が立ち止まり、前回と同じドアを開けた。右手を差し出し、片山を部屋の中へと誘導する。

「どうかお寛《くつろ》ぎください」

秘書は片山に革張りの応接セットを勧めると、目の前にミネラルウォーターと緑茶のペットボトルを置き、部屋から出ていった。

片山は周囲を改めて見回した。窓辺に街の灯りが反射している。二四時間眠らない東洋一の歓楽街の喧騒《けんそう》が嘘のように、この部屋は静まりかえっている。

〈これから新宿区役所へ行ってください〉

「失礼します」

秘書が先導する形で後方から調理用白衣姿の男性二人が続く。

「まいどっ」

若い二人の男性が大きな寿司桶《すしおけ》を携え、部屋に入ってきた。二人は手際よく寿司桶を応接テーブルに載せ、醤油差《しょうゆさ》しと小皿、割り箸《ばし》を片山の前に置く。正面のソファの前にも同じように食器をセットし、深く頭を下げて、部屋を後にした。

「こんな時間ですから、お食事が必要ではないかと。どうぞ、召し上がってください」

秘書が恭しい口調で告げた。

「社のお弁当を食べたばかりですし、こんなご馳走をいただくわけにはいかないので」

片山は丁重に断った。

「またなにか記事を書けということですか？」

秘書に尋ねたが、曖昧な笑みのみで返答はない。

「失礼、お待たせしましたね」

軽いノック音が響いたあと、ドアが開いた。ノーネクタイのスーツ姿の男性が朗らかな笑みをたたえ、反対側の席に腰を下ろした。

「ご無沙汰ですね、片山さん」

吉国新宿区長がジャケットを脱ぎ、秘書に預けた。

「ちょっと喉が渇いたから、アレを」

秘書はジャケットを受け取り、執務机脇のハンガーにかける。その後は壁際にある小型冷蔵庫を開け、缶ビールを二本取り出した。

「グラスは要《い》りますか?」

ビールを受け取った吉国が相好を崩した。

「勤務中ですから」

「そう堅いことを言わずに」

吉国が腰を浮かせ、ビール缶を片山の前に置いた。片山は改めて首を振り、固辞した。

「それでは、私は失礼して」

吉国は自らプルタブを引き、ビールを一口喉に流し込んだ。

「私のポケットマネーで購入した夜食です。片山さんから頂戴《ちょうだい》した税金は使っておりませんから」

「どういうご用件なのでしょうか? 今は開票中です。すぐに持ち場に戻りたいのです」

「まあまあ、いいじゃないですか」

中トロ、穴子の握りを食べたあと、吉国が手の甲で口元を拭った。

「前回お訪ねした際は、区長のご要望通りの記事を書かせていただきました」

片山が切り出すと、吉国が慌てて箸を小皿に置いた。

「そうだ。まだお礼を言っていませんでしたね」

吉国は両膝に手をつき、頭を下げた。

「大和新聞さんに問題提起していただいたあと、NHRをはじめ、主要なメディアが全て歌舞伎町新浄化作戦の記事を書いてくれました。本当に助かりました」

吉国が早口で言った。

「実際に新宿署が動いてくださり、浄化作戦の効果は着実に上がっています。未成年の補導率が大幅に改善、健全な街に戻りつつあります」

「それはよかったです。いずれ私も自分の足で歌舞伎町の現状を……」

片山が言いかけると、ドアをノックする音が響いた。

「どうぞ」

低い声で吉国が言う。すると背広姿の職員が小さなメモ用紙を持ち、傍らに寄り、メモを吉国に手渡した。吉国はメモを一瞥し、眉根を寄せたが、すぐに片山へ笑みを向けた。

「お忙しいなら、私はこれで」

片山が腰を浮かすと、吉国が慌てて首を振った。

「そういう意味ではありません。もう少しお待ちいただけませんか?」

吉国が哀願するような目つきで言った。

「それでは……」

片山は腰を下ろすと、ショルダーバッグから選挙報道用のタブレットを取り出し、吉国に目配せして画面を見た。

〈東京一区、開票状況は一進一退　現状に変わりなし〉

新宿区の開票所、スタンド席から状況を監視しているアルバイト学生からメモが入っていた。画面を大和の速報に切り替える。全国各地で当確が出ている。区役所に来る前から比べ新たに二〇の選挙区でバラのマークが光っている。

片山は画面を吉国に向けた。

「開票状況をチェックする必要がありまして。お話がないなら、私は本当に失礼いたします」

吉国が新たな記事執筆依頼をしようとする気配はない。

「あと少しだけ。居てもらわないと、私が怒られます」

「どういう意味ですか？」

「ただ、そこに座っていてくだされば結構です」

吉国が強い口調で言った直後だった。

「失礼します」

もう一度、ドアの向こう側で声が響き、ノックの音が聞こえた。

「どうぞ」

ビールを一口飲んだあと、吉国が言った。先ほどと同じ職員がドアを開け、吉国の傍らに駆け寄った。

「こちらです」

職員が前回と同じようにメモを吉国に手渡した。吉国は目を細め、メモを睨んだ。

「これから独り言を。一度しか言わないので、注意して聞いてください」

「あの……」

片山の言葉を遮るように、吉国が右手で制した。

「一度だけです。午後一〇時一五分、東京一区。新宿区だけですが、開票率は四〇％」

メモから目を離した吉国が片山を見た。片山はタブレットに目をやった。大和の速報では、東京一区の開票率はまだ一五％だ。

「開票率は四〇％」

吉国が念を押すように言ったあと、片山はバッグからメモ帳とペンを取り出した。吉国の言葉を反《はん》芻《すう》し、メモした。

「蜂起の会・近藤三万二四五〇。憲政民友・小田島四万三〇〇〇。民政・若宮五万八〇〇〇」

吉国がゆっくりと告げた。片山はそれぞれの数字を反射的にメモした。

「復唱されてはいかがですか?」

突然、吉国が言った。右手で片山のメモ帳を指している。言われるまま、片山はそれぞれの数字を読み上げた。

「これって……」

「すぐに中杉さんへ連絡を」

「選管の最新データです。ただし、新宿区の分だけで千代田《ちよだ》区の分は含みません。予想よりも民政党が健闘しているようですね」

吉国が笑みを浮かべた。

「体育館のスタンド席から双眼鏡で覗き見するより正確です。なんといっても、選管のオフィシャルなデータですから」

オフィシャルという言葉に、片山は反射的に肩を強張らせた。吉国が愛想笑いを浮かべている。この瞬間、中杉や社長の考えが全てわかった。

「失礼します」

片山はタブレットにメモした数値を打ち込んで選挙報道センターへ送った。データ転送中を示す紙飛行機のイラストが点滅したあと、〈転送終了〉の文字が映った。

「区長……」

電流に似た怒りが片山の背骨を貫いた。

「正規のデータを他社に先駆けて入手された。不正はなにもしていませんよ」

「それにしたって……」

片山が拳を握りしめると、吉国が片山を指差した。

「本来なら、その席にはNHRの記者さんが座っているはずなのですが、今回は大和さん。それだけのことです」

「このデータ提供のために、提灯記事を書かせたんですか？」

「提灯は言い過ぎではありませんか？　お互いの思惑と利益が一致した。ウイン・ウインの関係でしょう」

吉国がもう一口、ビールを喉に流し込んだ直後、タブレットの画面が切り替わった。

〈当確　東京一区　民政党若宮……〉

吉国が立ち上がり、片山の手元にあるタブレットを覗き込んだ。

「中杉さんたちが総合的にデータを勘案され、当確を打たれたのでしょう」

吉国が言った直後、もう一度、画面が変わった。

〈当確　東京八区　民政党石川……〉

「次回の選挙、片山さんが担当されるかわかりませんが、その際はどうかよろしく」

吉国が腰を上げた。傍らにいた秘書がジャケットを取り、吉国に手渡した。

「それでは失礼」

吉国は足早に区長室を後にした。画面中には、東京一区、八区のほか、激戦と呼ばれた選挙区の当確マークが次々に点滅し始めた。中杉の指示で、片山や五島らが動員されたような選挙区ばかりだ。

本来ならば、この役回りはNHRの記者が担うはずだった。吉国の言葉で全て合点がいった。区長は選管を監督する立場だ。最新のデータを要求すれば、選管は拒めない。

「あっ……」

今度は都知事の大池の顔が浮かんだ。片山は大池が束ねる都庁の提灯記事も書かされた。他の激戦区については、大池、もしくは都庁幹部が他の大和の記者を個別に呼び込み、それぞれの地域の選管から上がってくる最新の開票データを提供したのだ。

片山は優秀な記者なのだと中杉が言った。社命という縛りをかけたうえで、確実に、そして短期間で新宿区や都庁の記事をまとめ上げるためには、それなりの取材スキルと記事を書く能力が必要となる。だから片山が指名された。政治部の記者がこのようなデリケートな場面にいた場合、週刊誌などの取材で責任を問われるような事態があるかもしれない。そのために、部外者で門外漢の社会部や国際部などの記者が動員された。そう考えると全てが腑に落ちる。

手元のタブレットを見つめると、さらに当確の数が増えている。

選挙報道センターのデスクから一斉連絡が入った。

〈ゼロ打ち、当確の数、現状二五選挙区で大和がNHRを上回る〉

傾いた社業を上向かせるため、選挙に全力投球する。社長以下、経営陣は打開策として選挙を使った。だが、これが記者本来の仕事なのか。挙に力がこもった。社業のためとはいえ、記者のプライドを放棄し、餌《えさ》をねだる犬のように権力側に傅《かしず》く。片山は記者の矜持を捨て、尻尾《しっぽ》を振ってしまった。

タブレットの画面には、さらに当確マークが増えていく。片山は唇を嚙み、開票速報を睨み続けた。

16

「おめでとう!」

「ありがとうございました」

本田都議の支援者と思しき老年男性が酒臭い息を吐き、中村の肩を叩いた。事務所の大きなダルマの脇にいる若宮を見ると、支援者とスタッフたちに勧められたビールと日本酒で、両頰が真っ赤になっていた。

時刻は午前一時を回った。全国でも有数の激戦区、新人の大学教授候補として注目を集めていただけに、若宮の勝利は驚きをもって受け止められた。東京一区を制した若宮には、大和新聞、NHRら主要メディアが相次いで当確を打ったあと、テレビや新聞、インターネットメディアからのインタビュー、生中継が一〇分おきに入った。

当確情報に興奮した面持ちの若宮は、どのインタビューに対しても自説の〈新家族主義、保守の再構築〉を話し続けた。

中村は事務所の隅にあるパイプ椅子を広げ、若宮やスタッフたちの喜ぶ顔をぼんやりと見つめ続けた。

昨日の午後一〇時一八分、大和新聞の選挙速報サイトが当確を打ってから事務所のムードが一変した。

当確情報はいつも圧倒的にNHRが強い。しかし、投票日直前にNHRと民政党の長年の癒着が週刊誌にすっぱ抜かれ、事態は急変した。

秘書仲間と連絡を取り合うと、期日前投票の段階からNHRの出口調査に協力しない有権者が急増したようだ。昨日の投票でも全国的にNHRの調査員を回避する動きが顕在化したのだと週刊誌系のサイトで読んだ。

大和の速報後、中村は逡巡《しゅんじゅん》した。NHRが当確を打ったならば即座にホテルの若宮に連絡するが、選挙速報では今ひとつ実績のない大和新聞の情報だったからだ。

中村は湖月会事務局に連絡した。すると、事務局もデータを集めきれていなかった。事務局のスタッフは、今回の大和の情報はかなり正確で速いものの、東京一区は激戦区であるため、もう一、二社が打つまでは若宮を事務所に呼び込むのは待った方が良いと助言してくれた。事務局に連絡したあと、中村は密かに事務所を出て、ビルの階段の踊り場で片山に電話を入れた。

片山はすぐに電話に出た。片山は、大和がかなり正確なデータを得ていて、本社の専門家らが様々な検討を加えた上で当確を打ったと明かしてくれた。

この際、中村は片山の声が沈んでいるのに気づいた。理由を尋ねると、片山は選挙後に身の振り方を考えると告げた。片山は選挙報道のほかにも三雲都議の死の真相を追い、その過程で秘書の刈谷が自殺するという悲劇に見舞われた。選挙後に三雲の件を深掘りすると意気込んでいたが、肝心の秘書が死んでしまい、手がかりを失った。気落ちするのも無理はないと思った。片山の心理的な負担が着実に増していることが気がかりだったが、事務所で当確の真偽を確かめねばならず、やむなく電話を切った。

事務所に戻ると、早く万歳をと迫る支援者やスタッフを神津が必死に制していた。その後、ＮＨＲが大和新聞に一〇分遅れで当確を打った。直後、ＮＨＲの速報を見極めたかのように、中央新報や日本橋《にほんばし》テレビなど他のメディアも相次いで若宮の当確を打った。

このとき、中村は神津と目配せし、若宮に連絡を入れた。先ほどまでうたた寝していたようだが、すでに大和やＮＨＲの情報を知っていた。震える声で本当なのかと尋ねられた。すぐに事務所に来るよう促すと、若宮は三分で到着した。

若宮が姿を見せると、事務所の興奮はピークに達した。一斉に拍手が湧き起こり、そこかしこからおめでとうの声が飛んだ。若宮に抱きつく中年女性のスタッフ、関ら大学生スタッフたちも全員が目に涙を浮かべていた。

若宮がもみくちゃにされる中、中村は一人一人の支援者、スタッフらと握手を交わし、労いの言葉を交換した。三〇名ほどと握手を交わしたあと、最後は神津だった。

神津は中村の前に進み出て、深く頭を下げた。中村も神津に駆け寄った。

「本当にありがとうございました」

「お言葉よりも、例のアレをお願いします。ウチのオヤジをはじめ、東京の民政党候補者を国会に送り出した都議会議員の総意ですから」

神津が右手を差し出し、中村の手を握った。その掌に一段と力がこもる。

「逃がしませんよ。それに奥様も新しい家を喜んでおいでのようでした」

「まさか……」

「地元議員を通じて、大まかなお話をさせていただきました。思いの外、奥様は新しいお家に興味を抱かれていたとか」

中村は奥歯を嚙み締めたあと、声を振り絞った。

「余剰金は国庫に……」

そう答えた途端、神津がさらに手に力を込め、ゆっくりと首を振った。

「決まったことですよ。お子さんも小さいし、刈谷みたいになりたくないでしょう？」

神津は瞬きしないまま、中村との間合いを詰めた。

17

「皆さん、お疲れさまでした」

大手町の本社、選挙報道センターでマイクを握った中杉が頭を下げた。ホールを改造した報道センターには、七〇名近い記者や大学生アルバイトが残っている。片山はハンカチで額と鼻に浮いた汗を拭い、中杉を見た。

「先ほど午前六時四〇分すぎに、比例復活を含め全議席が確定しました」

片山は中杉の背後にある大型スクリーンに目をやった。一〇分ほど前には、未定を示す黄色のランプが全国地図のあちこちに目立っていたが、全て緑色に変わっていた。

「今回、ゼロ打ちはNHRとほぼ同着となりましたが、当確については激戦区を中心に二五区で大和新聞がダントツの速さ、正確さを誇りました」

言葉を区切り、中杉が報道センターの記者たちに目配せした。中杉の両目は充血し、頬が紅潮している。古巣を圧倒したことへの興奮かもしれない。しかし、声のトーンは普段と変わらず、淡々として抑揚がない。

「ゼロ打ち時は特設サイトへの関心は高いとは言えませんでした。しかし、東京一区や八区など全国でも注目を集める激戦区で当確が出始めると、PV《ページビュー》が急上昇しました」

中杉は手元のマウスを使い、スクリーンの画面を切り替えた。地図が折れ線グラフになり、昨日午後一〇時過ぎから急激な右肩上がりのシルエットを描いていた。

電子版を強化する方向に舵を切った大和新聞にとって、昨日の速報は有意義だったに違いない。中杉の横、幹部席に座る社長や編集局長は満面の笑みだ。

「皆さんご存じのように、与党民政党は微増、憲政民友党は大幅減、国民蜂起の会は野党第一党に迫る大躍進を遂げました。今後は政界再編含みの政局が続き、いつ総選挙があってもおかしくない状況となります」

中杉が淡々と告げた。

「今後も選挙報道のシステムの精度を上げ、選挙報道の大和新聞として、そしてネット版のさらなる拡充を皆さんとともに続けていきたいと思います」

中杉がマイクのスイッチを切り、もう一度深々と頭を下げた。次いで編集局長がマイクを手に取り、話し始めた。

「今後、他のメディアもシステム強化に動き、大和を追いかけてきます。もちろん、我々は投資を続けると同時に、取材体制の強化も図ります」

局長が興奮気味に言った。片山の耳に、取材体制の強化という言葉が刺さった。

昨夜、片山は新宿区役所に呼ばれ、選管の生のデータを提供された。そしてＮＨＲに先駆けて若宮の当確打ちに貢献した。

あれが取材を通じて得た情報という意味なのか。有権者が投じた一票を公式発表前に仕入れる。その前に当局者に尻尾を振り提灯記事を掲載することがメディアの仕事なのか。

こうして総選挙報道が成功裡《り》に終われば、今後も片山や五島のように意図せざる取材と記事執筆を命じられる若い記者が増える。いや、問題だと感じることのないよう、局長や中杉は若い書き手を洗脳していく。

局長の訓示を聞きながら、片山は強く首を振った。経営改革を経て社業が上向けば、取材経費で汲々《きゆうきゆう》とすることもなくなる。だが、当局に肩入れしてまで記事を書き、それが経費増につながることが記者の本意なのか。明確に否と言わざるを得ない。

「それでは、社長に最後の総括を」

局長がマイクを社長に手渡した。

「ご苦労さま。今後も選挙報道に勝ち、その他スポーツ記事やエンタメ関係の企画でもネット版を強化します。そのためには、一人一人の記者の努力が……」

社長の言葉を聞くたび、首を絞められるような息苦しさを覚えた。片山は床に置いたショルダーバッグを肩にかけ、ゆっくりと立ち上がった。

「メディアはネットによって形を変えねば……」

社長の言葉を最後まで聞く気にはなれない。片山は身を屈めながら、選挙報道センターの扉を開けた。

選挙報道センターを出てエレベーターホールに向かう途中だった。

「片山さん」

背後で抑揚のない声が響いた。思わず肩が強張る。

「ご苦労様でした。片山さんはじめ、優秀な記者さんたちのおかげで圧勝できました」

小脇に分厚いファイルを抱えた中杉がいる。片山は圧勝という言葉に反応した。

「あんな手段まで使って、勝ちたかったのですか？」

「選管データのことでしょうか？」

「記者としてのプライドが傷つきました」

「記者は会社があってこそ成り立つものです。それともフリーに転向されますか？」

一番痛いところを中杉が容赦無く突いてきた。

「二度と選挙班に指名しないでください。私なりに突き詰めた取材に集中したいので」

「片山さんは社会部遊軍班のメンバーに復帰されています。私にはあなたをどうこうする権利はありません」

「選挙前から追っていたテーマを深掘りします。その際、政界の暗部に触れる可能性があります」

「永田町は伏魔殿です。なにかお困りのことがあれば、ご一報ください。微力ながら助言くらいはできると思います」

「それは圧力をかけて潰《つぶ》す、そういう意味でしょうか？」

「まさか。今回の選挙班でのご活躍ぶりを知るにつけ、片山さんがとても優秀な記者だと改めて認識しました。お力になれることがあれば、遠慮なく」

中杉はそう言うと踵《きびす》を返し、選挙報道センターへと歩き出した。

「私は諦《あきら》めていません」

「なんのことでしょうか？」

中杉が足を止め、振り向いた。

「民政党都議が殺された一件です。これは中央政界にも激震を与えることになります」

「都議会の事情は私にはわかりかねます」

「大池知事が絡んでいたとしてもですか。中杉さんのお友達ですよね？」

「彼女は取材相手の一人にすぎません。それでは」

中杉は能面のような表情で言い、選挙報道センターのドアを開けた。啖呵《たんか》を切ったものの、三雲の一件は正直なところ手詰まりだ。再度、三雲に近い人物を見つけ、根気強く当たるしかない。やはり、中杉は三雲の件の裏側にある事柄を知っている。絶対に真相を探り、紙面に載せる。片山がエレベーターのボタンを押そうと指を伸ばしたとき、ショルダーバッグの中でスマホが鈍い音をたてて振動した。

# 18

「片山さん！」

編集局のある六階に着いた途端、社会部の雑用を一手に引き受ける顔見知りの女子大生アルバイトがこちらに手を振った。

「ありがとう」

エレベーターに乗る直前、社会部の直通番号がスマホの画面に表示された。電話に出ると、女子大生バイトが緊急だと告げた。

「これです」

デスクたちが居並ぶ社会部の一角、他紙や週刊誌が積み重ねられているスペースに大手宅配業者の小型ボックスがある。

「たしかに私宛《あて》ね」

宛名は大和新聞社会部片山芽衣《めい》とある。差出人の欄には、西新宿有志、そして東京都庁の住所と代表番号が手書きで記されていた。

「ヤバい荷物じゃないですよね？」

女子大生バイトが眉根を寄せた。社説や記事を巡り、抗議電話やメールが届くのは毎度のことだ。だが、そのうちの何割かは、釘やカッターの刃などを送りつけてくる。

片山はボックスを取り上げ、耳の傍《そば》で揺すった。カタカタと乾いた音がするが、荷物そのものは重くない。

片山は透明な粘着テープを剥《は》がした。すると、東京都のマークが付いた紙袋が見えた。都庁だから西新宿有志なのか。送り主に心当たりはない。

「なんですかね？」

恐る恐る、女子大生バイトが肩越しに覗き込んできた。

「とりあえず危ないものじゃないみたい」

都庁の袋の封を開けると、ノートやメモリーカードが見えた。

「ちょっと待ってね」

Ｂ６版の小型ノートが三冊、そして都庁のロゴが印刷された手帳が一冊。そしてケースに入ったメモリーカードが二枚、袋に入っていた。さらに袋の奥に、小さな紙切れが見えた。手を伸ばし、取り出した。民政党のロゴが入った小さなメモ用紙だ。

〈大和新聞　片山記者へ　刈谷〉

走り書きに近い手書きの文字が視界に入った直後、メモを手放し、片山は口を掌で覆った。口元を押さえる自分の手が小刻みに震え始めた。

「どうしました？」

「悪いけど、どこか会議室取ってくれない」

女子大生バイトに告げた。異変を察知した二、三人のデスクの視線を感じる。

「なにかあったのか？」

筆頭格のデスクが片山に言った。

「なんでもありません」

ノートやメモリーカードを慌てて袋に戻した。自ら命を断つ直前、刈谷は引きつった顔を片山に向けた。ストーカーのように後を追い回し、結果的に命を奪ってしまった男がなぜ今になって手を差し延べるのか。袋を持つ手はまだ小刻みに震えていた。

〈片山記者がこのメモを読むときは、すでに総選挙の結果が出ています。そして、私は既にこの世にはいないでしょう〉

ノートパソコンにメモリーカードを挿し、中のファイルを開くと、すぐにテキストのメッセージが画面に現れた。片山はテキストの冒頭にある日付を見た。片山が刈谷を追いかけ回していたとき、自ら命を断つ二日前の日付が刻まれていた。

〈私は覚悟を決めています。尊敬する三雲先生が殺されてからは、私も同じ道をたどるはずだと。ですので、三雲先生が殺された真相をお伝えします〉

突然部屋を訪れた際、刈谷は怯えた顔をしていた。メディアが本格的に動き出したことで、三雲の死が表舞台にのぼる。そうなれば様々な圧力が復活し、自らに襲いかかると考えたのだ。

〈三雲先生は、同じ民政党都議団の仲間に殺されました〉

片山はテキストを凝視した。

〈理由は簡単です。民政党都議団の裏金の存在を警視庁捜査二課に伝え、都政の膿《うみ》を出し切ると非公式に宣言したからです〉

金に潔癖だったからこそ、三雲と二課はつながっていたのだ。

〈都内の選挙区から民政党公認で出馬した衆院、参院議員については、選挙の度に余剰金を都議団民政党に上納させ、裏金として使っていました。仕組みは暴力団のそれと同じです。俺たちのシマで政治家をしたかったら、みかじめ料を払えというものです〉

都内の選挙区の大半で与野党勢力が拮抗している。今回の選挙取材を通じて、毎回与野党候補の当選者がシーソーゲームになる理由がよくわかった。

他の都道府県に比べ、東京は人口が多く、圧倒的に浮動票が多い。与野党双方の支援、支持母体の数は変わらないが、時の政治状況により、浮動票が一気に片方に流れてしまうからだ。

〈裏金は都議団の支援者対策のほか、国政選挙の際に民政党公認候補を応援するためにも使われていました〉

〈しかし本来の意義とは別に、一部の都議が裏金を遊興費や自身の不動産投資に充当するなど、目に余る行為が続出したため、これらを一気に浄化する意味合いから、三雲先生が捜査二課へ相談を持ちかけたのです〉

テキストの末尾に添付ファイルがある。片山は迷わず開いた。

〈三雲作成〉

表計算ソフトが現れた。銀行口座の引き出し履歴と金額、残高などの詳細のほか、三雲議員が加えたとみられるテキストがあった。都議団の一〇名ほどがリストアップされ、誰がいつ裏金の口座から金を引き出したかが記してある。

カーソルを細かいマス目の末尾に動かすと、三雲が記したメモが現れた。

〈警視庁捜査二課小堀《こぼり》理事官と三度面会。先方は強い関心を示す。業務上横領容疑で斬《き》り込み、その後は政治資金規正法違反に問えないか検討するようだ〉

具体的な捜査員の名前が出てきた。小堀理事官と話したことはない。数々の経済事件を手掛けたキャリアで、現場にこだわって昇任を拒否している変わり者、小柄で大人しそうな風貌《ふうぼう》とは正反対の頑固な警察官だと聞いたことがある。

〈しかし、事態は急変しました。警視庁上層部から内偵情報が都庁に抜け、複数の都幹部、そして都

議会関係者が二課の捜査を察知しました〉

二課の捜査は摘発対象を見定めてから、極秘で調べを進める。相手に動きを感じ取られてしまえば、証拠資料などが破棄され、捜査は頓挫《とんざ》してしまう。だからこそ、厳重な保秘を徹底する。

〈都議会はこのところ、大池知事と民政党都議団が激しく対立しています。知事提案の新施策が議会に諮られると、民政党が大反対する図式です〉

刈谷の告発は続く。

〈大池知事は二課の内偵情報を使い、議会対策を行いました。反対ばかりすると、警視庁の予算権者として民政党を突くと〉

〈恐れをなした民政党都議団は水面下で和解を模索し、最終的に手打ちとなりました〉

刈谷の告発を読みながら、片山は唇を嚙んだ。選挙戦の最終盤、新宿駅西口ロータリーで民政党公認候補の若宮に対し、犬猿の仲である大池が応援演説に駆けつけた背景には、こんな裏取引があったのか。

大池が警視庁にストップをかけるかわりに、民政党は都議会で都知事が打ち出した政策のいくつかに賛成する。議会対策の一環として、激戦を繰り広げていた東京一区では、サプライズという形で大池が姿を見せた。昨日の投票でも、大池の応援演説が効いたのは間違いない。

大池と民政党都議団をつないだのは、中杉だろう。だからサプライズ応援の際、中杉がわざわざ現場に顔を出した。大池が残した貸し借りなしという言葉の裏側には、国政と都政を結ぶ闇《やみ》のネットワークの取引があった。

〈捜査情報が抜け、両者が手打ちしたあとも、三雲先生は強硬に告発を続けると都議団に明かしました。その結果、都議団関係者がヒットマンを選び、実際に三雲先生を薬物で泥酔させた上で殺したの

です〉

曙橋の自宅マンションを訪れた際、壁にいくつも感謝状があった。少しのお金でもすぐに寄付するような三雲は絶対に譲らなかった。そして神津がヒットマンとなり、手を下した。

〈最後にお願いです〉

テキストの最後に、刈谷自身のメッセージがあった。

〈本田都議はじめ、民政党都議団は知事との裏取引がある限り、事件が表面化することは絶対にないと高を括《くく》っています〉

〈片山さんが実際に動き始めても、警察が三雲先生を病死として処理した以上、当局の判断が覆ることはないと油断しています〉

片山は唾《つば》を飲み込んだ。

〈添付したメモリーカード、そして三雲先生の日記等々、十分な裏付けがあると判断しました〉

〈もう私はこの世にいません。三雲先生とともに、別の世界から片山記者の記事が世に出て、政治の膿が出切ることを切望しています〉

刈谷のメッセージはここで終わっていた。

不意に頬を涙が伝い落ちた。刈谷は逃げ回ったのではなく、片山の本気度を探っていた。そして三雲の最後の願いを叶《かな》えるために、政治家や秘書たちの腐った鎖を断ち切ろうとした。右手で涙を拭うと、片山はスマホを取り出した。着信履歴を開き、中杉の名前をタップした。

〈中杉です。なにか？〉

選挙が終わり、片山のような応援組はもう無縁の存在だ。普段よりも中杉の声が事務的な気がした。

「亡くなった都議の件、記事にします」

〈そうですか。ご健筆を祈念します〉

ぶっきらぼうな言い振りだ。以前と同じように、記事化できるはずがないと中杉も考えている。謀略を実行した政治家や秘書たちと同じく、黒子として大池や都議団との裏交渉を知っていた中杉も油断している。いや、刈谷が遺したデータや直筆メモが存在しているとは考えていない。

「とりあえず、仁義は切りました。関係方面の方々によろしくお伝えください」

〈意味がよくわかりませんが、頑張ってください〉

中杉が一方的に電話を切った。

片山は三雲の不審死に関するファイルを開き、刈谷が遺したデータを移行した。記事にするまでは、手中にあるデータを精査し、どのような方向で記事を出すか検討しなければならない。

正義を貫いた三雲議員が殺された、その旨を簡潔にまとめた本記、そして解説、また、利害関係が対立していた本田ら他の都議との一問一答……考えただけで二〇本以上の記事が書ける。

また、今回の選挙取材を通じて知り得たメディアと政界の癒着にも触れねばならない。NHRの代わりに大和新聞が選管データに触れることができたが、今後はこんな不正スレスレの取材は絶対にすべきではない。

だが、この記事を大和の紙面に載せることができるのか。膨大な取材データ、そして記事をリリースするスケジュール、上司たちとの調整。それにも増して、様々な権謀を使う中杉をどう抑えるか。フリーに転じ、全てを忖度《そんたく》なく書くしかない。掲載媒体はどうする。片山が髪をかきあげた直後だった。会議机に置いたスマホが振動した。

## 19

〈退職願〉

神田《かんだ》駅近くの古い喫茶店で、片山は男の顔を凝視した。

「後藤事務所を辞めるんですか?」

片山の問いに、中村が頷いた。

「いつでも出せるように、今朝方書きました。中身は、一身上の都合としか書いていませんけどね」

「なぜですか?」

「いずれ、民政党の中で爪弾《つまはじ》きになるのが目に見えているからです。後藤議員に迷惑をかけたくないですし」

片山が身を乗り出すと、中村が口の前に人差し指を立て、周囲を見回した。純喫茶に客は少ない。三つ離れた席で年老いた男性が競馬新聞を読みながらタバコを吸っているだけだ。

「余剰金の上納を拒否しました」

中村がゆっくりとスマホをテーブルの上に置いた。

〈土地を手に入れさえすれば、ご家族全員がハッピーになりますよ〉

〈お言葉よりも、例のアレをお願いします。ウチのオヤジをはじめ、東京の民政党候補者を国会に送り出した都議会議員の総意ですから〉

中村が音声データを再生した。若宮事務所の神津の押し殺した声だ。

「土地とは?」

「余剰金をスムーズに移してくれたら、私の住まい近く、一戸建て用の土地を格安で世話する、そんな内容です」

中村が唾棄《だき》するように言った。

「神津さんは、余剰金を奪取するために若宮事務所へ？」

「はなからそのつもりだったのです。怪しげなネット版の記事も神津が裏で手引きして書かせていました」

「手引きって……」

中村が首を振る。

「余剰金を少しでも多くしようと、編集長とライターを脅して、寄付金名目で詫びの金をむしり取りました」

中村の眉根が寄った。

「元銀行員として、金に関しては絶対にクリーンであるべきだと思っています。自分のやり方を曲げてまで、秘書を続けられません」

「後藤議員、それに若宮議員にも引き留められるのでは？」

中村がため息を吐いた。

「今回の選挙は都議団の応援があってこそです。いくら手伝いだったとはいえ、民政党全体の思惑に逆らったわけですから。中堅の後藤も上層部の命令には逆らえません。もとより、そうなる前に辞めるのが秘書としての矜持です。全て秘書がやったこと、政治のスキャンダルが出ると、いつも聞こえてくるあのセリフを後藤に言わせるわけにはいきません」

「辞めて、どうされるのですか？」

「不動産鑑定士や宅建の資格を銀行員時代に取得しました。細々とですが、なんとか食べていけます」

「正しいことをやったのに、神津みたいな悪者が残って、中村さんが辞めるのは筋が通りません」

片山が語気を強めると、中村が吹き出した。

「その言葉、そのままお返ししますよ」

屈託のない笑みだった。中村はとっくに腹を括っている。だからこそ、音声データの存在を明かしてくれた。それに引き換え、自分はどうなのか。

「実は……」

選挙が終わったあと、亡くなった刈谷から三雲が他殺されたことを示すデータが送られてきたことを明かした。

「大和で記事にするのは難しそうですね」

中村が冷静に告げた。

「そう思われますか？」

「私は永田町の住人です。そのような話、特に警察が出した結論を真っ向否定するような記事を大手メディアが掲載するとはとても思えません」

「そうですよね……」

片山は肩を落とした。自分の記事により、警視庁や警察庁詰めの記者たちが迷惑を被る。二、三カ月は定例の記者会見にも出入り禁止となる。その前に社会部デスクや部長、そして編集局長が記事を止めるはずだ。会社には正面切って警察組織と喧嘩《けんか》する度胸のある幹部はいない。

「ダメ元で記事を上司に出してみて……いや、ダメだ。そんな記事があるというだけであなたは転勤を強いられる、下手をすれば部署変えのリスクもある」

片山の気持ちを見透かしたように中村が言った。

「社長は政治部出身ですし、中杉というNHRあがりで、今回の事件の全容を知っている記者もいます」

片山が言うと、中村が頷いた。

「そもそも、選挙取材を通じて、メディアの体質に嫌気がさしたのでは？」

片山は新宿区役所での開票に関する顚末を明かした。

「激戦区ならではですね。同じような話を聞いたことがあります」

「身の振り方を考えていたのも事実です。でも……」

「フリーになる、あるいは週刊誌に移籍する度胸がない、違いますか？」

「その通りです」

短期間ではあるが、これまで全く接点のなかった中村とは真の信頼関係ができた。選挙や地元回りで中村は人間の本質を見抜く目を持っている。

ここ数日、自分の不甲斐《ふがい》なさに苛立っていた。マスコミと当局の癒着、そして不審死した地方議員の死をめぐる疑惑。手元に情報は集まった。こうして眼前にいる中村が記事を補強する重大なデータまで明かしてくれたのに、なにを逡巡するのか。

「今日明日という話ではないはずです。いずれ、片山さんの方から会社に見切りをつける時がきますよ」

「怖いです」

「なにがですか？」

「会社の後ろ盾を無くして、ペン一本で食べていけるか自信がありません」

本音を吐露すると、中村が背広のポケットから小さなケースを取り出し、テーブルに置いた。

「先ほどの音声、それに裏口座の情報が全てここに入っています」

中村がメモリーカードを指した。

「記事を出す、出さないは片山さんの判断です。私は、不正を許さないという自分の気持ちに嘘をつきたくない。それだけです」

メモリーカードに指を添え、中村が片山の前に押し出した。

「受け取ってください」

「でも、中村さんに迷惑がかかります」

「鱓《ごまめ》の歯軋《はぎし》りかもしれません。ただ、鱓が大群を成したら、世の中も変わるかもしれない。大群を集めることができるのは、片山さんだけです」

中村はアイスコーヒーを飲み干すと、席を立った。片山は中村の後ろ姿を追った。肩に力が入っているわけでもなく、自然体だ。

テーブルに置かれたメモリーカードを手にする。たしかに、中村や自分は鱓、小さな鰯《いわし》にすぎない。週刊誌に持ち込んでも政界や警察からの圧力で記事が潰されてしまうかもしれない。

だが、三雲という生真面目《きまじめ》な男が殺され、その背後には中央と地方政界の歪《いびつ》な因習が絡んでいた。

中村が自らの職を賭したからではない。自分は会社の肩書きがなくとも記者であり続ける。これ以外の生き方を知らないのだ。最終的にはネットで記事を公開し、投げ銭で糊口《ここう》を凌《しの》ぐことになるかもしれない。

記事が掲載されない、誰も相手にしてくれないとストレスを溜めるのは、言い逃れでしかない。中村と同じく、己に嘘をついてまで今の仕事にしがみつく気持ちはない。メモリーカードをショルダーバッグに入れると、片山は立ち上がった。

# 20

天井に向けて両手を伸ばし、片山は大きく息を吐いた。

視線の先には、海外へヴィメタルバンドのポスターがある。一二年前まで見慣れた練馬《ねりま》の自宅の自室の光景だ。

総選挙が終わって一カ月後、片山は社会部長に退職願を出した。強く慰留されたが、会社を離れた。議員秘書を辞めた中村に背中を押されたが、簡単に踏ん切りはつかなかった。預金はわずか二〇〇万円ほどだ。無収入となったあと、当座の家賃や取材費を賄うには足りなかった。迷いが一段と強くなったとき、出版社に勤めていた父に相談した。ノンフィクション畑の書き手の苦労、経済難を教えられ、冷や汗をかいた。だが、父は意外なことを言った。

〈二年間、家で居候させてやる〉

〈この間、芽が出なければどこかに再就職しろ〉

父は存外に厳しい目つきで言った。中村と同じく、覚悟を決めろという意味だ。

片山は首筋を揉《も》んだあと、机の上のノートパソコンに目を向けた。

〈地方と国政の歪んだ政治　闇の資金はどこに消えた？　選挙余剰金を追う〉

五分ほど前、原稿を送った。受け手の担当者は、言論構想社の新時代オンライン、井村弾《いむらだん》というデスクだ。

二週間前、新時代オンラインの公式サイトから自分の経歴、そして扱っているテーマについて話がしたいと伝えた。メールを送ってから二時間後、オンライン編集部と紙媒体の週刊新時代でデスクを兼務するという井村から電話が入った。

〈ぜひともお話をお聞かせください〉

翌日、九段下《くだんした》にある言論構想社を訪れた。目つきが鋭く、いかつい中年編集者が現れると予想していたが、井村はさわやかな笑みをたたえた片山と同世代の男性だった。

井村は言論構想社の社員で、週刊新時代や月刊誌の記者、編集者を経て同社の看板媒体のデスクに就いたと明かした。

片山が持ち込んだテーマについて、ラフな企画書、そして音声データの一部を開示した。井村は身を乗り出し、片山のプレゼンに聞き入った。

〈ネタをぜひウチにください〉

井村は上司に相談することなく、即決した。

〈原稿をいただくと同時に、よろしければ契約記者になりませんか？〉

初回の面談の終わりに、井村が提案した。

大和新聞の社会部での実績、そしてネタを掘り起こした能力を買ってくれたのだ。だが、片山は強く首を振った。ノンフィクションの書き手として、どうしても独り立ちしたい。後戻りができないように身を律していると告げた。

〈わかりました。お手伝いさせていただきます〉

この打ち合わせ以降、週に二、三度の割合で喫茶店やオンラインでのやりとりが続いた。

まもなく、井村から初回の原稿についてアクションがあるはずだ。

書き上げた原稿に目を向け始めたとき、自室のドアをノックする音が響いた。

「俺だ。ちょっといいか？」

父の声だ。

「なに？」

「第三弾の原稿、誤字脱字が多すぎる」

ドアを開けるなり、父が言った。振り返ると、プリントアウトした紙を手に、父が眉根を寄せていた。老眼鏡を鼻の先にずり下げ、耳元には赤ペンが挟まっている。

「急いでいたから、仕方ないじゃない」

片山が口答えすると、父が舌打ちした。

「良い書き手の文章は、ストンと胸に落ちるもんだ。だが、芽衣の記事は誤字だらけで、ちっとも内容が入ってこないんだよ」

父が紙を机に置き、ため息を吐いた。

「気負うのはわかるがな、もっと丁寧にファクトを紡げ」

「父さん、ありがとう」

片山が頭を下げると、父が首を傾げた。

「どうしたの？」

「昔みたいに食ってかかられるかと思ったから、意外だったよ」

笑みを浮かべたあと、父は部屋を後にした。

父は二年間という期限を設けた。今回の記事は話題となるだろう。だが、次に打つネタはない。新時代の各媒体で掲載されたあと、どうやって食べていくのか。両手を頭の後ろに回して考え始めたとき、パソコンの脇に置いたスマホが着信を告げた。

〈井村です。お時間いいですか？〉

「原稿どうでした？」

〈編集長に読ませました〉

井村が言葉を区切った。どこか声が上ずっている気がした。掲載できるのか、それともボツになるのか。

「それで？」

〈オンラインで契約読者向けに、明日先行で配信することが決まりました〉

「本当ですか？」

片山は自然と声に力が入った。

〈第二弾の校正は終わりました。第三弾、四弾と明後日《あさって》までに原稿いただけますか？〉

「第四弾も？」

第四弾はまだアウトラインしか書いていない。だが、片山は即座に言った。

〈ええ。ぜひに〉

「すぐにまとめあげます」

井村の返事の前に、片山は電話を切った。

## 参考文献


『コロナ時代の選挙漫遊記』畠山理仁（集英社）
『ばらまき　河井夫妻大規模買収事件 全記録』中国新聞「決別金権政治」取材班（集英社）
『政策秘書という仕事　永田町の舞台裏を覗いてみれば』石本伸晃（平凡社新書）
『未和　ＮＨＫ記者はなぜ過労死したのか』尾崎孝史（岩波書店）
『死体格差　異状死17万人の衝撃』山田敏弘（新潮社）
「法医学ブログ」二〇二一年六月十二日「ピンク歯」https://houigaku.blog/article/43.html

＊本書は「ランティエ」二〇二三年六月号から二〇二四年三月号まで連載した小説に、大幅に加筆・修正しました。

## 著者略歴

相場英雄〈あいば・ひでお〉
1967年新潟県生まれ。89年に時事通信社に入社。2005年『デフォルト　債務不履行』で第2回ダイヤモンド経済小説大賞を受賞しデビュー。12年BSE問題を題材にした『震える牛』が話題となりベストセラーに。13年『血の轍』で第26回山本周五郎賞候補および第16回大藪春彦賞候補。16年『ガラパゴス』が、17年『不発弾』が山本周五郎賞候補となる。他に『トップリーグ』『トップリーグ2　アフターアワーズ』『KID』『アンダークラス』『レッドネック』『覇王の轍』『心眼』『サドンデス』などがある。

© 2024 Hideo Aiba
Printed in Japan

Kadokawa Haruki Corporation

相場 英雄

ゼロ打《う》ち

*

2024年 3 月 8 日第一刷発行

発行者 角川春樹
発行所 株式会社 角川春樹事務所
〒102-0074 東京都千代田区九段南2-1-30 イタリア文化会館ビル
電話03-3263-5881（営業） 03-3263-5247（編集）
印刷・製本 中央精版印刷株式会社

本書の無断複製（コピー、スキャン、デジタル化等）並びに無断複製物の譲渡及び配信は、著作権法上での例外を除き禁じられています。また、本書を代行業者等の第三者に依頼して複製する行為は、たとえ個人や家庭内の利用であっても一切認められておりません。

定価はカバーおよび帯に表示してあります。落丁・乱丁はお取り替えいたします。

ISBN978-4-7584-1457-9 C0093
http://www.kadokawaharuki.co.jp/

相場英雄の本

## トップリーグ

「トップリーグ」とは、総理大臣や官房長官、与党幹部に食い込んだごく一部の記者を指す——大和新聞の松岡は、入社一五年目にして政治部へ異動、またたく間にトップリーグ入りを果たした。一方、松岡と同期入社だった酒井は週刊誌のエース記者として活躍している。そんな酒井が「都内の埋め立て地で発見された一億五千万円」の真相を追ううちに、昭和史に残る一大疑獄事件が浮かび上がってきて……。各紙誌で大絶賛され、ドラマ化もされた「官邸」の最大のタブーを抉る問題作。

ハルキ文庫